青春的沙坪

主　编　朱白丹

副主编　望开喜　赵春华

武汉出版社

图书在版编目（CIP）数据

青春的沙坪 / 朱白丹主编；望开喜，赵春华副主编.
武汉：武汉出版社，2024.12. -- ISBN 978-7-5582-7131-1

Ⅰ. I267

中国国家版本馆 CIP 数据核字第 20249R59D4 号

主　　编：朱白丹
副 主 编：望开喜　赵春华
责任编辑：赵　可
封面设计：袁思文
出　　版：武汉出版社
社　　址：武汉市江岸区兴业路 136 号　　　邮　　编：430014
电　　话：(027) 85606403　　　85600625
http://www.whcbs.com　　E-mail：whcbszbs@163.com
印　　刷：武汉鑫佳捷印务有限公司　　　经　　销：新华书店
开　　本：787 mm×1092 mm　1/16
印　　张：22.25　字　　数：294 千字　　　插　　页：12
版　　次：2024 年 12 月第 1 版　　　2025 年 1 月第 1 次印刷
定　　价：88.00 元

关注阅读武汉
共享武汉阅读

《青春的沙坪》编委会

顾　　问：商克勤　闫圣代

名誉主编：张忠偶　黄定成

主　　编：朱白丹

副 主 编：望开喜　赵春华

编　　委：何士炼　王邦仁　刘环珍　罗来芳

　　　　　黎　萌　胡　群　牟君莲　陈　凯

　　　　　朱光华　郭云光　邹正明　栾礼宏

指导单位：宜昌市夷陵区水利和湖泊局

　　　　　湖北夷陵经发控股集团有限公司

　　　　　宜昌市夷陵区文学艺术界联合会

支持单位：湖北光源水利电力股份有限公司

　　　　　宜昌光源电业有限责任公司

　　　　　湖北友好生态工程咨询有限公司

承办单位：宜昌市夷陵区文艺评论家协会

　　　　　宜昌市夷陵区老年摄影家协会

说　明

一、《青春的沙坪》一书，是当年参与沙坪水电站踏勘、建设、管理的有关人员共同发起编写的文史读本，纯公益性质，旨在记录历史，启迪后人。

二、本书以习近平文化思想为指导，力求史料性、可读性、实用性相统一。

三、本书体裁为文史散文。正文前为老照片，附录部分为沙坪电站建设期间相关资料。

四、本书年代断限，上限从 1976 年宜昌县委决定建设沙坪电站起，下限至 1989 年沙坪水电总站与县水电专业公司、猴儿窝电站合并止。

五、为反映时代特征，各个时期的机构、职务等名称，遵从当时实际称谓。

六、为尊重历史，附件中的称谓，如"务（雾）渡河""付（副）主任""师付（傅）"等不作改动，保持原貌。

七、本书的数字，世纪、年代、年、月、日、时，用阿拉伯数字书写，计量以国家每个时代的计量单位为准。

八、部分回忆文章对乐天溪境内"幺棚子""擂口""杜家咀"等地名有多种写法，本书以《宜昌县地名志》公布的地名为准。

宜昌县沙坪水电站开工典礼（1977 年 3 月 23 日）

县委书记胡开梓在开工典礼上讲话（1977 年 3 月 23 日）

参加沙坪水电站建设的民兵战士们（1977 年 3 月 23 日）

《沙坪水电》报道开工典礼（1977 年 3 月 25 日）

工地劳动

背石头的男民兵战士

抬石头的女民兵战士

民兵战士们在河道搬运石头

晓峰团民兵战士们去工地

晓峰团两位民兵战士在抬石头

民兵战士们在河道捶石头

民兵战士们冒着严寒在水中战斗

工地上的文艺演出

下堡坪团宣传队文艺演出

民兵战士们休息时观看文艺演出

参加军训的民兵战士们

英姿飒爽的民兵战士们

水利电力部部长钱正英、副部长刘书田调研沙坪电站时与宜昌县

相关领导、技术人员合影

（前排左起：张儒学、刘书田、钱正英、胡开梓、闫圣代；

后排左起：马孝先、付禄科、余筱平、张忠倜）

水利电力部部长钱正英（前排左二）在沙坪电站调研

水利电力部部长钱正英（中）调研沙坪电站工地

总结大会会场

晓峰团先进工作者合影（1978年）

上洋团先进工作者合影（1978年）

战士们在沙坪水电工程指挥部前合影

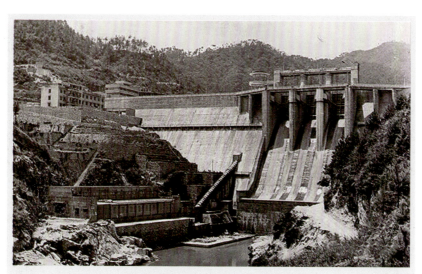

基本竣工的沙坪大坝及一级站厂房

竣工后的沙坪大坝

今日沙坪大坝、水库（摄影：望开喜）

（本书照片除署名外，均由宜昌县沙坪水电工程指挥部提供）

记录历史，启迪后人

商克勤

　　沙坪水电工程建设，与葛洲坝工程和宜昌县城搬迁是密切相关的。1970 年 6 月 4 日，湖北省革命委员会致函宜昌地区革命委员会："葛洲坝水利枢纽工程正在积极筹建，根据首长（张体学——编者注）指示，当前应当积极进行现场试验和其他野外工作，大批工作人员、指挥部机构和医院即将陆续搬往宜昌。为此，请你们将宜昌县武装部和原县委、人委的全部房屋作价交给鄂西水电工程指挥部，并希协助解决一部分办公家具。"为了给葛洲坝工程腾地，距省通知仅过去 40 多天，宜昌县直机关就从宜昌市城区搬迁到 10 公里外的小溪塔了。

　　县城搬迁后，面临的最大困难就是缺电，不仅居民生活受影响，工农业生产也受影响。当时，宜昌县财政吃补贴，境内水力资源虽然丰富，却无钱开发。县委书记、县革委会主任胡开梓找三三〇工程局党委第一书记刘书田汇报：建设沙坪电站，既解决本县用电，又为葛洲坝工程提供施工电源，请求支援。刘书田同志表示大力支持，并报水电部同意。随后，县委、县革委会决定举全县之力，开展沙坪水电工程大会战，成立了以县委副书记陈天赐为政委、县革委会副主任闫圣代为指挥长、县直有关部（办、委、局）负责人为成员的沙坪水电工程指挥部。1977年3月，沙坪水电工程正式动工兴建。三三〇工程局、八二七厂、二十二公司和解放军某部全力支持。经过广大指战员6年艰苦奋战，于1983年8月胜利竣工。在8月12日召开的沙坪电站竣工典礼上，时任县委副书记的我代表县委、县人民政府到会并讲话。

2023年7月，为贯彻党的二十大报告提出的"发挥党和国家功勋荣誉表彰的精神引领、典型示范作用"精神，回顾水利部"部优电站"——沙坪电站建设的艰难历程，为"我爱夷陵"和文明典范城市创建贡献力量，一批当年参与沙坪电站踏勘、建设、管理的有关人员共同发起编写《青春的沙坪》一书，以记录历史、启迪后人。这项公益工作很有意义，我是十分赞同和支持的，编写者嘱我写序，便欣然应允。

作为沙坪电站竣工典礼的参加者、见证者，我对沙坪电站建设的奋斗历程大致了解。然而，当拿到书稿并通读后，我还是十分震撼的。陈天赐、闫圣代、付禄科、谭振树、张忠倜、冼世能、黄定成、何万政等一批老领导、老专家、老水利人以及广大指战员、参建单位干部职工，他们在激情燃烧岁月里的奋斗故事感人至深：

——政委陈天赐注重党的建设和思想政治工作，坚持党的统一领导，发挥党组织的战斗堡垒作用，建立健全党组织，工程指挥部设党委，各团设党总支，各连设党支部，发展施工一线积极分子入党。他既是指挥员，又是战斗员：在工地挥动八磅锤，打炮眼、挑担子、推板车，参加劳动；率领文艺宣传队，到八二七厂职工医院答谢抢救受伤战士的医务工作者，开展慰问演出；关心战士生活，确保因公回来晚了的战士有热饭热菜吃。"火车跑得快，全靠车头带"，他的一言一行影响着工地指战员，带出了一支特别能吃苦、特别能战斗、特别能打胜仗的队伍。

——指挥长闫圣代，以工地为家，一直战斗在第一线。每日出工在前，收工在后。有一次，他在劳累中伤风感冒，烧得面红耳赤也不休息，吃点药后，又到工地劳动；由于长期劳累，有一天晚上他累倒在工地，在县医院住院半个月，还未好彻底就赶回工地；大坝枯水期截流，正值冬天，河水冰冷刺骨，身为指挥长的他，率先跳下了齐腰深的导流洞口，带领突击队员们在水下作业，胜利截流。

——雾渡河、下堡坪、邓村、太平溪、三斗坪、莲沱、柏木坪、晓峰、上洋9个公社6000多名战士，不分白天黑夜，在乐天溪河里淘砂、捡石头，肩挑背驮，把砂石料运到坝上，垒起沙坪大坝。一个标工仅四角钱，广大指战员吃红苕、拌酱油、喝溪水、睡地铺，生活相当艰苦，却没有丝毫怨言。战士们说，为了振兴宜昌县经济，为了让人民群众点上电灯、不用煤油灯，再苦再累也是值得的。晓峰团多名战士在爆破中献出了宝贵生命；柏木坪团战士陈凯，肠子都炸出来了，死里逃生，其事迹可歌可泣。

——沙坪库区移民舍小家顾大家，为了支援电站建设，他们向县领导表态说："政府给我们修电站、送光明，我们没有什么条件可讲，有力出力，需地让地，该迁就迁！"广大移民是这样说的，也是这样做的，体现了老区人民的家国情怀和奉献精神。

——葛洲坝工程局运输分局四队五班班长冉贤光带队，随5台解放牌自卸车，前往沙坪电站工地工作，接受指挥部领导，参与工程建设。张姓司机返程途中经过天柱山盘山公路时，大雾弥漫，驾驶室看不到路面。为了赶时间，他打开驾驶室门，一脚踩在脚踏板上，一脚踩着油门，半个身子在外迎风顶雾行驶。随行人员劝他停下来躲一会儿，他说我是转业军人，在部队训练过，如果不赶在仓库下班前装水泥，第二天送到工地就晚了，会影响施工进度。

像这类感人事迹太多太多，无法一一叙述，读者可从书中认真品味。同时，沙坪电站从勘测、施工到竣工至今已近50年，一些当事人或联系不上，或体弱多病，或进入耄耋之年，或驾鹤西去，给采访、写稿、约稿带来较大困难，其感人事迹未能收入书中，留下深深遗憾。

"天上不会掉馅饼，努力奋斗才能梦想成真""幸福都是奋斗出来的"（习近平总书记2017年、2018年新年贺词）。今天的幸福生活来之不易，是历届县（区）委带领全县（区）人民努力奋斗来的。生活在当下的人们，应当永远铭记那些为了今天的幸福生活而流血牺牲的指战员们。

习近平总书记指出："中华民族伟大复兴，绝不是轻轻松松、敲锣打鼓就能实现的。全党必须准备付出更为艰巨、更为艰苦的努力。"让我们在以习近平同志为核心的党中央坚强领导下，不忘初心，砥砺前行，为夷陵经济社会发展和中华民族伟大复兴而不懈奋斗！

是为序。

（作者曾任宜昌县委副书记、县人大常委会主任）

一座历史丰碑的背后

彭定新

文友白丹送来即将付梓的《青春的沙坪》一书，嘱我写点感想。我长期在宜昌县（现宜昌市夷陵区）工作，1999—2000 年在乐天溪镇当过两年镇委书记，沙坪在乐天溪镇境内，我深爱那里的一山一水、一草一木。乐天溪河在我的人生河流里，波澜不惊。

沙坪是一片红色的土地。1929 年农历九月初四，中共北乡区委（辖乐天溪、太平溪、邓村、下堡坪等区域）在中共鄂西特委和宜昌县委的领导下，组织领导北乡区农民赤卫队队员，举行了威震峡江的"九四"暴动，区委书记杨继平等 360 多名共产党人、革命群众英勇牺牲。沙坪的红色花岗岩是鲜血染成的。

沙坪是一汪绿色的"海洋"。群峦叠翠，林海荡漾。著名的宜昌浅刺大板栗、乐天溪金刚银针茶叶、山果果、宜昌木姜子均产于此。沙坪水库是镶嵌在绿色海洋里的蓝宝石。

沙坪水库是憩息、旅游、开会的好地方。在 20 世纪，水库管理处是个稀缺资源，可食宿可开会，宜昌县的一些重大决策都是在这里产生的，有点类似"北戴河"。这里也是作家们创作的基地，静谧的环境、清冽的风带来意想不到的灵感，著名作家齐克、胡世全、张永久、袁在平、吴民，在沙坪电站采风，创作出了一批文学精品。近年来，沙坪成了热门旅游打卡地，在静静的湖面上泛舟，浪漫惬意。在湖边搭起帐篷，仰望星空，头枕水中弯月，静想心事。吃一餐地道土菜，回味悠长。夏天泄洪，水柱冲天，声如洪钟，雾幛弥漫，一道彩虹横卧山涧。

多年来，沙坪电站给我的印象总是光亮，总是美妙。我从来没有回想它的过去，也无意打捞它的历史。感谢《青春的沙坪》给我补了一课。我仔细阅读每一篇文章，回味每一个故事，那荡气回肠的峥嵘岁月，强烈地震撼着我的内心。

这是一项服务建设和民生的民心工程

时间倒回到 1970 年 6 月 6 日，宜昌地委接到省里通知：要求宜昌县在 7 月份将城内的政府机关、行政企事业单位及其中 2000 余名干部职工，加快搬迁到 10 公里外的小溪塔。在没有迁建计划、没有迁建资金的情况下，宜昌县于 1970 年 7 月 16 日与鄂西水电工程指挥部（三三〇工程指挥部）交接，7 月 20 日将政府机关迁往小溪塔办公。

迁建后的宜昌县城百业待兴。当时县直机关仅靠老农校留下的一台变压器维持照明，经常停电，更谈不上全县几十万人的用电了。各行各业要电，千家万户盼电，全县用电告急问题，摆在了决策者面前。

要想发展经济、改善群众生活，电力必须先行。据当时沙坪水电工程指挥部指挥长闫圣代，县水利局工程师张忠倜、易仁贵回忆，当时全县仅有 20 世纪 60 年代修建的邓村红桂香和雾渡河两座小水电站，分别供邓村和雾渡河两个公社的集镇和公社农机厂用电。若遇干旱季节，连集镇照明都不能保证，乡镇企业发展受到了严重制约。对此，县委领导顺应形势发展，抓住葛洲坝工程在宜昌修建的机遇，请求三三〇工程局支援兴建沙坪水电站。

实践证明，当时县委的决策是英明的。历时6年，沙坪电站一级、二级电站建成发电，总装机容量8200千瓦，年发电量3700万千瓦·时，是宜昌县直管的最大电站。它的建成可解决全县大部分农村、厂矿、县内三线工厂的用电，为三三〇工程提供施工电源。与此同时，带动全县人民利用当地水力资源，打了一场大办水电的人民战争。据记载：截至1976年，全县小水电站46处，装机1307.5千瓦；1977年新增23处，860千瓦；1978年新增37处，2925千瓦；1979年新增25处，5568千瓦。全县小水电站如同雨后春笋剧增，星罗棋布的小水电站，像一颗颗夜明珠，照亮了全县乡村。

这是一项用心血和汗水浇筑的非凡工程

最令人难忘的是施工的艰难。当时没有机械，全靠肩挑背驮。闫圣代在《沙坪水电工程决策、踏勘与建设经过》一文中，有详细记录。"当时，宜昌县动员了雾渡河、下堡坪、邓村、太平溪、三斗坪、莲沱、柏木坪、晓峰、上洋9个公社共6000多民兵上这个工程。沙坪水电工程，1977年3月23日正式开工……1978年12月26日毛主席生日前，二级站第一台机组必须发电。……那个时候的施工，相当困难。大队拿不出钱，公社拿不出钱，县里也拿不出钱，完全靠老百姓作贡献。……民兵们一个标工四角钱，有时一天还完成不了一个标工，也就是说辛苦一天，还挣不了四角钱。民兵生活相当困难，都是靠从家里带粮，包括蔬菜。生活上少肉少油，有的人菜吃完了，就用酱油拌饭。饭也不是白米饭，掺一些苞谷面或红苕或土豆。"柏木坪团政工员李华英写道："我们住在民兵自建的干打垒房里，床铺非常简陋，全是松树棒棒，用铁丝连在一起，铺上稻草，几十个人睡通铺。吃饭，主粮是红苕、土豆、苞谷，掺少量大米；吃菜，主要是小菜、汤汤水水，很少有肉吃。民兵们自己带有豆瓣酱、豆腐乳下饭，豆瓣酱、豆腐乳吃完了，就用酱油拌饭。那时的生活，没有最苦，只有更苦。"

生产条件和环境也具有时代特征。劳动时间没有八个小时这个概念，天亮就上工，天黑才收工。主要任务就是到乐天溪河里淘沙、捡石头，路程将近4公里，沿河都是人。当时的运输工具主要是背篓、"鸡公车"和板车，最好的现代设备就是手扶拖拉机了，但整个施工现场也没有几台。就是这样，民兵靠肩挑背驮把砂石料运到坝上去浇筑。

黄廷刚，时年25岁，任沙坪水库莲沱团政工员。他在《我在莲沱团从事宣传报道》一文中回忆施工中抬石头的一幕，把我们带到了四十多年前的现场。抬石头在工地是一项主要任务，有二人抬、四人抬、八人抬、十六人抬。不管是多少人抬，都有一个"头抬"人。以八人抬为例，首先把石头捆好，先穿1根"大麻辫"，再穿2根"四麻辫"，再穿4根"二麻辫"。准备就绪，"头抬"人喊一声："起哟！"担任头抬的人很稳桩，声音洪亮，是8人中的关键人物。"头抬"人话音刚落，后面7人立即响应："起哟！"根据号子确定步子的快慢。"头抬"人的号子感染着后面每一个人，号子分慢、中、快三种调子，震撼山河，很有感染力。

在人海战术里，民工伤亡不可避免。1977年8月28日，沙坪电站三号隧洞在爆破时，有一个炮没有点着。柏木坪民兵陈凯查探时不幸炸伤，肚子炸破，肠子流出来，整个人血肉模糊，工友们赶紧用板车把他送到沙坪工地医护室抢救。在莲沱的军工企业八二七厂职工医院医护人员的抢救下，经过8个多小时的手术，终于把陈凯从死神手里拽了回来。还有，在核桃树坪河边坡上，修公路遇岩石崩垮，邓村团竹林连左正兵和李建国遇难；雾渡河团一位不满20岁的女民兵，在沙坪通往银杏冲驻地的软桥上，掉下河中溺亡；汛期发洪水，乌蛇尾20多岁的朱国成在河对岸点炮后泅水回家，被洪水吞没……这些活生生的生命的消失，令人痛心。

这是一项集体主义精神凝结的筑梦工程

沙坪水电工程建设是按部队建制、靠军事化管理建成的，公社叫团部，总支叫连部，大队叫民兵排，民工叫民兵或战士。6000 余民兵报到后，团部安排了为期十天左右的军训，项目有站军姿、正步走、匍匐前进、打靶等。军训结束后，团领导要求每个人写一份"决心书"。军事化管理带来军事化作风，红旗猎猎，军号声声，施工的队伍一排排来，一排排去，放炮声、劳动号子声，此起彼伏。没有人畏缩，没有人后退。

时任邓村公社党委副书记熊文福，于 1979 年 1 月 29 日任沙坪水电工程邓村团团长。团部设在乌蛇尾对岸朱其新家，下辖邓村、古城、梅坪、竹林、双红 5 个民兵连，共 18 个民兵排、39 个大队，900 多名民兵，分别住在沙道湾大队小撇子、桂花园、乌蛇尾等地，和沙坪大队锯木冲之间约 4 公里的农户家或野外搭建的茅草棚里，团连都安排有政工员和统计员，实行军事化管理，统一生产劳作和按件计工。邓村团的民兵都来自偏远山区，朴实淳厚，吃苦耐劳。主要任务是修路架桥、备砂石料、大坝清基、右岸浆砌、左右岸边坡开挖、大坝截流封堵导流洞、坝上游围堰建筑，兼运砂石料任务。面对繁重的工程任务，他们实行日夜两班制，吃住都在搭建的工棚里。食堂伙食极其简单，主食就是苞谷、红苕，有时掺点大米，民兵们大多从家里带来豆瓣酱、豆腐乳下饭。即便在这样艰苦的环境中，民兵们也没任何怨言，干劲十足。

中国人能够调动一切力量，集中精力办大事。尽管当时生产力水平低下，生产条件差，但是民兵苦中有乐，不计报酬，不怕牺牲，充满激情地工作。当时指挥部办有《沙坪战报》，这是一份四开小报，稿件以简讯为主，也发文艺作品。这期间，刊发了柏木坪团报道组报送的两首诗歌，一首是《电灯不亮不回村》："深夜灯下写决心／颗颗红心向北京／一个心眼修电站／电灯不亮不回村。"另一首是《电灯不亮我不走》："扁担闪悠悠／汗水浑身流／箩筐专挑特大号／三步并作一步走／号子一声吼／群山抖三抖／抱板拉破四五个／绳子拉成两半头／大打电力翻身仗／电灯不亮我不走。"这两首诗都表达了一种大无畏的集体主义的使命担当和乐观向上的进取精神。

沙坪电站是一代人的追求、一代人的梦想。感谢《青春的沙坪》，让我们看到了一座历史丰碑背后的故事。

（作者系湖北省作家协会会员。曾任宜昌市夷陵区乐天溪镇委书记，夷陵区委常委、区政府常务副区长，区委副书记，宜昌市总工会副主席等职）

目录

决策设计

沙坪水电工程决策、踏勘与建设经过

闫圣代

修建沙坪电站的时候，我任宜昌县革委会副主任，经县委研究决定，我担任沙坪水电工程指挥部指挥长。我从沙坪电站的踏勘到离开，共工作了5年。如今已过去40多年了，有些事已模糊不清，我简单回忆一下印象最深的几件事。

第一件：选择地址

宜昌县第五个"五年计划"期间，全县有五六十万人，那时老百姓都点煤油灯，经济落后。县委、县革委会认识到，要发展经济，电力就要先行。但困难相当大，当时宜昌县只有一个小变电站，在昌耀那个地方，国家给我们分配的电力数量相当小，不够用。

宜昌县机关是1970年从城区搬到小溪塔来的，为了给葛洲坝工程建设腾地方，张体学省长（省革委会主任）一句话，我们就搬了，搭棚子居住，县革委会搬到老农校。搬到小溪塔后，我们最大的问题就是缺电。而宜昌县水力资源又相当丰富，黄柏河是宜昌县第一大河流，还有乐天溪、横溪河等河流，大概有十万千瓦的水力资源。山地资源好开发，而开发水力资

003

源投资大，宜昌县那个时候是吃财政补贴的县，没有资金。当时葛洲坝工程开工了，县委、县革委会领导找三三〇工程局党委第一书记刘书田，请求支援。刘书田多次到宜昌县调研，表示支持宜昌县建一座电站，三三〇工程局拿点钱，由宜昌县选择电站的地址。

1976 年下半年，县委、县革委会定下来，选一个建电站的地址，要我来负责这个事，我那时担任县革委会副主任，上半年还在负责官庄水库加坝。因为黄柏河东支水电由宜昌地区开发，宜昌县搞不成，水利局便提议到莲沱公社乐天溪去选址。大概是 10 月份以后吧，我们组织了七八个人到莲沱公社沙坪大队，水利局抽了部分人，包括水利局局长付禄科，技术人员张忠倜、冼世能等人，到实地考察。考察结果表明，沙坪这个地方适合建电站，我们向县委书记胡开梓汇报了，胡书记召集县委常委开会讨论，一致同意在沙坪这个地方建电站。

第二件：工程设计

确定电站建设地址后，遇到的困难是工程设计。当时宜昌县没搞过这么大的工程，张忠倜、冼世能也没设计过这么大的水电工程。我鼓励他们说，要相信自己的能力。后来张忠倜、冼世能、黄定成等人，不到 5 个月就把工程设计方案、初步预算方案拿出来了。

沙坪水电工程预算 1700 万元左右，我们给刘书田汇报，刘书田说，这么大一个数字，得向水利电力部报告。水利电力部研究认为，宜昌县机关、老百姓因葛洲坝工程移民搬家，对葛洲坝工程贡献很大，应该支持。这个事就定下了，他们大约支援了 1100 万元。三三〇工程局除了资金支持，还有技术支持。设计方案出来后，他们帮忙审查、修改、提意见。就这样，落实部分资金了，初步方案定了，修两级电站：一级站 4 台 ×1250 千瓦，计 5000 千瓦；二级站 4 台 ×800 千瓦，计 3200 千瓦，共 8200 千瓦。

在建设过程中，主要在工程后期，三三〇工程局开挖分局、运输分局还派员驻勤，给予了很大支持。

第三件：艰苦施工

沙坪水电工程总投资巨大，除了三三〇工程局支持的 1100 万元和部分贷款外，剩下的缺口怎么办？

当时，宜昌县动员了雾渡河、下堡坪、邓村、太平溪、三斗坪、莲沱、柏木坪、晓峰、上洋 9 个公社共 6000 多民兵上这个工程。沙坪水电工程，是 1977 年 3 月 23 日正式开工的，在河坝举行的开工典礼仪式。开工以后，定的是 1978 年 12 月 26 日毛主席生日前，二级站第一台机组必须发电。我们千方百计努力，确保在这个时间发电。

我感到内疚的是，那个时候的施工，相当困难。6000 多人的施工队伍，大队拿不出钱，公社拿不出钱，县里也拿不出钱，完全靠老百姓作贡献。

我在宜昌县工作了一辈子，负责建的水库，仅鸦鹊岭小Ⅱ型水库就有十几座。我热爱水利，对水利事业有感情。负责了这么多水利工程，我认为沙坪工程最艰苦，老百姓付出的最多，我心里一直内疚得很。那个时候，民兵们一个标工四角钱，有时一天还完成不了一个标工，也就是说辛苦一天，还挣不了四角钱。民兵生活相当困难，都是靠从家里带粮，包括蔬菜。生活上少肉少油，有的人菜吃完了，就用酱油拌饭。饭也不是白米饭，还要掺一些苞谷面或红苕或土豆，但民兵们没有丝毫怨言。他们说，为了振兴宜昌县的经济，为了点上电灯、不烧煤油，为了改善今后的生活，他们付出是应该的。我听了非常感动！

劳动时间没有八个小时这个概念，从天亮开始，吃了早饭就干事，到乐天溪河里淘沙、捡石头，路程将近 4 公里，沿河都是人。天黑才收工，民兵们辛苦啊。他们的运输工具是什么呢？第一种是背篓，第二种名字叫"鸡公车"，第三种就是板车，第四种是最好的，就是手扶拖拉机。民兵就是这样把砂石料运到坝上去的。

我记得有三四个隧洞，最长的一百多米，最短的二三十米，靠人工，用八磅锤打。打了后装炮药，靠人工点火，非常危险，有人为此英勇牺牲了。柏木坪团民兵陈凯，被抽到指挥部当施工员，放炮时把肠子都炸出来了，万幸的是抢救过来了。有一次晓峰团民兵放炮，一下炸死了几个人，我们很痛心。民兵们这种大无畏的精神，很可贵，值得赞扬，值得学习。他们在这种艰苦的条件下，日夜奋战，以确保沙坪二级站在第二年12月26日发电。包括我在内，每人每天只休息几个小时。经过各级领导、工程技术人员和广大民兵的共同努力，沙坪二级电站如期在1978年12月26日毛主席生日前发电运行。在那么艰苦、落后的工作条件下，这是一件了不起的事情。

第四件：确保质量

没有工程质量，就没有一切。质量搞差了，给人民造成灾难，那就是大事！为此，我们千方百计保质量保安全。施工技术员田奠护、詹光源、熊仁义等人，抓质量是相当负责的。每块石头到位没有，砂浆到位没有，都要搞好。沙坪是重力坝，有防水墙，有廊道，工程质量是相当过硬的，每个关键部位，我都要亲自去检查。

为了保质量保安全，大概1977年10月份以后吧，沙坪大坝正在开挖基础，我们组织了3个人的考察组，由我带队，成员有田奠护、冼世能、赴重庆长寿县，到著名水利专家张光斗当年主持建设的狮子滩水库学习取经。狮子滩水库管理处热情接待了我们，负责人给我们详细介绍了张光斗抓质量的故事：大坝清基，先用水冲洗，再用毛巾一个地方一个地方擦干净。狮子滩水库质量可以说在全国是最优秀的，不漏水。我们回来以后，按照张光斗的做法进行施工，包括用毛巾擦坝基上的灰沙，我们都做到了。清基完成后，搅拌机里的混凝土下泄，我一直守在现场。由于长期劳累，当天晚上，我就累倒了。同志们赶快用救护车把我送到县医院，还好，住院半个月就出院了。

沙坪水利枢纽工程从头到尾，不管是隧洞也好，渡槽也好，沉砂池也好，可以说质量是相当过硬的，三三〇工程局技术人员看了以后都竖大拇指。全国小水电质量评比，沙坪电站得了名次，被评为全国的优质工程。

水利工程是百年大计、千年大计，大坝蓄水后，我多次在廊道里查看过，不漏水。

第五件：各方支持

大家都知道，水利工程能否如期开工建设，关键在移民。沙坪库区老百姓对工程支持很大，比如，听说要搬家，老百姓连夜搬，从来不提搬迁费的事。沙道湾、石洞坪、沙坪三个大队的老百姓，为沙坪电站建设作出了巨大贡献，没给指挥部添一点麻烦，这是我最感动的。当时沙道湾大队的郭昌元书记，对工程支持很大，我跟他关系蛮好，他送我的一把木椅子，我至今还在用。

沙坪指挥部政委是县委副书记陈天赐，副政委是公安局政委刘福洪，指挥长是我，副指挥长有水利局局长付禄科、电力局局长谭振树，主要领导就是这些人。现还在世的就只有我和谭振树，其他同志都不在世了。指挥部下设后勤组、政工组、工程组，管后勤的叫马孝先，原来是县财办的副主任，也不在了。从指挥部到各个团，同志们都兢兢业业、勤勤恳恳，为建设沙坪电站作出了贡献。指挥部和各团干部没计较过待遇、没计较过补贴，工作一天补助四毛钱，有的人还不领，思想好啊。

全县各单位都抽人抽物，包括县革委会抽的炊事员，县医院抽的医生、护士、救护车，县粮食局抽的运粮食的车，总之，全县各单位要人给人、要物给物，全力以赴。

印象深的就这么几件事。在沙坪工地工作了五年之后，我就离开了沙坪，水利局局长付禄科、副局长梅荣波留下来收尾。

（本文系朱白丹根据闫圣代口述整理）

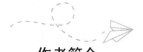

作者简介

闫圣代，男，中共党员。1976 年 10 月，以宜昌县革委会副主任身份参加沙坪水电工程踏勘、建设，时年 44 岁。任沙坪水电工程指挥部指挥长。

决策沙坪电站建设的几个县领导

戴先波

20世纪70年代，宜昌县经济贫困，有时连干部职工的工资都不能按时发放。面对无政策支持、无资金来源、无机械设备的境况，要建设一个水电站，谈何容易？1977年3月，县委、县革委会一班人，组织雾渡河、下堡坪、邓村、太平溪、三斗坪、莲沱、柏木坪、晓峰、上洋9个民兵团，迎难而上，浩浩荡荡开进沙坪电站建设工地，劈山开渠、拦河筑坝，打响沙坪电站建设的第一炮。

县委书记胡开梓眼看工地缺钱缺物，他带领身边工作人员赴宜昌地区、湖北省和水电部层层请示汇报，陈述建设沙坪电站的美好前景，争取上级领导支持，硬是把水电部部长钱正英同志请到了沙坪水电建设工地调研、指导，工作得到了钱部长认可。钱部长到工地后，高兴地说："工程开局干得不错！你们的行动、决心、精神感人。面临的困难的确不少，部里给沙坪电站建设开绿灯、开小灶，帮助解决一些资金、物资问题。祝沙坪电站早日完工，胜利建成！"钱部长的一席话，大大鼓舞了工地指战员的士气。胡开梓同志把沙坪电站建设工程一直放在心上，每两月或一季度就要到沙坪工地调研，有时带着县领导孙双仁和有关单位的"一把手"到沙坪电站工地现场办公，听取意见，解决问题。

县委副书记、指挥部政委陈天赐敢于担当，哪里有困难他就出现在哪里。一天，太阳快落山，晓峰团团长易行瑶急促地来到工地指挥部，说："我团出了天大的事故，我……我……"他哽咽着说不出话来。指挥部党委委员、办公室主任、政工组副组长何顺德同志见状，说道："易团长，你不急，跟我们说，出了什么大事故？"易团长哽咽地说："我团三名战士在爆破中被炸死了。"大致情况是：爆破手放炮时点了火，几十个炮都响了，有两个炮没响。三个爆破手等了几分钟，还是没响，就走近去查看。刚走到炮点，两炮突然响起，夺走了他们的生命。

易团长把情况介绍完，在场的人员都惊呆了，不知所措，何顺德组长也低头不语。正在这时，陈书记走进了指挥部，何组长急忙把易团长刚才诉说的情况向陈书记做了简要汇报。陈书记没多说话，只说："大家莫急，此事由我来办。易团长留下来参会，小戴快去大坝工地叫闫指挥长和李先沛（指挥部党委委员、政工组长）马上回来，有事商量！"指挥部党委商定后，陈书记发话："易团长回团把全团战士的思想工作做好，把大家的心安定下来，把工程任务、施工安全事项安排好，吸取教训。马孝先主任（后勤组长）配合易团长，把安葬死者的棺木、担架办好，明天上午十点钟，把遇难者的遗体护送到新坪大队进口处。"

说完，陈书记带着政工组长李先沛和我连夜赶到新坪大队，向党支部书记刘祖刚同志通报事故情况，安排相关事宜，强调一定要把死者家属的安抚工作做细做好。刘支书接到任务后，忙把大队的几个主要干部叫来，统一思想。和我们一起到生产队，把小队干部从床上叫起来，到队部开会。

人员到齐，刘支书把工地事故情况向小队干部讲明后，请陈书记讲话。陈书记说："工地事故情况，祖刚同志已告诉大家，我就不重复了。我要说的是：在座的都是干部，我们干部是人民的儿子，人民为了建设家园，失去了亲人，一定很悲痛。我们都很悲痛。但光悲痛不行，要化悲痛为力量，眼下最紧迫的是，我们要上下一心，共同努力把遇难者家属的思想工作做好，让他们得到安抚，减轻痛苦，我陈天赐就先谢谢你们了。"陈书记的讲话给了大家力量和勇气。众人在刘支书的主持下，一起研究做好事故后续工作办法。最后决定大小队干部三人一组，包干到户，并邀约和遇难者家属关系最好的亲朋好友一道，明天上午早饭后上门做工作。

由于工作做在前、做得细，第二天上午十一时，死者遗体、棺木顺畅地送到了葬地。事后，陈书记在村支书和队长陪同下，登门到户，看望死者家属。此事故后事办理，由陈书记出面，上下一心，工作精细，没出意外。政工组长李先沛感叹说："这次事故的后事办理，幸亏有陈书记带领大家做深入细致的安抚工作，不然是很难做好的。"

再说指挥长闫圣代，新中国成立前打游击出身，说一不二，工作严谨，以身作则，身体力行，具有能打胜仗的军人作风。1977 年 3 月，他冒着风雨，带着背包行李一到工地，就"钉"在工地上。除县里通知他开会离开工地一下，从不回城归家。工地开挖隧洞最艰难，他就固守在那里。面对三处都是花岗石岩体的隧洞，战士手中的武器就是挖锄、铁耙、钢钎、八磅锤，"敌我"力量悬殊。他不示弱，命令三个公社团长加开日夜班。施行几天后，发现进展不够理想，他决定搞三班倒，歇人不歇家伙地干，加快了开挖进度。一年下来，三个花岗岩结构的隧洞基本贯穿，五里长渠道平台，似车道平平展展，重力大坝基脚开挖成型，工地面貌焕然一新。年终总结时，政工组长李先沛深有感触地说："在县委、工程指挥部党委的领导下，工地变样了，我们的指挥长也变样了，圆脸变尖了，手皮变厚了，腰身变细了，身材变得苗条了。"在场的人都鼓起掌来。莲沱团团长朱凯祥感言道："我原来认为，沙坪最硬的是花岗岩石，从工地战果来看，花岗岩再坚硬，也没有我们的钢钎、八磅锤硬，更没有我们指挥长的骨头硬，我们指挥长的战斗作风，比沙坪的花岗岩还坚硬！"随着话音落下，又是一阵掌声。

闫圣代指挥长每日出工在前，收工在后。有一次，他在劳累中伤风感冒了，烧得面红耳赤也不休息，吃点药后，又到工地巡视，现场指导，督战施工，上阵劳动。深夜，他还去隧洞工地助战开挖。在他的影响、带动下，指战员哪怕是睡稻草、打地铺、住工棚，也不叫苦叫累，他安排的任务从没人讨价还价，都不打折扣、兢兢业业圆满完成，工地指战员都怀有一颗电站不建成决不收兵的决心。

闫指挥长的严格管理，使谁都不敢占用一点工地的资金物资。每日天还未亮，闫指挥长就起床了，日复一日地打扫指挥部周围的卫生，默默无言地搞公益劳动。他十分关心下级，如施工员田奠护，其妻患有严重风湿，双腿不能行走，远在鸦鹊岭农村无人照顾。他安排人将其接到工地治疗，夫妻团聚，相互照应，使田施工员深受感动，工作更加努力。

又如，何顺德组长的父亲患高血压瘫在床上，生活不能自理，家中还有三个孩子，其妻一人在家料理家务、照顾老小，困难不少。闫指挥长得知后，关心地对何组长说："你们家里困难不小，我帮不上忙，你主要负责抓工地典型，综合总结，写材料、写领导报告、办工地战报等任务，你把工作安排好，打个招呼，可适时回家帮妻子承担一些家务。"何组长十分感动。

再如，我刚到工地不久，胃病复发，没有出工，闫指挥长去驻地（农户家）看望我，派工地医生给我治疗，叫食堂给我做软食，下面条送到床前。我感动不已，心想："闫指挥长那么大的工作量，还惦记我这个小兵，令人敬佩。"闫指挥长的所作所为，看似日常生活中一些不起眼的小事，但从中可体现出他的高贵品质，蕴藏着他巨大的感召力、凝聚力。我暗下决心，以后要在工作中多出力，回报领导，回报组织。从此，逢年过节，我自愿在工地坚守值班。我的脚在三号隧洞施工时受伤后，带着伤痛完成了年终劳模大会的会务工作。会后我才到医院治疗，医生诊断说："你的脚伤误了治疗期，一时难治好，最好是卧床休息，配合治疗。"我难以办到，毅然跛着脚回工地坚持工作。1992年我下农村驻队，走五六里路还有痛感，中途要休息三四次才能到杨家场村。

作者简介

　　戴先波，男，中共党员。1977年以宜昌县贫协干部身份参加沙坪水电工程建设，时年38岁。历任沙坪水电工程指挥部政工组副组长等职。

一位老共产党员融入了青春的沙坪

陈建新　陈建军

　　家父陈天赐，原宜昌县委副书记，沙坪电站建设初期担任工程建设指挥部政委。沙坪电站建设是家父在宜昌县参与的最后一项重要工作，他对沙坪电站很有感情，家父亲自整理的个人影集里，沙坪电站工作期间拍摄的照片占有很大篇幅。沙坪电站员工对他也有很深的感情，他调离宜昌县后，电站的干部和工人还经常来家里看望他。家父退休后，多次应邀去沙坪参观。

　　家父在沙坪工地虽然不到两年时间（1977年3月至1979年1月），但他在建设初期与大家一起付出的心血和汗水，为工程顺利竣工打下了良好基础，将一位老共产党员的智慧和才干融入了青春的沙坪。

　　沙坪工程选址在西陵峡口的长江支流深山谷地，与家父的家乡晓峰河相距很近。这里是大革命时期中国共产党领导农民武装"九四"暴动的红色沃土，已被省有关部门确认为革命老区。新中国诞生前夕，家父跟着共产党先遣部队跑交通、送情报，经常在这一带活动，他对这里的山山水水很熟悉，对当地群众很有感情。

　　2022年6月，我们自驾专程去沙坪水库寻访家父工作的印迹。年过古稀的时任沙坪大队干部给我们讲了家父到村里为选址做动员，得到村民们积极支持的往事。村干部动情地回忆："政府给我们修电站、送光明，我们没有什么条件可讲，有力出力，需地让地，该迁就迁！"

那时我家除了最小的妹妹读高中在家外，三个大孩子都已离家读大学、进工厂、当知青。每次回到家里，感觉家父那时忙忙碌碌的都是为了建设沙坪电站。家父"文革"前进入宜昌县委领导班子，长期分管宣传文化教育和机关党群工作，领衔担任一个水电工程建设的主帅，看得出来他很投入，充满激情。家父总是来去匆匆，有时回家连饭都不吃，拿上几件换洗衣服就与随行干部、司机赶回工地。有一次刚进家门，狂风暴雨突起，家父担心工地安全，立马返回工地，天黑路险，家慈与我们都很牵挂他，直到深夜，办公室的同志带信安全到达，全家才放下心来。

现年 92 岁高龄的原宜昌县机关党委干部吴锡荣叔叔回忆跟着家父初到工地的情景：指挥部设在莲沱公社沙坪大队大队部，工地上人山人海，红旗招展。打炮眼的钢钎声，炸石的放炮声，一派热火朝天的景象。吴叔叔说，人们对陈政委的印象是亲民爱民、务实清廉、有魄力、受人尊敬的工农干部形象。他自己带头，要求指挥部工作人员必须每日抽半天参加工地劳动。他虽然年过半百，但仍像个壮劳力一样挥动八磅锤、挑担子、推独轮车。第一台机组刚刚发电运行，陈政委要调往秭归县工作，干部工人依依不舍，自发赶来与他合影留念，表达难舍之情……送行的人群一直堵塞到公路口，离开的吉普车只能缓缓开行。

家父那时兼任县机关党委书记，建设队伍进入工地，他就带领机关党委干部吴锡荣、戴先波等同志上工地，健全党组织、制定规章制度。戴先波叔叔在家父身边工作了一年多，现已耄耋之年，耳朵完全失聪，回忆起当年往事，他频频点头、笑意吟吟，说他当时一直工作在陈政委身边。虽然交流受限，但他眼神里对家父满怀深情和敬意。他说，陈政委强调坚持党的统一领导，发挥党组织的战斗堡垒作用，工程指挥部设党委，各团设党总支，各连设党支部，并注意发展施工第一线的积极分子入党。沙坪电站后来多次获得省部级"优质工程""优秀企业""示范电站"等多项荣誉，是党建工作的优良传统起到了保障作用。

家父十分注重宣传工作，调动大家积极性。他要求各团有固定的政工员，连排有宣传员，办好宣传栏和墙报，指挥部每日出《沙坪水电战报》。他并非一介文人，但对稿件质量把关很严，重要文章一定亲自审核。战报报道施工进展，表彰好人好事，鼓舞士气。

1977年8月28日，沙坪电站三号隧洞在爆破时，有一个炮没有点着。民工陈凯查探时不幸炸伤，肚子炸破，肠子流出来，整个人血肉模糊，工友们赶紧用板车将他送到沙坪工地医护室抢救。工地医疗条件简陋，家父及时联系县医院做好急救准备，将他送往县城小溪塔。救护车到达莲沱大桥时，陈凯失血过多休克了。家父担心路上出事，当即决定就近医治，请求位于莲沱的军工企业八二七厂职工医院支援抢救。经过8个多小时的手术，最终把陈凯从死神手里拽了回来。事后，家父亲率文艺宣传队，前往八二七厂职工医院道谢，送去感谢信，并进行慰问演出。

陈凯痊愈后，家父考虑到他的身体情况，将他从施工第一线调到器材组，在大坝仓库值班，并亲自到岗叮嘱，妥当安排他的吃饭和休息等生活事宜。一个6000多人工程的指挥部政委把工作做得这么细致入微，当事人至今回想起来，都深有感慨："那时候，人与人之间，领导与群众之间，单位与单位之间，感情多么深厚、真挚啊。"

家父每日几乎走遍绵延10余公里的各个工区，全面及时掌握施工情况。冬天一件大棉袄，夏天戴顶草帽，雨天满腿泥，轻装简从，平易近人。他吃住在工地，住处自己打扫，工作人员见他太忙，要帮他打开水，被他婉言谢绝。指挥部食堂餐厅很简陋，几张条桌加条凳，各级领导一律按序排队，凭票打饭菜。无论早中晚餐，家父都没有搞特殊。但对特殊岗位的员工，他特别关照后勤部门，要确保因公回来晚了的人有热饭热菜吃。有一次，家父见民工小王长得瘦高瘦高的，像火柴棒似的。打完饭菜后，家父夹了两片肉给小王，说："小王，多吃点肉，你现在正是长身体的时候。"当时一个荤菜，只有薄薄的几片肉，家父自己舍不得吃，让给小王吃。当年的小王、今天的老王讲起来，还感动得热泪盈眶。家父的工作作风感染带动了整个工地。

沙坪工地是一片青春洋溢的热土，建设者大多数是二三十岁的青年人。家父喜欢与青年人在一起，关爱他们，发挥他们的生力军作用。他还根据青年人的特点，开展文艺、体育活动，组织文艺团体上工地演出。工程师冼世能是科班出身的技术骨干，专业水平高，设计任务完成得很出色，他从小爱好文学，家父鼓励他注意积累素材，开展业余创作。家父抓住一些典型事例，教育指挥部派到各团的施工员要关爱他人，尊重老同志。当年的年轻人现在都成了退休老人，他们常提起陈政委，时刻谨记陈政委"尊重别人，才能得到别人的支持"的谆谆教诲。

那时社会上出现烫头发、穿牛仔裤等风潮，家父不像有些老同志那样看不顺眼，而是循循善诱、因势利导，将其引向健康的生活方式。器材组一个年轻人追求时尚，没有烫卷发的设备，就把铁梳子放到火炉上烧，将头发烫成卷儿。一个深山的水利工地上的建设者烫卷发，显然不合适，最主要的是不符合安全规则。家父看见了笑着说："自己烫头发，是不是没有钱理发了？你到我抽屉里拿几角钱，去把头发弄一下。"小伙子听后，脸马上红了，知道家父是在善意地批评他，吃完饭后就到工地理发室把头发剪了。第二天又碰到家父，他不好意思地说："陈政委，我昨晚一夜没睡好，生怕您批评我。"家父说："你把头发理了蛮帅嘛。"

家父非常关心施工人员的切身利益。离开沙坪后，工地员工依然信任他，遇到问题愿意向他倾诉。电站运行初期，招了 20 多名亦工亦农的员工，他们对电站建设贡献较大，县里决定在适当时间将他们转为正式工。但时间长了，工人们心里不踏实，他们给家父写信："陈书记，我们现在在工地上很有危机感，电站招工两批都没有我们。"家父很快给他们亲笔回信，鼓励他们安心工作，说："你们安心工作吧，指挥部研究了，把工地上表现好的青年留下来，这是定了的。我回宜昌时，再建议县委研究。"家父将此事放在心上，向县委转达了意见，后来县委安排专人落实此项工作，专门跑到省劳动厅申请招工指标。经过努力争取，终于把这批亦工亦农的人员转正。这批人直到退休，一直是沙坪电站的业务骨干。

"不忘初心，方得始终。"沙坪电站从 1976 年勘察设计到今天，即将迎来 50 岁生日。从沙坪电站走出来的有识之士，组织编写《青春的沙坪》一书，邀请当年的建设者及其家人撰写文章，怀念前人、启迪后人，纪实存史，意义深远。祝愿沙坪电站青春常驻，继续为地方经济、社会发展焕发光热，输送动力。

作者简介

陈建新，陈天赐长子。中共党员，退休教授，曾任大学校领导，享受国务院政府特殊津贴专家。

陈建军，陈天赐次子。中共党员。退休前任长江三峡通航管理局发展规划处副处长。

陈天赐政委的故事

陈凯 等

陈天赐，男，1928年出生于宜昌县晓峰乡晓峰村一个贫苦农民家庭。1949年新中国成立后，参加民兵组织，担任村民兵队长、乡武装委员，积极参加清匪反霸和减租减息运动，年底被评为先进工作者。1950年3月加入中国共产党。1951年4月出席湖北省首届民兵模范表彰大会。自1951年6月参加工作起，历任宜昌县第十三区武装部武装干事；第十二区区委组织干事、区委组织委员、区长、区委第二书记；第六区区委书记；第二区区委书记；太平溪公社党委书记、太平溪区委书记。1965年7月至1979年1月，任宜昌县县委副书记兼沙坪水电工程指挥部政委等职。在沙坪工地，他平易近人，讲究工作方法，与民兵一道抢八磅锤、挑砂石、推板车，受到工地指战员尊敬。本文特选几则陈天赐政委在沙坪工地的故事。

陈政委很有人情味

1977年8月28日，沙坪电站三号隧洞在爆破时，有一个炮没有点着，其他点着了的引信正在燃烧，随时都可能引爆。而我和周月炳、郭权义三人只在想为什么未点着，就像着了魔似的站在原地不动。等第一炮响过之后，我们才醒悟过来，他们两个人迅速跑出去了。我跑在他们后面，巨大的冲击波和石块向我袭来。我的肚子炸破了，整个人血肉模糊，工友们赶紧用板车把我送到沙坪工地医院抢救。

由于工地医院医疗条件简陋，指挥部政委陈天赐及时通知县医院做好急救准备，将我送往小溪塔。当救护车到达莲沱大桥时，我因失血过多休克了。陈政委担心我路上出事，当即决定就近医治，请求位于莲沱的军工企业八二七厂职工医院进行抢救。经过8个多小时的手术，清理砂子、吸出污血、清洗肠子、切除脾脏，终于把我从死神手里拽回来了。我在八二七厂职工医院住院约三个月，出院后，陈天赐政委带领文艺宣传队前往八二七厂职工医院，送去了感谢信，并进行慰问演出。

1978年初，陈政委考虑到我有伤在身，将我从工程二组调到沙坪器材组，在大坝守炸药仓库。既然是炸药仓库，就要远离人烟，不能开火做饭。吃饭要走到沙坪指挥部食堂去，距离很远。

有一天，我发完货躺在床上休息，陈天赐政委来了。我起身跟他打招呼，问："陈书记您怎么来了？"他说："我是专门上来的，找你说个事儿，你明天到沙坪仓库上班，那里离食堂近些。"陈政委牵挂我吃饭的问题，已经很让我感动了，他还亲自来通知我。他完全可以叫器材组组长通知我，没想到他一个指挥部政委，做事亲力亲为，让我真切感受到组织的温暖。

（讲述人：陈凯）

陈政委批评人很有艺术

1978年5月的一天早晨，我和同事黄代权从沙坪器材组到指挥部食堂买早餐。黄代权爱追求时尚，当时没有烫卷发的设备，他就把铁梳子放到火炉上烧，将头发烫成了卷发，像个老外。一个水利工地建设者，烫成卷发，显然不合时宜，特别是把铁梳子放火炉上烧，存在安全隐患。吃早餐时，碰上陈天赐政委，陈政委笑着说："小黄啊，自己烫头发，是不是没有钱理发了？到我抽屉里拿几角钱，去把头发弄一下。"小黄当天就到工地理发店，把头发剪了。

陈书记第二天到器材组，说："小黄，你把头发理了蛮帅的。"小黄不好意思地说："陈政委，我昨晚一夜没睡好，生怕您批评我。"陈书记说："你理了蛮帅嘛！"

这件事，换成其他领导，说不定就是一阵猛批，对陈政委的这种方式，我们非常佩服。

（讲述人：陈凯）

陈政委不搞特殊化

1978年3月，指挥部机关还在沙坪大队部办公。陈天赐政委住在一楼，走廊边隔了一间卧室，他每天起早睡晚。后勤仓库保管员秦德祯同志见陈政委很辛苦，每天早上6点钟，轻手轻脚进去，帮他打扫卫生，把开水送到房里。陈政委起床后，发现了这件事，对秦德祯同志说："老秦，你以后不用给我扫地、打开水了，这多不好意思啊，我也有双手嘛！你搞好仓库管理，就是对我最大的照顾，就是对我工作最大的支持！"

（讲述人：陈凯）

陈政委心系民工

1979年5月，陈天赐政委调到秭归县担任县长，我们都很舍不得。临走前，在场的指挥部工作人员都来送行。沙坪电站运行工招了两批，我们指挥部一二十名临时工（所谓亦工亦农）心都悬着，工作不安心。为此，我给已调任秭归县县长的陈天赐写信："陈书记，我们现在在工地上很有危机感，电站招工两批没有我们。"

陈天赐同志调外地了，又是一县之长，有多少大事等着他处理啊，完全可以不用理我。万没想到，他亲自给我回了信："小陈，你们安心工作吧，我在指挥部时就研究了，把工地上表现好的青年留下来，这是定了的。我有机会回宜昌县时，一定给县委建议，组织上也一定会考虑的。"最终，我们亦工亦农人员全部招工了。我们非常感谢陈天赐政委。

（讲述人：陈凯）

陈政委给我挑肉吃

在指挥部食堂，无论政委、指挥长，还是各级领导，一律排队就餐，凭票打饭菜。就餐的餐厅很简单，条桌加条凳，无论早中晚餐，我看见陈政委、闫指挥长等领导总是依次排队，从未插过队。

我那时，长得就像火柴棒似的，瘦高瘦高的。有一次，陈政委打完饭菜后，给我夹了两片肥肉，说："小王，多吃点肉，你们年轻人现在正是长身体的时候。"打一个荤菜，只有薄薄的几片肉，陈政委自己舍不得吃，让给我吃，我感动得眼泪都快流出来了。

（讲述人：王邦仁）

陈政委教我尊重人

沙坪水电工程建设初期，指挥部施工员都分配到各团工作，我分在邓村团。到该团工作一个月左右，因工作上我与团长看待事情的角度不同，发生了争执。我以为争几句就算了，没过几天，我到指挥部食堂排队吃午饭时，陈书记把我叫到旁边，很严肃地说："小郭啊，听说你到团里不尊重团长，有这事儿吗？人家团长参加工作时，你可能还没出生，他工作经验丰富，你应该向他学习，学会尊重人家。派你们下各团工作，只有得到他们的支持，才能把工作任务完成好，听明白没有啊？"我红着脸答应："听明白了！"

没过几天，我从邓村团调整到雾渡河团去当施工员。此前的施工员是刘清昌，他是县共大毕业的，很优秀，但还是被团长王必成同志退回了指挥部。我想，雾渡河团的工作是不是比邓村团更难搞？王必成同志是抗美援朝老兵，雾渡河公社副书记、公社革委会副主任，性格豪爽，脾气火暴，说话嗓门大，工作作风雷厉风行。我担心是否能跟他共事好。到团部报到，王团长安排了一餐便饭，说："小郭，今天这餐饭算是为你接风，菜不算丰盛，酒管够，萝卜白菜管够。至于今后的工作嘛，我不会强迫你做违背原则的事，工程上的事，我会派专人协助你搞好，希望合作愉快！"我说："感谢王团长支持，我们都是为修建沙坪电站的共同目标来的。"

在此后的工作中，我时刻谨记陈政委的教诲，事先想到的就是尊重别人，才能得到别人的支持。在雾渡河团工作，虽然任务艰难，但我与全团指战员合作得非常好，同心协力，圆满完成了该时段的施工任务。

（讲述人：郭云光）

陈政委让我们吃上热乎饭

我在指挥大坝削坡，从事发送起爆信号工作。时值冬天，一天两餐饭，顿顿在后头吃不说，从大坝走到沙坪指挥部食堂，饭菜都凉了。大家自然有意见。

不知是谁向陈政委反映了这事，有一天吃午饭，陈政委对我说："小郭啊，我跟管后勤的同志说了，要确保你们因公回来晚了的人有热饭热菜吃，你就放心吧！"我点点头，不知说什么好，一股暖流从心底流过，差一点眼泪就掉下来了。陈政委看到我们的缺点及时进行教导，时刻关心我们的日常生活，及时解决问题。我们要向老一代领导学习、致敬！

（讲述人：郭云光）

沙坪工地陈姓民兵以陈政委为荣

县委副书记、沙坪水电工程指挥部政委陈天赐时常到绵延10余公里的各个工地现场检查督办，冬天大棉袄、夏天戴草帽，器宇轩昂、声若洪钟、平易近人。陈政委的作风感染和带动了工区，特别是晓峰、雾渡河、下堡坪、邓村、莲沱等西北山区陈姓民兵，都以陈政委为荣，学习陈政委做事。下堡坪团团长陈祖庆带领全团民兵遇"脏乱差就改变它"，多次被授予"红旗单位"；雾渡河团交战垭民兵连长陈德银率领全连民兵"急难险重我先上"，他所在的连队一直是攻坚克难且获奖的"标兵连队"；邓村团古城连二排60多岁的陈天政常说"我们本家当政委，我们争光不掉队"，施工中吃苦耐劳，生活中热心助人，被表彰为"先进个人"；鹞子河的陈孝媛大姐见我打着赤脚蹚河，很是心疼，送了一双鞋垫给我，并说注意安全保重身体，是陈政委教导大家要扶危帮困多献爱心……

（讲述人：栾礼宏）

陈政委体谅下属

我在沙坪水电工程指挥部担任统计员期间，有一次，县委副书记、指挥部政委陈天赐接到县委紧急通知，要求当天天黑之前赶到县委参加紧急会议，会上要汇报沙坪水电工程进度情况。接到通知时接近中午，统计数据需要时间，又未到月底，不是报表时间，当时的情景真的是火烧眉毛。我沉着冷静，马上将各团头天报上来的零散数据统计制表，陈政委一行人硬是在外面站着等了近两个小时，才拿到工程进度详细数据表，匆匆离去。等待期间，陈政委不仅没有对我发火、催促，还嘱咐我不要太急，这都体现出他理解、体谅下属的人格魅力。

（讲述人：杨泽民）

我参与设计沙坪水电工程

张忠倜

夷陵区水利湖泊局约我，请我回忆沙坪水电工程设计方面的事。我已80多岁了，离开沙坪水电工地40多年，记忆有些零碎化，难以系统成文，仅做以下汇报吧。

沙坪电站设计的由来

在原宜昌县（现宜昌市夷陵区）境内，最大的河流是黄柏河，宜昌地区水电局规定由地区开发管理。县只能开发管理境内其他河流，其中最大的是沙坪河。县局在20世纪70年代初就提出了沙坪河的初步水能规划，局里技术人员在局领导的带领下曾做过实地考察，并拟订了三级开发方案，为1976年实际开发沙坪电站的工作打下了基础。三三〇工程上马，给我们带来了极好的机遇，县委立即决定开发沙坪电站，要求水利局立即拿出实施计划。当时我主持设计室工作，带领室员赶出沙坪电站初步设计上报地区水电局，并获认可。县委书记胡开梓与三三〇工程局刘书记达成了一致，由三三〇工程局设计院和工程局大力支持沙坪电站建设。由于沙坪一级站有大坝项目，我在设计中提出将大坝设计高程定为175米，坝高为70.5米，属于国家一级工程项目。就我们当时的技术力量，是没有资格承担这个工程的。有了三三〇工程局设计院做后盾，又有指挥部，尤其是指挥长的大力支持和鼓励，我们设计组就壮胆了。三三〇工程局设计院派出地质专家在我们初拟坝址段多次勘察，最后确定了具体坝轴线位置。又派莫工画出宽缝重力坝的平面图、立面图，确定了大坝外形尺寸。我和冼世能建议改成浆砌宽缝填渣重力坝，得到莫工的同意，由冼世能作出坝体分段施工图纸。我住在三三〇工程局设计院完成了机械、电器安装和订货的全套图纸。金工图纸由三三〇工程局设计院和钣金加工厂完成。由于工期紧，基本上是边设计边施工。当时要求二级站当年完成发电，指挥部派我住二级站负责设计和施工技术工作。冼世能和黄定成负责导流和大坝基坑开挖施工，冼世能写出大坝施工质量控制标准，他们俩严格贯彻质量控制标准，大坝建成后渗透量很小。我在二级站同大胡子和田奠护配合，边设计边施工，克服了许多困难，按时保证质量完成了二级站建成发电任务。随后我和田奠护转战一级站。指挥部安排冼世能准备电站管理的前期工作。我和黄定成及田奠护负责大坝施工和继续完成大坝结构设计，并完成前期竣工图纸。由于设计任务工作量大，施工技术要求高，时间又紧张，我们没有留下详细的日志记载，随着时间流逝，记忆模糊，但是也有许多刻骨铭心的逸事略述如下。

实地踏勘的记忆

1976年5月，县革委会副主任孙斌带队，县水电局局长付禄科点名叫我们水利系统的人，有我和胡茂林、邹家新、易仁贵、黄定成、熊仁义、谭光金、何万成、冼世能、姚瑞灿等人，组成勘察队，开始乐天溪流域勘察工作。

勘察队从乐天溪上游的磨坪开始，沿河道往下踏勘，两岸山峦起伏，陡峭如壁，少有开阔平川，清凉的溪水潺潺流去。沿河道的小路，我们时而在左岸，时而又在右岸，无桥可过，只能脱了鞋，卷起裤腿，赤脚蹚水过去。虽然是初夏天气，高处的溪水还是很冻脚，让人打冷嗦。当看见50多岁的县革委会副主任孙斌，摇摆着沉重的身体，杵着一条树枝做的拐杖，高一脚、低一脚地过河时，我们只能咬着牙，踩着水里的"码泥光"，考验自我平衡功夫和意志，跟着过河。我们经常饥一顿、饱一顿，有时只能以干粮充饥。途中如果遇到公社驻地，就不客气地饱餐一顿，走了差不多一个礼拜才踏勘完全程。我们回局后，整编资料，向县委、县革委会建议，乐天溪中下游可以建三座电站。

当年10月，县革委会副主任闫圣代，带领我们一批水利局技术人员，查看沙坪水电站坝址，向县委汇报，县委决定建沙坪电站。次年成立指挥部，县委副书记陈天赐担任政委，县革委会副主任闫圣代担任指挥长。

我带着工程技术人员，又多次沿乐天溪所选定的坝址和库区做进一步勘测，为沙坪电站工程正式开工做好实地勘测工作。

闫指挥长多次陪同葛洲坝地质工程师在坝址勘察。因为这是坝址和库区的施工勘察，认真细致程度远超过初勘，当然就更艰苦。坝址两岸都要从河床爬过坝顶高程。山坡上满是丛林，尤其是那种长有荆棘的棵枝，让人穿过后两腿沾满毛刺，很难去掉。上下一百多米，爬上爬下几处比较，分析山形地貌、覆盖层和岩石裸露质地状况、库壁有无坍塌迹象和洞穴、断层裂隙等，搜集资料供设计所用。过去山区工地的艰苦生活，锻炼了我的身体，使我终身受益，我如今还能旅游、登山。

在沙坪工地工作八年，与县领导和同事们亲密相处，工地生活虽然辛苦，但是很愉快。这段时间是我成长的关键时期，不仅把学校学的水工知识运用全了，还在实际中处理了许多施工关键问题。并且在葛洲坝设计院和安装公司老师傅们的指导下，学习了机电专业的许多技能，使我有幸和冼世能合作，完成了这个水电枢纽的设计和施工的全套技术工作，这在我的同学中也是少有、难得的。

沙坪大坝的设计过程

大坝是水利枢纽的关键工程项目，进行过多种坝型比较，最后由原葛洲坝设计院确定为浆砌石宽缝重力坝。特点是可以利用当地河床大量蕴藏的河卵石做坝体主要材料，以自身重量保持坝体稳定，坝型适合当地地质力学和河道断面形状的要求，是技术经济均合理的方案。大坝总高度70.5米，属于高坝级别，坝高当时在国内同类浆砌石坝型中是最高的。我们又提出了修改建议，经指挥部和设计院同意后，成为"浆砌石宽缝填渣重力坝"，是国内首创的新坝型之一。其特点是利用开挖坝肩的风化废渣回填到宽缝内，既增加了坝体自重稳定性，也减少了浆砌石工程量，同时减少了处理废弃风化沙粒的外运工作量，大大节约了工程费用。

当时，设计院的莫姓工程师，只交给我们三张大坝布置图，确定了大坝外形尺寸，我们必须完成全套施工图（百余张图纸）才能进行施工。指挥部领导重视、关怀我们的设计工作，尤其是闫指挥长拍着我们的肩膀给予鼓励，我和冼世能、黄定成、何万成决心共同完成这项工作。对我们来说，这是挑战，也是机遇，能够切实全面锻炼我们的技术能力，包括水工、房屋建筑、钣金工、水力机械、施工机械和电力工程等。在坝体分块、排沙管以及钢筋混凝土防渗面板设计中，冼世能花了许多精力；在绘制设计图纸、廊道渗水观测中，黄定成做了大量工作；何万成完成了渠系建筑物设计；最后都付诸实现。我在溢流段设计中投入了大量精力，尤其在做宽缝填渣的设计中，由于宽缝两端是半圆形结构，遇到如何确定宽缝下游坝体厚度的问题，因为没有现成的计算公式，我只好自己先推导出一组计算公式，经宜昌地区老总们，包括清华大学毕业的工程师复核、审核后，得到认可和好评，如期完成了宽缝结构设计。后来，该公式发表在《宜昌水利》1983年第一期上。

这个坝的发电引水管比较大，主管直径有2.6米，下端分成两个叉管，制作这种三叉管，需要提交展开平面图才能施工。问题是这个三叉管的接缝曲线如何计算？当时设计院也没有找到现成的公式，又只能自己推导。

我与设计院的张志贤工程师一起，完成了公式的推导和施工图纸绘制。钣金师傅按图施工，做出的三叉管的接缝非常平滑漂亮。

为了确定水库蓄水调度的最优蓄水深度，在当时的苏联权威书籍中只有一句话，指明了"可能存在"（苏联版），没有细文。我经过认真研究后，写出《年调节水库最优容量消落深度的存在性条件和图解法》，刊登在《葛洲坝水电学院学报》1984年第二期上，为设计计算提供了理论依据。

我在大学是学水利工程的，发电技术方面学得很少。在这次设计工作中，我自学了许多发电专业关于一次和二次线路设计的内容，在设计院工程师们的指导下，完成了沙坪电站工程的电力设计图纸，使安装工作顺利进行。

总之，这个工程虽然规模不大，但是麻雀虽小，五脏俱全，工作难度和压力还是蛮大的。好在我们得到了指挥部领导陈天赐政委、闫圣代指挥长、水电局付禄科局长的信任和大力支持，鼓励我们大胆、放心地去做。当时我们正年轻，有一种闯劲，不怕困难、不辞劳苦、团结合作、共同努力完成了设计任务。

解决施工中出现的难题

当时施工，基本上是人力施工，很少有机械。尤其是大坝施工，几乎全部是用人的一双手，把河床的"码泥光"一个个翻起来，洗干净，再依次转运到大坝，才能用砂浆砌筑而成。每个合格的石头，至少要经过十个人的双手，才够格安放在坝体上！坝上质量把关的能手是田奠护，他个子不大，威力不小，把住了坝体质量关，是我们施工组中最吃苦耐劳、认真负责的一员干将。他还乐意兼任我们工程组的大师傅。有时晚上抓到河里的小鱼小螃蟹，他就煮成红彤彤的鲜鱼火锅供大家加餐，美味极了！现在想起来就流口水。

由于当时条件差，缺少机械，工程资金非常紧张，民兵的劳动强度很大，生活又非常苦。但他们还是每天早出工晚收工，努力按质量要求完成所分配的任务。可以说，这个坝是宜昌人民用汗水凝结而成的！

由于当时技术经济条件的限制，不可能采用机械化施工。但是为了尽量减少民兵的劳动强度，提高施工质量和速度，我们还是设法改进施工方法。比如在大坝上游防渗面板施工位上方，架设一条土洋结合的混凝土施工线，这个方法得到指挥部领导同意，施工实现了半机械化。

一开始，我住在二级站参与施工。当时指挥部要求在1978年12月26日毛主席生日前发电，工期很紧。途中遇到过许多阻碍施工的难题，需要我们解决。举两个例子：一是动工修建前池前边的渠道泄水槽，施工中的脚手架阻断了唯一的上坝公路，必然要妨碍大坝施工材料的运输。闫指挥长要求我们既不能断路，又要保证工程施工！经施工组讨论后，我提出了简单可行的修改方案。即取消原路边的支墩，改成斜撑外跳滑槽结构形式，虽然增加了设计难度，但是可以不阻断交通，且能继续施工。建成后还会显出一个壮观的飞天挑流、直下乐天溪的壮丽景观！

二是在厂房施工到了上屋顶大梁的时候，遇到一个预制大梁如何归位到屋顶支点处的问题。原设想用车吊，但是工地道路路况不行，吊车进不来。又要赶工期，大家很着急。我说有个办法，但是要先使用厂内设备。闫指挥长马上问清情况，即刻同意可以使用二级站未安装的固定设备。我马上做出实施方案，将购置的厂内行车加装支架，在厂房检修平台上先归位行车，再配合4个千斤顶协同运装大梁落位到屋顶。只用了3天时间，12条大梁的安装任务就完成了，解了燃眉之急，确保了二级电站在1978年12月26日毛主席生日前正式发电。县政府也给予了我们肯定和荣誉，我和田莫护被评为宜昌县特等劳动模范。

锻炼出一支过硬的队伍

指挥部从施工组中抽出熊仁义等人，自始至终参加机电安装，送一批年轻人去华南工学院培训水电管理，为沙坪电站培养了一支技术骨干队伍。

机电安装是由葛洲坝工程局派师傅全包的。指挥部选派一批年轻人参加学习安装，在实际操作中向老师傅学习，尤其是有一位年长的女工程师，一边总负责指导安装，一边教我们参与安装的技术人员。熊仁义等人非常认真刻苦，注意每一个技术细节，尤其是安装电站中最主要最精密的设备调速器，他们从不懂到拆装维修都特别注意。一次线路电缆头的安装，二次回路复杂，都有了比较清晰的了解，他们掌握了这些技术，成了以后电站的技术管理骨干。

作者简介

张忠倜，男，中共党员。1976年5月，以宜昌县水电勘察设计室主任身份参加沙坪水电工程勘察、设计、建设工作，时年35岁。历任沙坪水电工程指挥部施工组工程师，县水利局党委委员、总工程师等职。后调广东工作。

我在沙坪水库工地的八年

黄定成

一

1977 年初，宜昌县委决定兴建沙坪水电工程。

农历正月初六早上，天空中还飘着小雨，我们第一批设计人员 4 人，在设计室主任张忠倜的带领下，从县水电局出发，沿着荒芜的虾子沟，一路步行至南津关码头，乘坐"向阳"轮经西陵峡，在乐天溪码头下船。我们在路边小店简单地吃了中餐，然后沿着乐天溪河边的乡间小道步行至沙坪，借住在沙坪大队队部，开始进行沙坪水电工程施工测量。

在我们到达之前，县水电局农电股股长胡茂林就带领部分人员在此等候。我们到达后，组成一支测量队伍，对坝址地形、二级站引水渠进行施工测量。测量工作历时 20 多天，经反复比较，最终确定了渠道走向、隧洞进出口位置。

在我们测量期间，沙坪水电工程指挥部组建完成，进驻到了沙坪。各民兵团先头部队也相继到达沙坪，做开工前的准备工作。待我们测量工作完成后，指挥部就决定开工了，并在 1977 年 3 月 23 日举行了盛大的开工典礼。

开工典礼结束后，县委迅速调集了柏木坪、晓峰、上洋、雾渡河、下堡坪、莲沱、三斗坪、太平溪、邓村等公社的民兵，组建民兵团，高峰时达6000多人，从沙道湾至幺棚子，沿河两岸全都住满了民兵。至此，工程建设的大幕全面拉开。工程先从修路、修渠道、打隧洞开始。

指挥部成立后，先后组建了政工组、工程组、后勤组。工程组组长由副指挥长付禄科兼任，成员有刘国俊、胡茂林、张忠倜、冼世能、田奠护、詹光源、熊仁义、何万政和我。田奠护、詹光源、熊仁义分别为一、二、三施工组组长，负责公路和引水渠施工。何万政负责渡槽施工，参与施工测量的人员，分别安排到各施工组。我负责工程组内务，名曰"统计"。

二

工程开工后，张忠倜、冼世能和我回水电局，对沙坪水电工程进行初步设计。整个设计工作以张忠倜为首，具体任务是：张忠倜负责二级站厂房、前池、压力管设计，冼世能和我负责大坝设计，何万成负责渡槽设计。我们在水电局会议室的乒乓球台上，靠几本参考书籍、一块图板、一把计算尺、几支绘图笔，经过反复计算，多轮方案比较，确定了水库规模、坝型。为了减少大坝工程量，我们在保证大坝稳定和坝体应力的情况下，在坝体内设置了宽缝。工程初设搞了近半年的时间，最后形成初设报告和设计图，并将初设方案报中南水电勘察设计院审核。中南水电勘察设计院审核后，由总工程师朱尔明向县委领导汇报。汇报会在县委小会议室召开，县委书记胡开梓主持，县委领导全部参加。汇报结束后，县委领导一致同意初设报告。

至此，工程建设规模、坝型、坝高、库容、装机容量等主要指标全部确定，沙坪水电工程建设的宏伟蓝图就形成了。

三

工程初设完成后，我返回沙坪水电工程指挥部，搬到了沙坪大队队部居住。一楼右边的一间大房，用芦席分隔成三小间，我和张忠偶住一间，办公睡觉全部在这个小房间里。此时，沙坪水电工程施工正热火朝天地进行。

乐天溪至沙坪的公路已见雏形，渠道和隧洞施工正有序推进，大坝的施工也到了排施工日程的时候，工程一组改称为大坝施工组，由田奠护任组长，我荣升为副组长。大坝施工组有十多名施工员，还有机械组、电工组。

大坝施工从 1977 年秋开始，先后完成了左右岸的上坝公路、坝址处两岸山坡简易开挖，建成了左岸导流明渠。准备工作完成后，1978 年的主汛期来了，大坝施工只能等待主汛期过后。

由于此前库容地形没有实测，趁此间隙，指挥部领导安排我带队，组织库容地形测量。明确任务后，开始组建测量队伍。我从工程组抽了刘清昌等三人，从民兵团选了七名年轻的小伙子，边培训边测量，冒着炎热酷暑，白天测量，晚上整理测量资料，异常辛苦。历经两个多月，先后转战沙道湾、石洞坪，顺利完成了库容地形测量任务。回到指挥部，我对测量资料进行整理，绘制库容地形图，画出了库容曲线，完成了库区淹没损失调查报告。沙坪水库基础性的工作就算完成了。

四

转眼间，1978 年的主汛期到了末期，大坝基础开挖和处理已迫在眉睫。为保证大坝基础处理顺利进行，必须对河道实施截流。我们在坝址上游 300 米处修筑了上游围堰，围堰按"二十年一遇"洪水标准设计，围堰左岸留一缺口，保证河水正常流过，等待时机实施截流。10 月底，河道已是最枯流量季节，指挥部决定对缺口实施封堵。因当时河道中流量不大，封堵过程比较顺利，封堵后的第二天，水流就上了导流明渠，河道实现了截流。

河道截流，大坝施工的高潮到来，整个沙坪水电工程步入了以大坝建设为重点的阶段。基础处理从清理河床覆盖层开始，没有施工机械，全靠民兵肩扛背驮。河床覆盖层清理结束后，发现河床比较完整，指挥部决定不做大的修整，安排我联系中南院地质专家刘国霖等，来现场做了坝址地质素描，并对坝址基础处理提出了意见。根据专家建议，我又请三三〇工程局基础分局的有关专家，对坝基进行了固结灌浆。当这些程序全部完成后，指挥部决定对坝基开始回填。回填前，我们安排施工组的施工员对坝基进行了冲洗，冲洗后又用抹布擦干，整理得比餐桌还要干净，然后在上面铺了一层浓砂浆。所有准备工作做好后，才开始浇筑混凝土，混凝土浇筑至河床高程。

大坝基础处理结束后，按照设计要求，我们对坝体进行了分段，划分出溢流段和非溢流段，坝段处设分缝，用预制块分开。大坝迎水面设混凝土防渗墙，防渗墙后的坝体用河卵石浆砌。大坝开工时，工地上有了混凝土搅拌机、砂浆搅拌机、混凝土振捣棒设备，指挥部专门成立了机械连。为了保证施工质量，我们分别对不同标号的混凝土和砂浆配合比做了强度试验。在施工过程中，我们安排专人对进场的砂石料、河卵石进行冲洗，严格按照配合比组织施工，随机取样做成试块，送试验室做强度检测。为保证浆砌的密实度，我们控制采层厚度不超过60厘米，现场有施工员提着水壶，拿着铁钎，随时进行插钎灌水检查，各民兵团积极配合，发现漏水即做返工处理。混凝土浇筑前的场面清理、冲洗，都是由现场施工员亲自完成的，施工过程中的混凝土振捣，也是由指挥部专门人员完成的。经过一段时间的磨合，大坝施工逐步形成一套规范程序，工程按计划有条不紊地进行。

1978年12月，大坝已达到计划高程，大坝排沙管已安装结束，左岸导流明渠的历史使命也就完成了，指挥部决定对导流洞实施封堵，时间定在 12 月 4 日。封堵当天，邓村、太平溪、雾渡河三个团在上下游围堰同时施工，截断水流。随后，我们先是将预制好的混凝土梁，一条一条地放入洞前的两道闸槽中，然后在中间填筑黄土阻断水流，随后在洞口处浇筑混凝土。封堵过程持续一天一夜，因事先考虑充分，导流洞封堵顺利完成。从此，河水进入排沙管。

河水进入排沙管，是一个阶段性的成果，它表明二级站的引水条件形成了。1978 年 12 月 20 日，二级站引水渠建成通水，第一台机组设备安装调试结束，并网发电。12 月 26 日，是毛主席生日，指挥部在二级站召开了二级站投产发电庆典大会。从开工到二级站发电，用了不到两年时间。1979 年二级站建成，四台机组全部投入运行。1980 年 4 月正式移交管理单位。

五

二级站建成发电，电力输送的问题又出现在指挥部领导面前。

1980 年春天，指挥部领导交给我带队测量输电线路的任务。我们从二级站出发，翻山越岭，反复测量比较，初步确定了杆位，选定了到达小溪塔的线路走向。这年秋天，指挥部决定输电线路开工，从县检察院调来张副检察长全盘负责，我负责施工技术，我们的驻地搬到了天柱山办事处。指挥部抽调两个民兵团，挖基坑，抬电杆，放线收线，配合电力局架线专班施工。经过近半年努力，输电线路架设竣工，沙坪电力送到小溪塔。沙塔线电压等级为 35KV，是宜昌县当时第二条高等级的输电线路。

1981 年，指挥部办公楼建成，我们搬进了新房。这年 6 月，一级站试运行。这一年，也是大坝施工最关键的时期，溢流段溢流面要成形。溢流头是一个标准的曲线，挑流段是一个反弧，闸墩施工中很多埋件必须位置准确，大坝弧门安装也必须十分精准，是电站建设中施工难度最大的环节。

为确保工程质量，从施工放样到模板制作安装，我都亲力亲为。

1982年6月，我在工地受了重伤，砂轮片破裂击中腹部，造成肠子断裂，在县医院住院一个半月。出院后，领导特批多休息半个月，9月初我返回沙坪工地。

1983年，工地民兵已全部撤离施工现场，后期的施工任务承包给了浙江的一个民营企业。是年7月，大坝弧门和启闭机安装调试完成，地区水电局在现场组织验收，并进行开闸放水试验。根据试验结果，我们制定了闸门开启操作规程。8月12日，大坝主体工程基本建成，我在组织浇筑完工程最后一仓混凝土后，工作重心逐步转向对竣工资料的搜集整理，整理结束后，移交给了运行管理单位。

六

沙坪水电工程的建设过程是艰辛的，我们刚进场时，无路、无电、无水。指挥部的工作人员每天补助0.2元，还是按在工地的天数算，那时没有加班工资的概念。有一段时间，给民兵供应大米还要搭粗粮，当指挥部工作人员吃馒头时，指挥部领导还反复叮嘱，别让团部同志看见了。

沙坪水电工程是在三三〇工程局的大力支援下完成的。在施工过程中，他们多批次安排技术人员和机械设备支持工程建设。

沙坪水电工程水工部分的设计，是县水电局勘察设计室在中南水电勘察设计院的指导下完成的。金属结构和电气部分是中南水电勘察设计院完成的。沙坪二级站引水渠，是民兵用锄头和十字镐挖出来的。引水隧洞是民兵用八磅锤和钢钎锤出来的。1号和3号隧洞后期，才使用三三〇工程局支援的空压机，实现了机械钻炮眼。沙坪水库大坝，是民兵用背篓背出来的。我曾目睹一民兵在背石头上坝的过程中，因石头被卡住未倒出来，人顺势倒下再没站起来的悲剧。沙坪水电工程混凝土所用的碎石，是民兵用铁锤砸出来的。高峰时期，白洋坪满河坝都是砸石头的人。

沙坪水电工程指挥部的领导，政委陈天赐、指挥长闫圣代等，在繁忙的工作之余，还经常参与民兵团劳动。在拖板车运石头的队伍中，经常能看到他们的身影。浆砌或是混凝土施工现场，也有他们洒下的汗水。

沙坪水电工程施工现场的技术人员，既是施工现场的组织者，又是施工现场的质量监督者，用四字形容——事无巨细。大坝施工历经六个主汛期，施工秩序井然，工程安全度汛，充分体现了施工安排之精心。

沙坪水电工程，从 1977 年 3 月开工，到 1984 年底溢流段改建完成，历时八年。不平凡的八年，我与我的领导、同事共同亲历、共同见证，八年的苦战，换来的回报是：沙坪水电工程被评为湖北省"优良样板工程"、水利电力部"优质工程"。

作者简介

黄定成，男，中共党员。1977 年 2 月，以宜昌县水电勘察设计室技术人员身份参加沙坪水电工程勘察设计，时年 22 岁。历任沙坪一级电站站长、大米山电站站长、县水利局副局长等职。

·

踏勘有我

易仁贵

我叫易仁贵，从参加工作到退休，一辈子都在宜昌县水电系统工作，从事全县小水电站建设、管理、服务，亲历了沙坪水电站踏勘、测量等工作。

一

1970 年 6 月 4 日，省革委会致函宜昌地区革委会："葛洲坝水利枢纽工程正在积极筹建。根据首长（省长张体学，笔者注）指示，当前应积极进行现场试验和其他野外工作，大批工作人员、指挥部机构和医院即将陆续搬往宜昌。为此，请你们将宜昌县武装部和原县委、人委的全部房屋作价交给鄂西水电工程指挥部，并希望协助解决一部分办公家具。"7 月 20日，宜昌县委、县革委会和县直机关为给鄂西水电工程指挥部（三三〇工程指挥部）腾地，由宜昌市城区搬到了小溪塔。

当时县直机关仅靠老农校留下的一台变压器维持照明，白炽灯泡也是泛着红光，像朵南瓜花儿。后来，虽然建了小溪塔变电站，但因电网电量有限，仍经常停电，更谈不上全县几十万人的用电了。真是百业要电，千家万户盼电，全县用电告急！

县委、县革委会领导深刻认识到：缺电、少电严重制约了全县工农业生产发展和人民群众生活，要想发展经济、改善群众生活，电力必须先行。那时我在县水电局电力股工作，得知全县仅有 20 世纪 60 年代修建的邓村红桂香和雾渡河两座小水电站，分别供邓村和雾渡河两个公社的集镇和公社农机厂用电。若是遇到干旱季节，连集镇照明都不能保证，乡镇企业发展受到了制约。对此，县委、县革委会领导顺应形势发展，抓住三三〇工程在宜昌修建的机遇，请求葛洲坝工程局支援兴建沙坪水电站，并号召全县人民利用当地水力资源开发小水电，打一场大办水电的人民战争。从此，宜昌县水电建设经历了从无到有、从小到大、由弱到强的发展历程。

1976 年春节刚过，县革委会分管水电的副主任闫圣代到县水利电力局主持召开水利、电力分家会。当时我在电力股工作，按说是要分到电力局的，只因上级领导有指示："一万千瓦以下小水电站仍划归水利电力部门管辖。"我就留在了水利局，承担乡村小水电站管理服务工作，我才有幸成为沙坪水电工程前期工作的参与者、见证者。

1976 年 5 月，由县革委会副主任孙斌带队，成员有我、张忠偁、冼世能、胡茂林、邹家新、黄定成、熊仁义、谭光金、何万成、姚瑞灿等人，沿乐天溪流域，自上而下实地察看。走了好几天，渴了就喝山泉水，饿了就近找老乡弄点红苕、土豆充饥。我十分佩服县革委会领导闫圣代和孙斌同志的吃苦耐劳精神，特别是孙斌同志，近 60 岁的人了，和我们年轻人一样，穿短裤，打赤脚，蹚水过河，冻得大腿通红，瑟瑟发抖。我也佩服张忠偁、冼世能、姚瑞灿等师长们的远见卓识，选择在乐天溪干流上修建沙坪电站。考察后我们提出上、中、下三个坝址方案（乌蛇尾、灯影子岩、板壁岩），并在短时间内拟出"混凝土块薄壳填浆砌块石双曲拱坝和重力坝"等坝型供领导抉择，最终设计成了现在的浆砌石宽缝重力坝型，这个设计方案获得了水利电力部的肯定。

通过流域踏勘，我对乐天溪全流域（包括赵勉河——交岔坪的东支河流和古城——两河口的西支河流，以及两河口到乐天溪长江河口的乐天溪干流）有了更深层次的认识。除沙坪外，上游还有很多很好的水力资源有待开发，如东支上的中柳坪、板仓河、交岔坪等，西支上的梅坪、金香寺、代沙坪、古城、枫香树坪等，两河口以下干流上还有鹰子石、卢家淌等。据此，我当时拟写了《乐天溪流域水电开发意见》，提交局领导抉择参考。

二

沙坪水电工程前期所做的第二件工作，是测量水准点。

坝址位置定下后，下一步工作就是定规则、测量与设计。而这要有确切的海拔高程。因为我1970—1973年在县革委会安置办公室工作过，并担负葛洲坝库区移民调查的责任，亲自测量过三斗坪—黄陵庙一带淹没区的红线高程，用的是现长江水利委员会布置的在中堡岛上的"国家水准点"。正好我在黄陵庙门前石坎上留有标点，算不上国家水准，但我认为可以达到三四等水准要求（我当时是按三四等水准要求测量的）。

我和邹家新同志曾在"四五水利规划"测量中，创造过水准测量十几公里、闭合零误差的优秀成绩。盛名之下，修建沙坪电站，引点测量的重任自然就落到我们肩上。

我俩用当年水利局最好的一部水准仪——"铁壳水准仪"，隔着长江，采用等视距，把高程从江南引到了江北，再按三四等水准测量要求，从乐天溪河口一直引点到沙坪，沿途还在乐天溪集镇、黄金咀、幺棚子、擂口、白洋坪等地留有标点。最后测到沙坪建坝下游处，留下了"BM沙"点（水准点），印象中在后来的沙坪一级站厂房外河滩大石头上。当时有人说：高程点由南到北进新家了；还有人风趣地说：过关斩将"BM沙"，沙坪电站要靠它。

"BM沙"点从黄陵庙引至沙坪坝址后，能不能达到"三四等水准"要求，没有人求证过。听黄定成同志说，后来的施工测量都是由"BM沙"这个水准点引用的。若是这块石头还在，也该成"文物"了。

三

当年决定修建沙坪电站时，由于地方财力有限，最初拟定的坝高只有40米。由于得到三三〇工程局的支持，沙坪电站规模得到扩大，坝高增加到75米，名称也改为"葛洲坝施工电站"。

坝高增加了，当初测量的坝址地形图和库容曲线图满足不了设计需要了。正好我和邹家新、刘祖元带领望开喜、秦光明、杨泽锐等县"共大"（宜昌县共产主义大学）学生在沙坪上游测量"鹰子石"水库库容曲线（后来的大米山坝址），开展进一步勘察设计。当时县"共大"一个毕业班有几十个学员，分成两批过来测量实习，每批约二十人，和我们一起住在枫香树坪老百姓家里。县水利局分管水电的余筱平副局长也和我们一起同吃同住，白天跟我们一起跋山涉水，晚上或者雨天就组织我们给学生们讲课、学习。我们一边测量，一边点图，勾画出等高线。

完成"鹰子石"水库库容测量后，接沙坪水电工程指挥部通知，要求测量沙坪水库加高部分的库容曲线图。我们即从枫香树坪搬到当时的沙坪电站工程指挥部，因刘祖元要带领学生们回校上课，一个庞大的测量班子就地解散了，只留下我和邹家新两人。我们住在指挥部工程组，过了半个多月的工地生活。测量的事，自然是按工程组的安排进行，白天上山测量，晚上听何万政、张绪福等人聊天。

前期工作完成后，县委、县革委会举全县之力，调集了柏木坪、晓峰、上洋、雾渡河、下堡坪、莲沱、三斗坪、太平溪、邓村等公社6000多民兵，浩浩荡荡奔赴乐天溪。顿时，沙坪工地沸腾起来了，人欢马叫、战天斗地的施工景象至今在人们的脑海里挥之不去。

沙坪水电工程建设时期，也正是乡村小水电蓬勃发展时期，一场大办农村小水电站的人民战争在全县如火如荼打响。据记载：截至 1976 年，全县小水电站 46 处，装机 1307.5 千瓦；1977 年新增 23 处，860 千瓦；1978 年新增 37 处，2925 千瓦；1979 年新增 25 处，5568 千瓦。全县小水电站如同雨后春笋与日俱增，星罗棋布的小水电站，像一颗颗夜明珠，照亮了全县乡村。

1978 年 12 月 26 日毛泽东诞辰日前夕，沙坪二级电站投产发电，使宜昌县胜利地跨入了全国 100 个小水电装机过万千瓦县的先进行列，结束了宜昌县缺电、少电的历史。同时，也带动了全县乡镇企业的大发展，极大地提高了人民群众生活水平，乡村面貌焕然一新。

沙坪水电工程自 1977 年 3 月开工，到 1984 年底溢流段改建完成，历时八年。这是不平凡的八年，是艰辛苦战的八年，更是一部可歌可泣的战斗诗篇。我虽然没有直接参与工程施工，但我有幸成为沙坪水电工程勘察测量团队中的一员，较好地完成了前期流域踏勘和规划测量，完成了沙坪第一个水准点的引测以及大坝加高库容测量等工作任务，为沙坪电站建设作出了应有的贡献，我为之感到欣慰、骄傲和自豪！

作者简介 ✈

易仁贵，男，中共党员，1976 年 5 月，以宜昌县水利局农电股副股长身份参加沙坪电站踏勘、规划、测量工作，时年 31 岁。历任县水电公司经理、宜昌光源公司总经理、湖北光源公司副总经理等职。

父亲詹光源是测量能手

詹明军

我父亲詹光源是宜昌县一名资深水利工程师，不仅参加过大大小小的水库和水电工程建设，还参与了鸦（鹊岭）官（庄）铁路勘测施工和宜昌县境内省道、县道的施工测量。在我儿时的记忆里，无论是在冰天雪地的寒冬腊月，还是在酷热难当的炎炎夏日，父亲一直在工地工作，很难回一趟家。我时常坐在村口，期盼父亲回家，望眼欲穿，结果总是失望。即使父亲春节放假回家了，也只待上三四天就走。记得有一年过完春节，父亲对我们说：今年要去一个很远的地方修一座水电站，也许半年不会回家看望你们姊妹四个和你们的妈妈、奶奶，你们要听话，好好上学。正月初四，父亲就从土门老家奔向县水利局上班去了。

父亲口中的"一个很远的地方"，就是沙坪。

1977年2月23日（农历正月初六）清晨，在县水利局局长付禄科带领下，父亲与局农电股、水利股和设计室抽出的十多人，冒着毛毛细雨，背着行囊，来到南津关码头，乘坐"向阳"号客轮，逆水而上。在乐天溪码头下船后，沿着乐天溪河畔乡间小道徒步近十公里，到达莲沱公社沙坪管理区，由此拉开沙坪水电工程勘察序幕。

父亲的工作主要是搞测量，算方量。早期与何万成同志一个组，测量沙坪一级站大坝冲沙闸口到沙坪二级站前池之间的渠道、隧洞。随着正式开工的时间临近，测量队伍也逐渐壮大，正月十五过后，"共大"毕业生望开喜等同志加入其中。当时测量工作任务繁重，时间紧迫，山高坡陡，地形复杂，杂草丛生，没有路。大家肩扛仪器，手拿镰刀，翻山越岭，选点测高程、测弧线，打桩、画线、做记号和做记录，优化线路走向。这些工作必须在一个月内完成，以确保3月23日开工典礼后民兵们有事做。

随着整个工程的开工，浩浩荡荡的民兵队伍进入沙坪这片热土。一时间，不到四公里的沙坪河畔和待建渠道红线周边人山人海，高峰期达到6000多人。在那个年代，人们虽然吃不饱穿不暖，但人人干劲十足，挥舞着铁锹锄头，手握钢钎，抡起大锤，干得热火朝天。

从大坝冲沙闸口到二级站前池的渠道、隧道、渡槽全线开工后，父亲不辞劳苦，每天早上要赶在民兵开工之前去划线布置任务。据父亲讲，当时检测质量都是采用"插钎灌水法"，不合格的一律拆除重建。同时，还要解决工程进程中出现的问题。收工时，要丈量方量、做好记录。这期间，父亲主要负责水平仪测量，何万成同志主要负责经纬仪测量，两人分工协作，然后汇总分析优化，晚上回到指挥部后计算方量和标工（那时肩挑背扛一整天才挣10分——四毛钱），还要向工程指挥部汇报工程进度和需要解决的问题上报解决方案。有时根据需要开现场会，及时解决工程推进中的疑难杂症。

为了赶进度、抓质量，父亲长期奔波在渠道隧道施工现场，经常吃不上热饭热菜，落下了胃病。有一天，在3号洞子与2号渡槽之间的工地进行测量时，父亲胃病突然发作，但只休息了半天，第二天就又去工地测量、施工。类似这样的事不知发生了多少次，父亲从来不讲，加上我年幼，并不知情，都是后来从别人口中得知的。

在包括我父亲在内的所有建设者的共同努力下，1978年12月6日这天，沙坪电站全线贯通试通水。之后，工程人员对局部进行了处理并于12月10日正式通水，为沙坪二级站机组安装调试腾出了时间和空间，确保了既定的12月26日前沙坪二级站并网发电目标。

沙坪二级站首台机组发电之后，父亲的工作重点转移到沙坪水电工程指挥部大楼的选址测量、一级站厂房、升压站的地形测量。要从六十多米高的陡峭山崖上，劈下厂房用地和建一个升压站的地基，难度相当大，测量工作难度也相当大。父亲还要负责管理一个沙厂、一个碎石厂、一个预制件厂、一个木工厂和一个铁铺，保障大坝建设所需的物资器材。对源源不断运往大坝的物资要逐一验收，一天一汇总，一月一结账。父亲经常要去现场检查生产进度、产品（成品）质量、数量、库存量，确保向大坝供应合格产品，还要对不合格的成品和半成品就地处理，父亲因此得罪了一些人。此项工作一直延续到大坝竣工，父亲在这里工作了整整六年，与战友们用青春、汗水、热血，甚至生命，筑建了一座雄伟壮观的沙坪大坝和沙坪水电站。

1989 年夏天，中专毕业的我，被分配到沙坪水电站。当我望着父亲战斗的地方，望着一库清水，心潮澎湃，思绪万千。第二天我被分配到沙坪水电一级站，站领导对我说：小詹，这里是你父亲工作过的地方，你父亲为修建沙坪电站立下汗马功劳。希望你接过接力棒，扎根沙坪，练就本领，提升自我，勤奋工作，沿着你父亲的足迹前行！从此，我与沙坪这块热土结缘，成为一名电站人。

我在沙坪电站一干就是近 20 年，始终牢记父亲"老老实实做人，踏踏实实做事，一步一个脚印，感恩时代，回馈社会"的教诲，担任过电站团支部书记、运行班长、检修班长。我在任团支部书记期间，团支部被评为宜昌地区先进团支部，宜昌县只有两个团支部获此荣誉。

2011 年 7 月，因供电体制改革，我转到夷陵区供电公司工作。无论我在哪个地方、哪个岗位，都忘不了父亲的教诲和父亲战斗过、我工作过的沙坪这片热土。

作者简介

詹明军，男，1989年7月中专毕业分配到沙坪电站工作，时年22岁。历任电站团支部书记、运行班长、检修班长等职。2011年7月转入夷陵区供电公司工作。

艰难施工

三三〇工程局全力支持沙坪电站建设

肖佳法

同志加兄弟的友谊

1970 年 6 月 4 日，湖北省革委会致函宜昌地区革委会：

葛洲坝水利枢纽工程正在积极筹建，根据首长（张体学——编者注）指示，当前应当积极进行现场试验和其他野外工作，大批工作人员、指挥部机构和医院即将陆续搬往宜昌。为此，请你们将宜昌县武装部和原县委、人委的全部房屋作价交给鄂西水电工程指挥部，并希望协助解决一部分办公家具。

宜昌地区革委会 6 月 6 日接到省里通知后，当即指示：要求宜昌县在7 月份将城内的行政、企事业单位（2000 余名职工，不包括家属），加快搬迁到 10 公里外的小溪塔办公。在没有迁建计划、没有迁建资金的情况下，宜昌县于 1970 年 7 月 16 日与鄂西水电工程指挥部交接，7 月 20 日将政府机关迁往 10 公里外的小溪塔。

随后，在党中央、国务院和水利部及湖北省地方党政领导的重视与支持下，在宜昌地区建设了葛洲坝、沙坪水电工程，两个工程相互支持、共同发展。

1970 年 12 月 30 日，三三〇工程（葛洲坝工程）举行开工誓师大会，破土动工。1972 年 12 月停工，1974 年 10 月复工，1988 年 12 月全部竣工，历时 18 年。葛洲坝工程最大坝高 47 米，总库容 15.8 亿立方米。总装机容量 271.5 万千瓦，其中二江水电站安装 2 台 17 万千瓦和 5 台 12.5 万千瓦机组；大江水电站安装 14 台 12.5 万千瓦机组。年均发电量 140 亿千瓦·时。首台 17 万千瓦机组于 1981 年 7 月 30 日投入运行。葛洲坝工程具有发电、改善航道等综合效益，单独运行时保证出力 76.8 万千瓦，年发电量 157 亿千瓦·时。

1977 年 3 月 23 日，宜昌县沙坪电站开工。1978 年 12 月 20 日晚 9 时，二级站第一台机组试车成功。从开工到二级站发电，用了不到两年时间。1983 年 8 月 12 日，宜昌县召开沙坪电站竣工大会，沙坪电站正式竣工。县委副书记商克勤同志介绍，沙坪水电工程主要技术经济指标包括：

一、高 70.5 米的砌石宽缝重力坝，拦截流域面积 365 平方公里，总库容近 4000 万立方米。坝体内设廊道、发电压力钢管、排沙孔，纵、横向排水沟，坝顶设三扇宽 10 米、高 12 米的弧形钢闸门，可排泄最大洪水 3000 个流量。

二、坝后式一级电站，装机 5000 千瓦。

三、引水式二级电站，装机 3200 千瓦。

一、二级电站总装机容量为 8200 千瓦，设计年发电量 4000 万千瓦·时，年电费收入 200 余万元。

四、引水渠系全长 3600 米，其中隧洞 6 处 1226 米，渡槽 5 处 300 米。设计过水流量 11.5 立方米 / 秒。

五、全长 35 公里的 35 千伏高压输电线路在小溪塔变电站并入国家电网。

整个工程共完成土石方 82 万方，消耗钢材 1146 吨，木材 2736 立方米，水泥 37000 吨，炸药 320 吨，总投资 1750 万元。

葛洲坝、沙坪两座水电站，尽管规模、层级不同，但都得到水利部重视，水利部部长钱正英，副部长、三三〇工程局党委第一书记刘书田多次研究商讨沙坪电站建设工作，并到现场检查指导。

刘书田在三三〇工程局干部大会上表示：宜昌县为三三〇工程建设作出了巨大奉献，三三〇工程局与宜昌县建立了"同志加兄弟的友谊"，我们要全力以赴支持沙坪电站建设。随即成立了由三三〇工程局机关和运输分局、基础分局、电力分局、机电安装分局工程技术人员组成的支援沙坪电站建设工作专班。工作专班定期与沙坪水电工程指挥部召开协调会，从施工技术、机械设备、人员物资等方面给予支持。

三三〇工程局提供机械设备，提高了工效

据时任三三〇工程局运输分局四队支部书记蔡子龙同志介绍：1977 年他接到运输分局领导指示，葛洲坝工程局拟调一批机械设备支援沙坪电站建设，要求运输分局四队派 5 台解放牌自卸车前往。蔡子龙安排五班班长冉贤光带队到沙坪电站工地工作，并随车队去了工地，在那里工作了几天。他们接受沙坪水电工程指挥部的领导，参与工程建设，工资和生活费由原单位支付。

当时工地上民工很多，多数是人挑肩扛，机械设备很少。葛洲坝支援的五台解放牌自卸车投入工作后，大大加快了基坑混凝土底板浇筑进度。他们去的人参加了修路、除渣等工作。

沙坪工地没有大型搅拌机，混凝土是在一块钢板上人工将砂、水泥、水搅拌而成的，然后用小斗车，一车一车运到浇筑部位。这样一天干下来，腰酸背疼，工作效率不高。随着三三〇工程局大型设备的介入，有效提高了效率，改善了施工条件。三三〇工程局先后提供了上百台机械设备，历时四年多。

三三〇工程局提供技术指导，保证了施工质量

据时任葛洲坝工程局基础分局五队石延林同志介绍：1978年接到基础分局指令，钻灌五队安排40名钻灌工人和5台钻探机、3台灌浆机支援沙坪电站建设。主要任务是大坝基础防渗处理，确保沙坪电站大坝不漏水。钻灌五队队长沙吉富、机长袁江顺带领人员和设备及时赶赴沙坪电站。

大坝围堰是为了大坝顺利施工，在河道上下游修建挡水建筑物，防渗施工难度大、要求高，业内一直有"无堰不漏"的说法。这是个技术难题，处理不好，大坝就关不住水。沙吉富队长到工地后对施工现场进行勘探取样，决定将葛洲坝固结灌浆防渗技术应用到沙坪电站之中。钻灌五队40名工人在沙坪电站工作了半年，他们优化坝体防渗方案、制定科学技术措施，全程精细化管控。为判断防渗墙施工是否合格，他们对围堰和坝体钻取了上百个岩芯一一进行分析研判，确保防渗墙入岩率达到100%，在规定期限内，高质量地完成了大坝坝体防渗施工，优良率达到100%，至今沙坪电站大坝未发生漏水现象。

石延林同志还回忆说：我们是无偿支援沙坪电站建设的，40名工人每个月的工资都是由他发放到职工手中。吃住也是钻灌五队自己解决，没有给沙坪电站添任何麻烦。

此外，三三〇工程局还在截流、发电机组安装、输电线路架设等方面给予了许多技术指导。

沙坪电站为葛洲坝工程、三峡工程提供施工电源

据《宜昌县革委会 三三〇工程局关于兴建沙坪电站协议书》记载："工程的设计和施工，宜昌县全部负责。在宜昌县委直接领导下，组织4000名社员，常年施工，成立工程指挥部，加强对工程设计和施工的领导，保证

高速度、高质量、低消耗建成此站，为三三〇工程局尽快提供施工电源。""电站建成后，产权归宜昌县所有。宜昌县革委会应加强电站的管理、运行，保证三三〇工程施工用电。所发电量，保证三三〇工程局用四分之三以上，宜昌县留用四分之一以下。葛洲坝发电以后，该站所发电量，即由宜昌县自行安排，但三三〇工程局下属单位如继续用电时，宜昌县革委会应予优先供给。工程局所用电费，由宜昌县按照国家统一规定的价格向三三〇工程局结算，抵偿三三〇工程局借给该工程的建设资金。"沙坪电站发电后，为葛洲坝工程提供了施工电源。

1984年三峡工程前期施工准备拉开序幕，大量的人员设备进入施工现场，生产生活都需要用电。据现年77岁的葛洲坝工程局电力分局工程师胡继德介绍：当时三峡工地没有可靠的电源，而沙坪电站二级站、一级站相继投产发电。三峡工程筹备建设处和葛洲坝电力公司经过考察，决定将沙坪电站用作三峡大坝前期准备施工电源。

1984年，葛洲坝电力分局组成三峡工程前期施工指挥部，许达忠任指挥长，负责三峡工程前期施工电力供应工作。主要任务是架设三条输电线路：一条是从夜明珠到三峡工地陈家冲变电站的220千伏输电线路；一条是由沙坪电站到左岸坝河口变电站的35千伏输电线路；一条是从沙坪电站到右岸东岳庙变电站的35千伏输电线路。由于220千伏输电线路的架设任务，短期内难以完成，他们决定采用木电杆方案，先架设沙坪电站到右岸东岳庙变电站的输电线路，为施工现场供电。这条输电线路要跨越崇山峻岭，还要跨过长江，时间紧迫，任务繁重。葛洲坝三峡工程前期施工指挥部将这一任务交给了电力公司线路队，由线路队队长吴久文带队组织施工。

当时我在电力公司线路队担任文书工作，架设沙坪电站到右岸东岳庙变电站的输电线路成为当年线路队的中心工作。1984年8月，在队长吴久文、书记曹国榜带领下，全队五个班146人来到太平溪镇架设输电线路。全队职工翻山越岭，踏勘路线，完成了线路测量任务，选定了线路走向，线路由沙坪电站到莲沱八二七基地过江，沿三斗坪到东岳庙变电站。为了快速将电源送到施工现场，考虑系三峡大坝前期准备施工电源，不是永久线路，采用了木头电杆方案，大大加快了施工进度。经过半年紧张施工，到 1985 年圆满完成了沙坪电站到右岸东岳庙变电站的 35 千伏输电线路架设任务，为三峡工程前期施工提供了可靠电源。后来线路队又相继架设了左岸沙坪电站到坝河口变电站的 35 千伏输电线路和夜明珠到三峡工地陈家冲变电站的 220 千伏输电线路，使电能源源不断地送到了三峡工地。

沙坪电站为三峡工程前期施工提供电源，为三峡工程顺利开工建设，作出了重要贡献。

作者简介

肖佳法，男，中共党员。1984 年 8 月，以葛洲坝电力公司线路队文书身份参加沙坪电站至三峡坝区线路架设，时年 20 岁。历任葛洲坝集团三峡指挥部政工科长、葛洲坝综合管理中心副总经理、湖北摄影家协会副主席、中国能源建设集团公司影像协会常务副主席、宜昌市摄影家协会副主席等职。

难忘沙坪峥嵘岁月

谭振树

沙坪电站是宜昌县 20 世纪 70 年代水电工程建设的重大标志，拉开了全县水电建设大幕。县委、县革委会动员全县力量，举全县之力，聚集了全县水电技术骨干，抽调了一大批县直单位负责人从事工程各方面的领导工作。我时任县电力局党总支书记、局长，刚满 30 岁时，任沙坪水电工程指挥部副指挥长。我在沙坪工地虽然只有四年，但那是我人生的黄金时间，能把最美好的时光献给沙坪电站，我无怨无悔，并终身为荣。如今沙坪电站竣工已四十多年，随着时间的流逝，工程建设的人和事已渐渐淡忘，真诚感谢本书的组织者，让我们揭开尘封的历史，回忆那些鲜为人知的故事，以激励后人。

重任赴京的日日夜夜

1977 年早春二月，柏木坪公社的农耕已经开始。时任公社党委副书记的我正在石门片区检查工作，忽然接到公社办公室电话通知：速回公社接受重要任务。我急忙赶回公社办公室，一进门就看到县革委会副主任闫圣代同志，他带着县委关于组建县电力局的决定及领导成员任命文件，县委任命我为县电力局党总支书记、提名局长。闫主任要求我：火速组建电力局，打开工作局面后，奔赴刚开工建设的沙坪水电工程指挥部，越快越好。

由于缺电严重，县委决定水电分家，以解决用电被动、电闸不在自己手中的问题。根据县委、县革委会要求，我迅速组建内设机构，招兵买马，安排人员到岗，履行职能。

工作走上正轨后，我就进入沙坪水电工地。此时，电站工程施工已全面展开，大坝基础正在紧张开挖，通往二级站的输水渠道也已破土动工，但电站的各种设备还没落实。如果水轮机、发电机、高低压设备滞后，土建进度再快也是徒劳。在这关键时刻，指挥部决定由我和水利局工程师张忠倜一道，赴京落实电站设备，这是一项艰巨的任务。20世纪70年代中期，国民经济处于恢复阶段，各种设备及材料十分匮乏。在计划经济体制年代，我们所需要的设备、材料，哪怕是一颗螺丝，都要有上级的计划和审批。

电站所需设备、材料种类很多，构成复杂，涉及面很广，是一个庞大的系统。两级电站的水轮机、发电机、主变高压开关、低压控制设备等各种电器、水工闸阀都要逐一落实，否则就会影响发电。这样一个艰巨紧迫的任务，就落在我和张忠倜两人的肩上。

此前，我没去过北京，也没从事过水电工作，不熟悉水电部各司局的工作流程。我深知担子很重，心中忐忑不安。正在为难之际，葛洲坝工程局派来熟悉情况的张振英同志随同我们前往水电部。我们三人拿着厚厚的设备清册，县革委会帮我们开了去北京的特别介绍信，我们连夜坐上去北京的火车，坐的是硬座，熬了一天一夜终于到达北京。下午四时许，我们在国务院接待室办理了住宿手续，就在南礼士路的国务院第六招待所安营扎寨。张振英同志是北京人，就住在自己家里。

1977年北京城因受到唐山大地震的波及，很多建筑物受到影响，招待所的建筑物内不能住人。为安全起见，工作人员就把我们安排在招待所广场上的帐篷里。帐篷里全是通铺，很多来京的人都住在一起。安顿好后，第二天我们就去北广路水电部计划司汇报。由于历史原因，国家机关没有完全走上正轨，机关经常关门学习，不办公。要找的相关人员不在办公室，连续几天都是这样，我们心急如焚，只能白天跑水电部，晚上住在帐篷里想办法。我们那个帐篷里，住进了一个外省的县水电局局长，也是来跑项目的，长得五大三粗、人高马大，晚上睡觉鼾声如雷，吵得我们无法入睡，就这样我们度过了漫长的两个星期。后来地震警报解除，我和张工才住进了招待所房间。

在京期间，我同张工天天到水电部计划司成套局找相关领导汇报，谈困难、讲实情。通过一个半月的不懈努力，我们的真诚和坚持感动了有关领导，他帮我们解决了大部分设备和材料，但还有少部分设备无法解决。怎么办呢？正在为难之际，碰到了计划司的好心人史玉夫，他给湖北省农电局刘局长写了一封信，要我们找他帮忙解决（最终得以解决）。就这样，我和张工凯旋，第一时间向政委陈天赐和指挥长闫圣代汇报。这个影响工程进度的关键问题解决了，为沙坪电站早日发电创造了条件。

为二级站发电的分分秒秒

沙坪水电工程建设是一个典型的边设计、边建设、边发电的"三边"工程，符合当时的时代要求，现在看也是一个多快好省的工程。

我从北京回来后，工程建设的形象焕然一新，大坝已开始浇筑，二级站的输水渠道已成雏形。县委、县革委会提出，二级站必须在1978年12月26日毛主席生日前发电。但其基础开挖严重滞后。指挥部领导认识到，要保证既定的发电时间，就必须加快二级站建设进度，打好基础开挖和土建工程硬仗。指挥部决定由我牵头，抽调张忠偶同志分管技术，电力局胡茂林同志、水利局熊仁义同志分管施工，组成临时班子。土建施工由三斗坪民兵团负责，为了加强领导，县里抽调三斗坪最有影响的领导干部黄昌济同志参加现场指挥。

二级站的主要工程有三大项目：基础开挖、前池和住房办公楼修建。这个施工场地坐落在一片荒凉的地形上，没有民房可住。我组织人员在工地旁选了一块空地，用红砖干垒了几间房子，上面铺上油毛毡，盖上茅草，用于遮雨和隔热。二级站紧张的施工阶段在最炎热的季节，我们四个人就住在不足十平方米的房子里，酷热难当。一天深夜，由于白天紧张工作，大家很快进入梦乡。忽然房上面发出啪啪的响声，惊醒了我们。原来是电线短路，点燃了茅草和油毛毡。我迅速组织人员切断电源，扑灭了大火，一夜未睡。第二天清晨，我们又投入紧张的施工中。

二级站基础开挖是一块硬骨头。花岗岩地基十分坚硬，而且基础要求极严，不能放大炮，防止地基裂缝。全靠放小炮加人工用钢钎挖掘。施工进入关键时期正值冬季，寒风凛冽，大家在刺骨的冰水里，用双手搬开炸碎的石头，冻得瑟瑟发抖。就这样一日三班、争分夺秒奋战，终于在一片花岗岩上完成了基础开挖任务，为基础浇筑和厂房施工赢得了宝贵时间。

前池要修一座挡水坝，在厂房开挖的同时，前池砌筑也在加快进度。在几十米高的地方，把河里的石头肩挑背扛到上面谈何容易。三斗坪民兵团的民兵硬是用一块块河卵石，砌成了一道坚固的挡水墙。

经过几个月紧张施工，工程的土建、电站厂房、职工住房基本建成。工程进入设备、压力管道的安装期，二级站的关键一仗胜利结束。

欢乐和伤痕的点点滴滴

由于二级站土建的顺利完成，支援工程建设的葛洲坝安装分局电气队的工人和技术人员全部到位，紧张的安装工作由此开始。我们的主要任务是，做好各种设备的进场，保障安装工人的生活，协调服务。

为了保证电站设备安装能正常运行和管理，指挥部未雨绸缪，把表现优秀的施工员，以及有贡献的青年民兵望开喜、刘环珍、杨志学、赵长金、韩永刚、邓秀坤派到五峰县黄龙洞水电站培训。后来这些同志都正式招为国家职工，这充分说明了指挥部选人正确。经过几个月的紧张学习，他们基本掌握了电站运行管理和操作，指挥部决定把他们调回来参加安装和调试工作。我代表指挥部，只身从宜昌坐船到宜都市，在小旅馆住宿一夜后，再坐长途班车经渔洋关到黄龙洞电站，答谢黄龙洞电站领导和职工。

五峰县电力局很重视，局长亲自来站迎接我。当我听到电站领导介绍，我们的学员学习成绩优良时，非常高兴，对沙坪电站安全运行充满了信心。当晚我主持举办了隆重热烈的答谢会，答谢五峰县电力局领导和黄龙洞电站职工们。

学员回站后就投入了紧张的安装工作，给三三〇工程局师傅当助手。在安装关键时刻，安装分局电气队的总工徐鸣琴同志来到电站，亲自安装调试设备。徐工是一位女同志，高级工程师，是享受国务院政府特殊津贴专家。他们通宵达旦地工作，我陪着他们有时工作到天亮，早上稍做休息又继续工作，一直到设备安装调试结束。最令人激动的是大坝拦截的水进入二级站输水渠道，流入前池，十个流量的溪水冲击水轮发电机，发出强大电流，输向远方的葛洲坝，这是我一生最快乐的时刻！

二级站投产后，我又风尘仆仆地回到指挥部，投入紧张的大坝及一级站基础开挖、厂房的施工建设之中。大坝进度很快，每天都有新的进展，6000人浩浩荡荡地摆满了河道。公路上运石头的车辆像一条条巨龙在运动，大坝的各种机器日夜轰鸣，演奏着一曲曲动人的乐章。

但一级站基础开挖不太理想，由于有二级电站的成功经验，我对一级站基础开挖集中攻关，进度和面貌有所改善。正当一切顺利推进时，我在一次检查二号机坑的过程中，踩着一块炸松动的石头，掉进了几米深的坑中。当时只觉胸口疼痛，掀开衣服没有发现明显外伤，自认为只是淤了一股气，就没当一回事，照常坚持工作。白天紧张施工没有在意疼痛，到了夜晚就疼痛难忍，有时在梦中疼醒。这样坚持了几个月时间，疼痛才慢慢消失。两年后在医院一次偶然的检查中，显示左边两根肋骨陈旧性断裂。不过这一伤痕尘封了四十多年，没有人知道，包括我的家人。

1980 年 8 月，一级站厂房具备了设备安装基础，部分设备进站，压力管道焊接结束，大坝建设已接近尾声。正在这时，省电力局通知我参加全省县级电力局局长培训班，我带着依依不舍的心情，离开了朝夕相处的领导和同仁，离开了牵肠挂肚的沙坪电站建设工地。

银线架设的忙忙碌碌

水电建设的目的是发出电能造福人民，沙坪电站的电能要输送出去，才是最终目标。

沙坪电站电力外送工程是整个工程的重要部分，是一个关键节点。通过一条 35KV 高压线路输往葛洲坝列车变电站，是工程的重中之重。架设如此等级的高压线路，宜昌县还是首次，没有人才和技术，怎么办？请外面的工程队伍，需要大笔资金，县财政局拿不出钱来。于是指挥部决定自己动手，我从电力局抽调技术骨干和工人，采用边干边学的办法，用顽强的精神完成了这一艰巨工程。

沙坪到葛洲坝列车变电站输电线路，要经过莲沱天柱山、王家坪、南津关，直达石板铺，地形复杂，施工难度极大，有些杆位要爬两个多小时的山才能到达。从选线到确定杆位要反复比较，在设计遇到难题时，就向葛洲坝工程设计院的专家请教。工程所需的导线、瓷瓶、电杆在当时都是稀有之物，要四处求援，立杆放线焊接的各种工具全是自己筹备。正当我们紧锣密鼓准备时，县革委会副主任孙斌同志前来参战，给我们增添了信心。此时，一条 30 多公里长的 35KV 高压线路施工序幕就全面拉开了。

在孙斌同志带领下，我们翻山越岭，组织技术骨干沿着线路走向，对每基杆塔现场定位，用两天时间走完全程。孙斌参加过解放战争，年岁较大，身体也很胖，每上一座杆塔位置，他都要拄着拐杖，与年轻人一道，负重前行，极大鼓舞了施工人员。大家表示，要克服各种困难，优质高效地架好这条高压线路，不辜负县领导和全县人民的期望。

我们在王家坪一农户家安营扎寨，安排莲沱民兵团为工程搬运物资，开挖杆塔基础。由于该线路选定在高山之上，施工难度可想而知，一根几百公斤的电杆搬到山顶要动用上百人才能抬到。立杆放线，没有机械，全靠人力，由于架线工人和广大民兵的共同努力，用最短的时间完成了从沙坪电站到夜明珠的架线工程，抢在二级站发电前面，为沙坪电站的电能输送提供了重要保证。

工程指挥者的勤勤恳恳

沙坪水电站是我县历史上自主建设的最大工程，大坝是全国的高坝之一。一、二级站 8 台机组，装机容量 8200 千瓦。组织施工这样一个庞大的水电工程，指挥 6000 多人的民兵队伍，没有强有力的班子、没有精准周密的策划、没有雷霆万钧的行动，是不可能完成的，县委委派县委副书记陈天赐、革委会副主任闫圣代为指挥部的政委和指挥长，成为这个工程的领导核心。

领导们的指挥决策能力、个人的人格魅力，决定了这个工程的成败。沙坪水电工程建设过程中，人们经常看到一个 40 多岁的中年男人拿着钢钎在大坝上劳动着，不知道的人还以为是哪个民兵团的民兵。这个人就是指挥长闫圣代，他为人随和、性格耿直坚毅，办事坚定沉着，带领指挥部全体人员在沙坪电站建设工地待了五年。

在工程建设中期，我们离开了土房，搬进了宿舍，我有幸与闫圣代指挥长住一个房间，在一起住了两年时间，我了解他的所思所想。他把全部精力投入工程建设中，在指挥部，早上他是第一个上工地的人，晚上是最后一个下班的人，每餐都站队买饭，从不搞特殊。他总是排在最后，因为他回来得最晚。闫圣代指挥长经常召集有关人员，研究解决工程遇到的困难和问题，直到找到最佳方案。

政委陈天赐是整个工程的核心和灵魂人物。他胸怀全局、运筹帷幄，负责工程的重大决策，衔接前方和后方各项事务。工程人员的调动、全县对工程的支援、各部门的协调事宜，都做得井井有条。指挥部成立初期，我们都在一处土屋里办公，他把卧室当成办公室，把整个工程的重大问题，处理得井井有条。记得一次我随他回县里协调工作，没有专车，就坐葛洲坝支援工程的水泥运输车回小溪塔。行到天柱山爬坡时，汽车忽然熄火，我们在黑暗的公路上等待漫长的修车，到半夜才修好，天快亮时才回到小溪塔。为了得到葛洲坝工程局的支持，他不辞辛劳奔波在葛洲坝工程局各分局之间。他不会喝酒，为了赢得支持，硬着头皮饮了几杯，那种难受滋味没人知晓。

县水利局局长付禄科，是沙坪水电站建设的策划者、推动者和决策者之一。从工程初期勘测设计到工程建设开工，千头万绪，他都安排得井然有序。施工组是整个工程建设的技术设计和执行部门，他亲自选派人员，组织技术骨干管理工程日常事务，为工程有效运转呕心沥血，为打开工程局面奠定了基础。他中途离开了工地，但他继续为工程操劳。

工程建设中后期，政委陈天赐因工作需要，调任秭归县县长，由县委副书记张儒学接任政委，他在政委的岗位上也竭尽全力为工程顺利竣工贡献了力量。

沙坪水电站建成40多年了，它为宜昌县（现宜昌市夷陵区）经济建设和人民生活输送了强大的电能，也为全县大规模水电建设积累了宝贵的经验，培养了大量的人才，是一座丰碑。

这是一份迟来的回忆，这一历史随着时间的流逝已经淡出人们的记忆。当年的建设者都已进入耄耋之年，有一些人已经辞世，如陈天赐、张儒学、孙斌、付禄科、黄昌济、冼世能、田莫护、胡茂林、詹光源等。我写此文，除了重现当年沙坪水电站工程建设波澜壮阔的场景外，还想深切缅怀他们，把他们的精神、情怀传递给后人。

作者简介

　　谭振树，男，中共党员。1977年，以宜昌县电力局局长身份参加沙坪水电工程建设，时年30岁，任沙坪水电指挥部副指挥长。

邓村团部的那些事

熊文福　栾礼清

熊文福：我当沙坪水电工程邓村团团长

我是 1979 年 1 月 29 日接替易仁国同志任沙坪水电工程邓村团团长的，时任邓村公社党委副书记。副团长是朱从常，时任邓村公社竹林管理区武装部部长。邓村团团部设在乌蛇尾对岸朱其新家，下辖邓村、古城、梅坪、竹林、双红 5 个民兵连，连下辖 18 个民兵排，39 个大队共派有 900 多名民兵，分别住在沙道湾大队小撇子、桂花园、乌蛇尾等和沙坪大队锯木冲间隔约 4 公里的农户家或野外搭建的茅草棚里，团连都安排有政工员和统计员，实行军事化管理，统一生产劳作和按件计工。

邓村团的民兵都来自偏远山区，朴实淳厚，吃苦耐劳，互帮互助，纪律性强。我们的主要任务是修路架桥、备砂石料、大坝清基、右岸浆砌、左右岸边坡开挖、大坝截流封堵导流洞、坝上游围堰建筑，兼运砂石料。面对繁重的工程任务，我们实行日夜两班制，吃住都在搭建的工棚里。食堂伙食极差，主食就是苞谷、红苕，有时掺点大米，蔬菜就是洋芋、萝卜、南瓜等小菜，一个月打一回牙祭，每人半斤猪肉。即便是小菜，也不能足量供应，都是汤汤水水的，民兵们大多从家里带来豆瓣酱、豆腐乳下饭。

即便在这样艰苦的环境下，民兵们也没有任何怨言，干劲十足。

那时缺少机械，主要靠肩挑背驮。遇到大石头，都是八人乃至十六人搭建木桥用木杠麻绳抬运。1979年春，由于河里砂石枯竭，副指挥长、县水利局局长付禄科同志决定，从距大坝上游2公里的小撒子河道内取运。我团采用工棚木条搭浮桥，供三十多部板车运砂石料，三台拖拉机也从浮桥上运输石料，确保大坝浆砌不停工，这个办法得到指挥部表扬。指挥部领导十分关心民兵，记得指挥部施工员熊文军加夜班时劳累过度，不慎从桥上掉入河水中，救上来后昏迷不醒。团卫生室医生栾礼清等连夜熬制草药汤救治，随行的指挥部施工员张代友和栾礼宏陪同护理。副指挥长谭振树同志闻讯后，亲自买红糖来看望，体现了当时的官兵情深。现在看来一袋红糖微不足道，但在计划经济时代，送人一袋红糖就是最高礼遇了。

第二天熊文军醒来后，又投入施工监理中，那时的人们思想境界真高啊！还有一次，江坪连年近六旬的老民兵贾全满，被突然垮塌的砂石掩埋，我立即组织四十多人徒手将其挖出，贾全满第二天又投入施工中，当时的情景我至今历历在目，感动得落泪。

作为引领近千人异地施工的一团之长，我除参加各类会议和每天现场调度工程事宜外，还要时刻关注天气变化、工地安全生产，做好矛盾纠纷调处、民工吃喝拉撒、老弱病残安抚工作和处理各类意外事故，还要调动各方积极因素，将各类隐患消灭在萌芽状态。老家年过半百终日劳作的父母和独自支撑家务的妻子及儿女根本无暇照顾，那个时代只有建功立业的雄心壮志和无私奉献的精神，苦累从没怨过，人生总要有所追求和建树！在自我鞭策的同时，我始终不忘对年轻人的培养教育，我常用《光明日报》刊载本人采写的《泥巴腿子书记——易仁国》鼓励自己和同事，也感动和教育了全团民工分工合作、同心协力，加班苦干、共创佳绩！

邓村团是沙坪电站建设会战的主力团，急难险重抢先占位，在指挥部领导和团连民兵的努力下，我带领全团民兵完成标工任务在全县各团名列第一，超额完成标工7万多个，当时按每个标工4角钱奖励邓村公社，我们公社多次受到指挥部嘉奖。1978年12月4日，沙坪电站大坝截流后，指挥部给邓村团、太平溪团、雾渡河团发来贺信，邓村团位列第一，贺信中说："你们在大坝截流的突击战斗中，高举毛主席伟大旗帜，发扬'一不怕苦、二不怕死'的革命精神，紧密配合，协同作战，克服困难、忘我劳动，严守职责，紧张战斗，胜利完成了大坝导流洞的封堵任务，特向你们致以热烈的祝贺！大坝截流，把乐天溪的水调上了山，不仅为二级站提前发电创造了动力条件，而且将为彻底改变沙坪面貌，推动农业工业并举运动，发挥更大的作用。"

沙坪水电工程，是县委、县革委会决策举全县之力建设的重大工程。邓村公社各大队无偿支援各类物资和人民币，折合人民币共24000多元，自购板车32辆，加快了工程进度。当时邓村团吃住的地方与大坝工地之间来回隔4道河，每天需要蹚水过河往返八次，加上工作劳累，导致我和许多民兵留下病根，我的视力也下降了，至今未得到有效治疗。由于实行军事化管理，工地日夜加班加点地干，指战员无时无刻不坚守阵地，领导遇事冲锋在前，收工在后，官兵拧成一股绳，确保大坝工程质量安全。

我现在已是古稀之年，回想在沙坪电站的奋斗历程，奉献了我们那代人的青春汗水。但为了宜昌县经济发展，为了造福子孙后代，我无怨无悔。

栾礼清：我为民工乡亲治病疗伤

1978年9月的一天，我在邓村卫生院古城卫生所工作，院领导专程来找我谈话，调我到沙坪电站工地驻勤，我愉快地接受了安排。古城与沙坪同一流域，相距也就20多公里，但没通公路。我随即办好交接，收拾好衣物，与同事周学茂步行到沙道湾村乌蛇尾三组朱其新家的邓村团团部报到。

所谓团部，其实就是在朱其新近30平方米的堂屋内，两边靠墙各放了3张床，中间放了几张办公桌而已。团部人员有团长易仁国，副团长梁先定和易行文，政工员李圣荣，统计员杜艮三，保管员鲁明生和医生、炊事员。除医生和炊事员外，团部人员几乎每天都上工地，回来就对坐到床上，开会议事。炊事房是农户的一间十来平方米的偏水屋，炊事员周学丛在农户家打地铺，团部卫生室就在同屋左侧朱国弟楼上约 20 平方米的阁楼上，医生也住这屋里，从旁边山间楼门搭跳板供人进出。1977 年沙坪电站开工建设时，邓村团驻勤医生是张远民和袁祖文，这次是我和周学茂换班接替。刚到工地，我们就被 10 里工区热火朝天的施工现场和人海作战所感染。还没来得及收拾安顿好，就立即投入紧张的医疗救治中了。

邓村团下辖 5 个民兵连，梅坪和竹林两个连近 500 人住在上游小撇子，邓村和古城两个连 300 多人住中游乌蛇尾，双红连 100 多人住沙坪锯木冲垭上，全长约 4 公里。邓村团承担的施工任务是大坝清基和浆砌、砂石备料运输、新修过河公路和架桥等，没有什么先进的机械设备，几乎都是原始的肩扛背驮。

我和周学茂医生每天留一人在团部医务室值守，为前来治病疗伤的民工服务，另一人则挎着药箱到各个施工地点为民工现场处置、住地消毒等。当时的医药费用都是从民工完成的每个标工 4 角钱中提留 3 分钱用于合作医疗，药品器械由指挥部医务室统一配给，每月按预算造表领用。那时基本上没什么特效药和名贵药品，只有常用的防治咳嗽感冒的百日咳、去痛片、人丹、盘尼西林及外伤清创消炎的红光、碘酒、纱布、绷带等。工地上日夜加班，伤亡事故时有发生，有时连续诊治几个昼夜，全凭体力和激情奉献。一个月后，县里说为减少负担，各团医生都由原单位发工资，周学茂回去上班，我一人留下就更忙更累了。这年底，公社党委副书记熊文福接替易仁国任团长，朱从常接替梁先定任副团长，李圣荣升任副团长兼政工员，我则兼任团部司务长，工作更加繁重。

1979 年，随着工程进度加快，工地上不时发生各类大小事故，轻的就地清创消炎安排病休，重的则上报转治。我经常刚端上饭碗或是刚洗澡上床，来了伤病员，就放碗或起床为伤者治病疗伤，很少有假期回家孝敬父母和疼爱妻儿的机会。同时因缺少规律的生活，落下了头晕、腰酸、腿疼、胸闷等病症。有一天，竹林连中包山一王姓和谭姓民工，在用板车拉石头急上坡时绳子断裂，被板车和石头将脚趾和头背砸成重伤，血流不止，指挥部迅即联系拉水泥钢材的货车，我陪同送到宜昌县医院紧急手术治疗。我既当医生又当护士，还帮管吃喝拉撒。一周后回到工地，夜间刚睡着，指挥部施工员熊文军在乌蛇尾加夜班时劳累过度，不慎掉入几米深的水潭中，救上来后昏迷不醒，我又连夜为其输液急救并熬制姜茶驱寒。民工们的伙食饭菜，就是苞谷拌米蒸饭，配上萝卜、洋芋、南瓜、白菜，时有小的疫情和疟疾，我们就到山上挖来茅草根，配上适量中药，熬制大锅汤药，让民工们当茶服饮，起到很好的效果。附近沙道湾、渔洋溪、石洞坪等地村民听说我是中医且有师传秘方，不时来求诊疑难杂症。我是团部医生，有自己的本职工作且工作繁忙，便请示指挥部和团领导是否医治。答复说："救死扶伤，实行革命的人道主义！"我便义务为百姓治病，受到各级领导和民工乡亲的赞誉。

1980年10月，浙江工程队接手了沙坪电站的后期建设，各团连民工撤离回乡，领导安排我借了唐永栋的手扶拖拉机，来沙坪装上行李物品，沿宜大公路从乐天溪经太平溪，上邓村，再到古城，绕了一大圈，走了两天，回到卫生所上班。40多年过去了，当年邓村团部和各连队居住和施工的地方都已淹没于沙坪水库碧波盈盈的水下，但奋斗奉献的青春时光和感人故事永远留存于记忆深处。

作者简介

熊文福，男，中共党员。1979年1月以宜昌县水电工程邓村团长身份参加沙坪电站建设，时年29岁。

栾礼清，男，中共党员，中医师，1978年9月以邓村卫生院医生身份参加沙坪电站建设，时年28岁。

我在沙坪与付禄科同志的交往

何万政

付禄科同志是 20 世纪 60 至 70 年代宜昌县最忙的局长之一，也是这本文史散文集《青春的沙坪》绕不过去的人物。我作为沙坪电站工程建设参与者，从上到下，从左到右，与我打过交道的相关人员数以百计，而最令我崇敬、最令我怀念的，要数沙坪水电工程指挥部副指挥长、县水利局局长付禄科同志了。

1977 年 4 月，我接到县水利局电话通知，要我到沙坪电站建设工地，负责渠道建筑物工程施工。我到指挥部时临近中午，办完报到手续，我被人引到了隔壁的工程组。这是一个大厅，用芦席隔成了几个方格，到处摆满了床位和被子，只有一个有三张床的方格内剩一个铺位空着。接待我的同志说："你就睡这个铺吧。"我把行李往铺板上一放，就奔向了工地木工棚。因为做建筑物施工，离开木工是寸步难行的。

中午，我回到放行李的房间，只见那两个床铺上，坐着工程股刘国敬股长和付禄科局长。我不由得一惊，虽然我在水利系统工作了十几年，但都是在最基层工作，只闻付禄科同志的名，见面不多。我便低声说："付局长，我真不知道这是您的房间。"说着顺手提起行李就向外退。付禄科同志微笑着站起身，拉住我的被包，和蔼地说："就睡这个铺。我把你调来，是来管建筑物的，管建筑物需要协调的事情多，住一起方便。"我坚持说："我爱打鼾，会影响您休息。"他说："你打你的鼾，我睡我的觉，两不相干。"后来我才知道，付禄科同志患有严重的神经衰弱症，响声会影响睡眠。他有这种宽容情怀，令我十分钦佩。

现在做水工和当年比起来，真是一个天上，一个地下。当年施工喊的口号是："有条件要上，没有条件创造条件也要上。"不讲资质，也不讲施工组织设计。浇筑混凝土没有搅拌机，没有振动棒，完全靠人工搅拌，肩挑背扛。一号渡槽很快安装了潜水泵，有了水就可以开工了。就在两个墩浇筑完成，开始浇筑第一跨渡槽时，我遇到了人生的一次危机。危机是同指挥部食堂炊事员争执引发的，争执的焦点是用水。

当天的浇筑任务很大，人工要拌两百多盘混凝土，浇筑已经进行了一个多小时，食堂炊事员说，要先让他们抽水。我坚持施工不能停，炊事员不由分说，扯开给工地供水的水管，接通了进食堂的水管，一抽就是两小时。我气冲冲地去找指挥部领导，本希望他说服炊事员，只要抽够做饭的水后，就让浇筑继续施工。哪知领导回答说："潜水泵是你安装的就是你的？指挥部食堂就不能用？人是吃了饭才能干活的，吃饭是天下第一件大事你不知道？"

我求助领导的希望破灭了，气呼呼地说："浇筑渡槽可是大事，您是领导，您说浇就浇，不浇就摆着，关我屁事！"领导吼道："你冲什么？别以为离了你地球就不转！"我当时就像一只泄了气的皮球，灰溜溜地走向工地，大好的浇筑时段就这样耽误了。施工还得继续，计划晚八点完成的工量一直拖到晚十一点才完工。当晚八点，指挥部领导成员、人武部的刘福洪部长来到浇筑现场，他靠在脚手架的冲天柱上认真观看施工现场，没有说一句话。第二天上午，他进了我们住的房间，对付禄科局长说："小何干的这项工程，在部队至少要派一名排长担任。昨天的事要采取措施，这样下去不成。再追加一台潜水泵，不需要多少钱，浇筑活儿是不能停顿的，饭也是天天要吃的，分开用不就没有这种事了吗？组织施工的人连一名炊事员都'奈不活'，这施工怎么搞？"付禄科局长点头答应。第二天，潜水泵就安装就绪，类似纠纷再没发生。后来我也认识到，我虽然是为了工程建设，但如果到了饭点，大家吃不上饭，工程同样要受到影响。领导站在全局考虑，也是有道理的。

作为副指挥长，付禄科局长的会议特别多。当时工地摊子铺得很大，他每天晚上都要召开施工组长会，一开就到夜里十二点。一次晚会上，我竟然鼾声如雷地在会场上睡着了。他点名要我汇报，喊了几声都没喊醒，还是旁人把我推醒的。他拍着桌子吼道："你看你成了什么样子？"我稀里糊涂地问："现在几点了？"有人回答："十二点差五分。"我说："该吃午饭了？"那人补了一句："是深夜十二点差五分。"大家哄堂大笑。

付禄科同志指头差点捣上我的脸，警告说："你这样不行！你这样下去不行！"我这个人牛脾气上来了，不客气地回答："付局长，我今天五点起床您是看见的，浇桥墩我寸步不离，已经撑了十七个小时，实在是撑不住了。若有比我更能撑的，请您调来换我。我上有父母下有四个儿子，他们还指望着我呢。我实在太困了。"

付禄科同志哽了一阵，问我："明天的施工，有什么要解决的问题吗？"我回答说："已经安排好了。"他向我点了下头，说："你去睡吧，其他的人继续开会。"

第二天清晨，浇筑继续进行。九点过后，一个桥墩浇筑结束，我眼前一阵发黑，身子摇晃了几下，便歪倒在脚手架的横杠上。我下意识地抱住横杠，大汗淋漓，慢慢苏醒过来后，难忍的饥饿感涌上来。原来，我还没吃早饭，于是我回房间拿碗，去食堂买早餐。推开门，发现我的大瓷碗上面盖着一张报纸，拿开报纸一看，碗里装着三个油饼。我马上断定，肯定是付禄科同志帮我买的。我一下哽住了，只觉得鼻子发酸，喉结在上下蠕动。心想，昨晚我那么顶撞人家，自己先去睡了，人家还在继续开会，不知道什么时候散的会，他又是为了什么？今天早上担心我回来迟了，食堂关了门吃不上饭，还帮我买油饼。我的视线模糊了。付禄科同志对我的关怀，像一条长鞭抽打在我的身上。

晚上，付禄科同志回到了房间，我将一斤饭票、三角菜票双手递给他，感激地说："谢谢您帮我带油饼。"付禄科同志开玩笑说："要我帮你买饭，你的级别还不够。"硬是不收我的菜票、饭票。在那个年代，干部的粮食每月定量27斤，我这一下吃了人家一天的口粮。我将票再次送到付禄科同志手上，坚持说："劳烦您帮我带回来已经是天大的人情，这票您一定要收下，这可是您一天的口粮啊。"

付禄科同志接下饭票，说"饭票我收下了"，再递给我，深情地说："今天算我接你过早，你把饭票拿着。以前我对你关心不够，但工地例会是必须参加的，这是指挥部的制度，任何人都得遵守。有些同志汇报不认真准备，想到哪儿说到哪儿，耽误时间。你的帮手少，任务重，从今天起，你第一个汇报，说完了就去睡。"我向他深深地鞠了一躬，眼泪湿润了眼眶。

1978年1月，我在浇筑3号渡槽槽身时，被搅拌机夹断了左臂，送进了县医院。人虽然躺在了医院的床上，但一直到第二天上午，没人送药，也没人过问。我问护理我的小温，他说还没有办住院手续。我问为什么，他说："电力局和指挥部在相互推。电力局说你是临时工，没有公费医疗，又是在工地受的伤，应该由指挥部负责住院费。指挥部说，县里明文规定，抽调人员工地不承担任何费用，费用由所在单位出。"

原来如此。我说请你到电力局，跟沙坪指挥部副指挥长付禄科或谭振树打个电话，把我现在的处境告诉他们，请他们设法让我住上院。晚上，付禄科局长到了医院，一进门就凝视着我肿得像小腿的胳膊，五个手指直直地撒着，蜡黄透亮。他面色凝重，问："怎么会弄成这样？怎么伤到你的？"于是我讲起事情的来龙去脉。

3号渡槽开工前，为了保证渡槽施工质量，我去求了省水利工程四团三连的胡连长，我在担任东风渠2号渡槽施工员时，与他结下了深厚的友谊。见到他，我开门见山地说："我在三三〇工程局施工电源——沙坪电站负责渡槽施工，急需要一台搅拌机。渡槽输水能力跟东风渠差不多，双曲拱跨度 50 米，混凝土浇筑方量大，施工队伍全是山区的农民，没有浇筑混凝土的基本技能，光靠人工搅拌不能保证质量，领导同意租借，我特来向您求助，借也行，租也行，现在市场上实在买不到新的。"他叫来人，问："仓库里还有没有可用的搅拌机？"来人说："从应山拉回的几台，没用过，不知还能不能用。"胡连长当即吩咐："派人试，两台凑成一台也行。"

没几天，搅拌机就运进了现场，正常运转了几个月，就在浇筑最后一跨渡槽槽身时，机器坏了。料斗升不上去，进水管漏水，工地上黑压压全是人，人声鼎沸，水泥砂石料都倒进了料斗，十几个小伙子用蛮力才把料斗抬起，骨料开始向转桶内溜滑，搅拌机也转起来了，水也通了。因为接头没接好，水一个劲地向桶内流，我赶紧用右手握住离合器的把手，用左手拿起水管，想把管子顶进机器的进水管头。水管倒是顶进去了，我的衣袖也被夹在机器料斗和机体之间。我拼命地拉离合器，想让料斗停止上升，离合器是坏的，料斗在十几个小伙子的蛮力下继续上升，我眼睁睁地看着进料斗将我的左臂肘部卡成了粉碎性骨折。我眼前一片漆黑，一下昏倒在搅拌机上。后来才知道，我借来的搅拌机被拉到大坝上去了，出事的这台搅拌机是旧的。我如果知道有毛病，等修好了再浇，就不会出事。

付禄科同志听完嘴唇在颤抖，沉默一会儿后，问："有什么困难吗？"旁边的小温回答："因为没有办住院手续，医生还没见面。"付禄科同志的脸阴沉得更厉害，没有再说话，起身就走，一边喃喃地说："真不像话。"一个多小时后，电力局送来一张三联单，住院手续就这样办成了。若没有付禄科同志的协调，不知什么时候才办得成住院手续。

因为胳膊的肿消不下来，开刀上钢板拖到腊月二十五还没做。我再三催促，邓医生总是那句话："什么时候把肿消下来了，我什么时候给你做。"腊月二十九晚上，付禄科同志提着一袋慰问品来医院看我，一进门就盯着我依旧肿胀的左手，关心地问："手术做了，怎么还肿得这么厉害？"我说："因为老不消肿，我叫小温照着老家土方法，挖了个线麻兜子锤成泥敷了一夜，肿消了才做。邓医生说，因为伤得太重，血液循环受阻太厉害，肿胀一时是消不下来的。"

付禄科同志安慰我说："伤筋动骨一百天，安心养病，不着急，总有一天会好的。"他叹了一口气继续说："工地上下十多里，从大坝到二级站，到处摆的是水泥、木料、电线，以及搬不动的施工设备，守场值班的人员好几处，不亲自走一遍、检查一遍不行，所以回来晚了，刚下车就来了。"

他又注视着我肿胀的手，继续说："线还没拆，今年的春节就安心地在医院过吧，我来接你，明天到我家团年去。"付禄科同志专程来接我团年，一下把我难住了，去也不是，不去也不是。那年我39岁，第一次遇上这样关心下属的领导。

1978年大年三十中午，我厚着脸皮，带着家里捎来的一只腊鸭去了付禄科同志家。席面很丰盛，付禄科同志一个劲地给我夹菜，他的爱人贾老师也一个劲地给我夹菜。付禄科同志自己并没有怎么吃，却不停地盯着我那肿胀的手。后来我从谭局长的口中得知，他一直在牵挂着我和我的家人，担心着我这个临时工、家有四个儿子和父母双亲的人，为我愁为我忧。

临别时，我把包着腊鸭的纸包递给付禄科同志，说："我没什么送您，家里带来一只鸭，送您尝尝。"付禄科同志一下按住我的手，动情地说："何万政同志，我对你关心不够，这个事故的发生，我们领导是有责任的。"我赶紧说："这不能怪领导，怪我自己不小心。"我坚持要把纸包留在他家里，推来推去，付禄科同志哽咽地说："你现在这个样子，你的东西我吃得下去吗？"

1978年的元宵节那天，我刚办完出院手续，县政府的陈精求便找上了我，我吃惊地问："您找我有什么事？"他笑着说："我今天去鸦鹊岭，付禄科同志要我把你带回家，上车吧。"我上了车，一股暖流透过了全身。我在内心问自己："天下真有这么好的干部吗？"我自问自答："有，付禄科同志就是一个！"

回到家的第二天早上，我搬了把椅子坐到大门口，利刃一样的寒风吹拂着我那肿得透亮的手指，一阵阵钻心的疼痛袭上心头。我望着藕田中一片片在寒风中颤抖的枯荷叶，触景生情，写下一首小诗：

> 干荷叶，
>
> 色苍苍，
>
> 老柄空摇荡，
>
> 减了清香越添黄，
>
> 都因昨夜一场霜，
>
> 寂寞在冰面上。

当时的孤独和绝望难以言表，我望着进进出出忙碌的妻儿，想死的心都有。但对父母妻儿的责任又驱使着我，必须勇敢地面对人生，我把小诗寄给了谭振树局长。他回信也附了一首诗，其中两句"荷叶虽枯壮藕出，清香重新再现"鼓舞了我，让我下定了继续奋斗的决心。

1978 年 5 月，左手肿胀消退了不少，我回到了工地。谭振树局长对我说："沙坪到宜昌的上网线路施工已提上了日程，任务落在了电力局，你要完成好这个任务。"接受新任务后，我向付禄科局长告别，送给他一首小诗：

> 早秋惊落叶，
>
> 飘零似我心。
>
> 翻飞未肯下，
>
> 犹言惜故林。

我没见到他的人，放到了他的办公桌上，不知他看到没有。

1983 年深秋，我在县政府门前遇上了时任县农委副主任的付禄科同志。他那宽阔的额头上，发际线又向后退了不少，颧骨外张，两腮下陷，两鬓的头发稀疏而灰白。他睁着一双困乏的眼睛看着我，说："听说你的后顾之忧解决了？"我握住他那已变得瘦骨嶙峋的手，欣喜地说："感谢您关心！是您和谭局长的帮助，今年 3 月份解决的。"他眼睛一亮，突然握紧我的手说："解决了就好，早就应该解决，以后就可以大胆地为国家建设做更大贡献了。"我不停地点头说："我会的，我会的。"

他叹了口气，语重心长地对我说："人生的路还长，落到你肩上的担子会更重，我送你两句话：终生管住嘴，踩稳脚。管住嘴就是要管住舌头，一定不能任凭舌头乱转，言语似箭，不可乱发。一入人耳，有力难拔，交一个朋友难上难，得罪一个人只要一句话；踩稳脚就是做事一定要深思熟虑，一步一个脚印，小孩坐滑梯，溜下去哈哈大笑一阵后，又可以再上去溜。但你不行，你只要溜一次，可能就没有第二次机会了。这是我文盲父亲教我的。"

我热泪涌动，向他直点头。我在内心下定决心，一定记住他的教诲，终身不忘。

一个多月后，我得知付禄科同志病逝的噩耗，一下陷入了自责的深渊。人说受人滴水之恩，当涌泉相报，付禄科同志给我的可是涌泉之恩啊。而我呢，可是连一滴水都没有回报过。作为给我工作、给我衣食的恩人，他病时我没有到床前探视，殁时不能亲扶以尽哀，入殓没凭其棺，下葬未能临其穴。如今，一在天之涯，一在地之角，付禄科同志的音容笑貌还浮现在我眼前。他的恩情长存，教诲常在。我背着被子同民工、木瓦工同吃同住，参与建成了110千伏黄金卡、莲沱输变电站工程，建成了35千伏龙泉、雾渡河、张家口、桥边、三斗坪输变电工程，这些工程正在为国民经济发挥重要作用。1998年我退休后，又去宜昌监理公司干了15年，在十堰、襄樊（现襄阳）、荆门、荆州、恩施，先后担任两条220千伏输电线路、一座220千伏输变电工程、8座110千伏输变电工程的总监，十次被评为优秀监理工程师，三项工程被评为省级优质工程，为自己的人生增添了光彩，也为国家建设做出了贡献。

古话说："前人种树，后人乘凉。"希望当今的人们，在享受沙坪电站和全县小水电站带来的光明时，不要忘记40多年前，不辞辛劳、殚精竭虑建设沙坪电站的付禄科等领导同志和6000多名民兵们！

作者简介

何万政，男，1977年4月，以县水利局临时工身份参加沙坪水电工程建设，时年35岁。任沙坪水电工程指挥部施工员，后招工到宜昌县电力局工作。

我在三号隧洞爆破被炸记

陈 凯

我叫陈凯，柏木坪公社柏木坪管理区柏木坪大队人（现属小溪塔街道柏木坪村）。1977 年 3 月，高中毕业的我，听从县委、县革委会号召，参加宜昌县沙坪水电工程建设。这是我第一次出远门，也是第一次听说"沙坪"这个名字，当时不知道沙坪在什么位置，只听说属于莲沱公社。

我在出发前一天，到柏木坪粮管所把粮食兑换成"支拨"。我理解的所谓"支拨"，类似于"粮票"，现在的年轻人肯定闻所未闻。例如，我在柏木坪粮管所交 100 斤粮食，柏木坪粮管所给我开 100 斤的"支拨"，我在乐天溪粮管所凭"支拨"就可以换 100 斤粮食了。没有"支拨"就换不成粮食，就没有饭吃。

第二天，我和陈明贵、张儒全一行三人前往沙坪工地。按常理，我们应该在南津关乘船去乐天溪。但我们都未出过远门，不知道在南津关搭船，而是舍近求远，听说"向阳"轮起点站在宜昌市镇川门，就往宜昌市镇川门"向阳"轮码头走。

到镇川门时天色已经很晚，我们在码头附近的一家"工农旅社"住下了。凌晨 3 点多，遇到民警来查房，要我们出示证件。我们既没有户口本，也没有介绍信。我灵机一动，出示粮管所开具的"支拨"。这个民警比较通情达理，说这个"支拨"能证明我们不是坏人。说完就走了，我们却再也睡不着了。

凌晨5点多，我们登上了"向阳"1号轮，在船上观看江面。开船后，我们慢慢欣赏长江西陵峡风光，生怕放走一个妙处。虽然我们来自柏木坪大山深处，天天开门见山，但看到眼前高耸入云的天柱山、"三把刀"、黄牛岩，仍感到特别兴奋。到乐天溪"尸往沱"码头下船后，我们沿乐天溪步行到路溪坪大队部，这里是我们柏木坪团驻地。

为什么叫"柏木坪团"？那时是部队建制，公社一级称团，管理区一级称连，大队称排。故经常组织军训，实弹训练，我打靶还打过9环、10环。按照户籍所在地，我被安排在柏木坪团柏木坪连柏木坪排。1977年3月1日，由于我人年轻，有一定文化（那时候高中生就是知识分子了），加上能写能干，一到工地就"提干"了。团领导让我担任柏木坪排排长，带15个兵，这是我下学后第一次"当官"。每天早上列队，安排当天的任务、提醒带什么工具、宣布注意事项等。为了鼓舞士气，有时我也写宣传报道，交给指挥部广播室。稿件播出后，柏木坪团的工友对我的名字有了一些印象。

那时，指挥部和各团、连、排食堂生活非常苦。吃肉要计划，每个月吃一顿肉，平时都是小菜"当家"。吃饭就是米拌苞谷面，说得蛮好听——"金裹银"，其实梗喉咙，有时候吞不下去就喝点冷水。烧的柴火要到20里以外的覃山头去砍，一天能背100斤回来就很不错了。记得有一次我去背柴，因人太小，又累又饿，背到板栗树湾就累趴了。幸好碰到太平溪团一位姓丁的兄弟，他帮我背了一两里路，然后让我连队的人把柴背回去了，我特别感谢这位丁姓兄弟。沙坪人当年吃的这些苦，今天的年轻人是无法想象的。

在我担任排长期间，工地上修渠道的任务完成得比较出色，估计指挥部工程组的同志听说了此事，这为我的工作变动奠定了基础。1977年4月上旬，指挥部工程二组要在柏木坪团选调施工员，我和另一个工友去应聘，结果我被录取了。5月1日，我到工程二组找组长詹光源报到，被安排到上洋团担任施工员，负责管理1台空压机、2台凿岩机和1个台班20人。

上洋团负责三号隧洞出口段开挖工程，具体位置在橘口，总长约300米。领导要求，每天工程进度必须达到10～15米，不能打偏，也不能超高。每天在开挖前，我就到断面进行"吊中""放样"。所谓"吊中"，就是在前期测量时，在隧洞进口与出口两端做中心点，每次放样前必须依照中心点进行，否则一旦偏离（或位移）中心点，就会把洞子打偏，导致进口与出口不是直线；所谓"放样"，就是用毛笔标出点炮眼的位置。施工人员按放样点打钻，打完后掏空炮眼，装药爆破。爆破完成后，开启鼓风机排烟雾，爆破人员进去排险，确认无哑炮后再去清运渣土。

一般情况下，上午爆破2次，下午爆破2次。要清运完渣土，才能实施后期爆破。对于工段50～80米运输距离，除渣队伍可在两个小时内完成。当达到100～200米运输距离时，除渣任务很难同时完成，必须加班加点。

1977年8月28日，三号隧洞进度已经达到了80多米。在爆破时，有一个炮没有点着，而其他点着了的引信正在燃烧，随时都可能引爆。在这种情况下，必须及时撤离，以确保安全。而我和周月炳、郭权义3人只在想为什么未点着。就像着了魔似的，站在原地不动。等第一炮响过后，我们才醒悟过来，他们两个人迅速跑出去了。外面的工友们见状，说："拐哒，陈凯还没有出来！"都在为我担心。

其实，我在炮响后，也本能地向外跑，但晚了一步，跑在了他们后面。当跑到洞口时，巨大的冲击波和石块向我袭来。我左半身的衣服、裤子被炸碎了，肚子炸破了，整个人血肉模糊，工友们赶紧用板车把我送到沙坪工地医院抢救。

当天工地有7人受伤，工地医院门口摆满了伤员，我受伤最重。由于工地医院医疗条件简陋，指挥部领导及时联系县医院做好急救准备，将我送往小溪塔。当救护车到达莲沱大桥时，我因失血过多休克了。指挥部领导担心路上出事，当即决定就近医治，请求位于莲沱的军工企业八二七厂职工医院进行抢救。八二七厂职工医院迅速通知医护人员各就各位，开展施救。当然，我当时处于休克中，不知道发生了这些事，是后来听别人讲述的。

因我失血过多，必须输入大量的血液。八二七厂职工医院联系宜昌地区人民医院血库提供血浆。输血后，我暂时脱离了生命危险。在处理伤口时，八二七厂职工医院又联系宜昌地区人民医院外科专家前来现场会诊，共同制定医疗方案。经过8个多小时的手术，清理沙子、吸出污血、清洗肠子、切除脾脏，最终把我从死神手里拽回来了。我在八二七厂职工医院住院约三个月，出院后，指挥部政委陈天赐和县委领导林致祥带领有关人员，前往八二七厂职工医院，送去了感谢信，并进行慰问演出。可见那时候，人与人之间，单位与单位之间，感情是多么深厚啊。

沙坪水电工程建设期间，牺牲的民兵记录在册的有18人。我万分感谢指挥部领导、沙坪工地工友，以及八二七厂职工医院、宜昌地区人民医院的医护人员，是他们给了我第二次生命。如果不是他们及时施救，沙坪电站牺牲人员花名册上就又多了一个人。

1978年初，指挥部领导考虑到我的身体状况，将我从工程二组调到沙坪器材组，在大坝炸药仓库值班。由我和黄明健两个人负责为各作业班组发放炸药和雷管，把每天出库的数量统计出来，报告到器材组，以确保不能缺货，不然就会影响工程进度。

仓库有三间房，一间是住房，另外两间房存放炸药，雷管存放在距仓库100多米的山洞里。出于安全考虑，这里不能开火做饭，吃饭要走到沙坪指挥部食堂去。有时候不能到沙坪吃饭，我就跑到灯影子岩水泥仓库蹭饭。水泥仓库的保管员是贾宏照和袁启双，他们自己开火做饭，并种了白菜、萝卜、辣椒、葱花、蒜苗等。有时候河里涨水了，他们还去抓鱼改善生活。就这样坚持了一段时间，老是去别人家蹭饭也不好意思，还是得到沙坪食堂去吃。

有一天，我发完货躺在床上休息，指挥部政委陈天赐来了。我起身跟他打招呼，拿出圆球牌香烟给他。

我问："陈书记，您怎么来了？"

他说："我专门上来的，找你说个事儿，你明天到沙坪仓库上班。"

我问："我走了这里的工作谁来接手？"

陈书记说："这你就别管了。"

我说："那怎么行呢？"

陈书记说："你这孩子怎么这么倔呢？叫你去沙坪仓库，是考虑离食堂近些，方便你就餐。"

调动我的工作，陈书记完全可以叫器材组组长通知我就行了。没想到他一个指挥部政委，亲自来通知我，让我真真切切感受到组织的温暖，我顿时热泪盈眶……

20世纪80年代初，经宜昌县水利局、劳动局批准，我被正式招工到沙坪电站工作，直至退休，现居住小溪塔，安享晚年。我在沙坪电站工作、成家、生儿育女，从青年到中年再到老年，流下了汗水、泪水、血水。沙坪电站，令我魂牵梦绕，将永远印刻在我骨子深处。

作者简介

陈凯，男，1977年3月以柏木坪团民兵身份参加沙坪水电工程建设，时年17岁，任沙坪水电工程指挥部施工员。后经批准，招工到沙坪电站工作，任运行副班长、班长等职。

我的青春之花在沙坪绽放

何士炼

沙坪是宜昌县无数革命先烈用鲜血染红的土地，也是宜昌县水电开发的沸腾之地。全县和三三〇工程局以及近万名干部职工、指战员、民兵，在这里建设了一座实物之坝、精神之坝，留下了许多感人的故事。我亲历了电站建设、管理、发展全过程。

在风雨中走进沙坪

1977年元宵节后，我在生产队参加集体劳动，从大队开会回来的队长通知我到沙坪修电站去。这消息来得很突然，说不出是喜还是忧，我心里泛起了波澜。我在1976年7月从下堡坪高中毕业后的大半年时间里，除做过一个多月的代课老师外，一直在大山里挣工分，从未出过远门，那晚我失眠了。

3月10日，我在家门口上了三三〇工程局的一辆翻斗车。带着被褥、挖锄、木箱和一张粮食"支拨"证与20位民兵挤在车斗里出发。那时公路不像现在便捷，汽车要经过雾渡河、上洋、黄花、小溪塔、莲沱、乐天溪才能抵达沙坪。沿途全是颠簸的土路和崎岖的弯道，我跟大多数人一样，第一次出远门，近 200 公里的路在我眼里全是风景，一时忘了路途劳顿。车行驶到兆吉坪天就暗了，并下起了小雨，到乐天溪大桥时已伸手不见五指。因大桥还在建设中，车要从河床开过去，乐天溪河里又涨了水，司机反复几次观察后，打起了退堂鼓，将我们拉回到小溪塔第一招待所住下。

在返回的途中，雨不仅没有停，反而越下越大，加上 3 月的气温较低，我们 20 多个民兵蜷缩在车斗里互相依偎着，抱团取暖，衣服全湿透了。其中一位比我大两岁的邻村大哥穿得很单薄，冷得直哆嗦并失声哭起来了，大家关心他是否生病了，他摇头说："我要回家，不想去沙坪了。"他这一闹，瞬间也触发了我的泪点，我鼻子一酸，泪水也混合在雨水中流淌。我低着头细听老乡们对他的劝说和安慰，情绪也得到缓和，偷偷地抹去了眼泪。

我们到"一招"时，已是晚上 9 点多钟了。服务员们见到我们一群"落汤鸡"，很是同情，立马在院子里架起了柴火供我们烘烤取暖，食堂为我们提供了饭菜，这一晚好像真正感受了人间的温暖。次日早晨，我们依然坐着那辆车，驶进沙坪大队的槽口时已接近中午，连长李大怀同志带着几名工友迎接了我们，帮我们拿着行李，艰难地爬行了三里多远的山坡才到达住地——板栗树湾。

眼前的沙坪，对我来说既新鲜又陌生，跟我的家乡好像没有多大区别，就像从一座大山走进了另一座大山里。不同的是公路边的河水翻腾着，水资源十分丰富。山坡上有许多稀疏的板栗树，平地里的农作物长势茂盛。我们住地是一户三房一偏的土坯房，主人为我们腾了两间，我们有 10 人住在楼上，下面是个火笼，楼板上有厚厚的灰尘，扫一扫就打上了地铺凑合着睡，晚上如果睡早了还熏得流眼泪。连队在场子里用木棍条搭了一间草房做厨房，烧的柴要到 10 里以外的寻山头去背。施工任务是开挖 3 号洞出口断面，我们举着队旗，拉上横幅，扛着锄头和钢钎，推着板车，担着篾箩筐，在工地挥动着、奔跑着。中午饭由炊事员送到工地，吃的是甑子蒸的苞谷饭，菜是一锅煮，这样的艰苦生活我慢慢地承受和适应着。我做事比较踏实，能起一些带头作用，劳动之余还能写一些宣传稿交给团部，所以在工友们眼里我是一个阳光小男孩。当时，我只知道做事，离家半个月了，也不知道给家里写封信报个平安，父亲到邮局打过电话无法联系上我，母亲担忧我的安危，请我的堂哥徒步70里山路来找我，碰面的刹那间我愣住了，泪流满面。

在建设中砥砺前行

沙坪水电工程开工典礼是1977年3月23日在白洋坪河坝举行的，碰巧这天也是我的生日。那天我在队伍中也跟着喊口号，使劲地鼓掌。我第一次见到那么大的场面，那么多领导，那么多汽车，心情很激动。在县委书记胡开梓同志动员讲话的鼓动下，我像被打了一针鸡血，热血沸腾并暗下决心要为水电建设出点力，渴望着能当一名水电工人。

4月底的一天，李大怀连长通知我，指挥部要抽一批有文化的青年去当施工员，团部推荐了我。消息来得很意外，我不知所措，胆怯地说："我行吗？"李连长鼓励我说："可以学呀。"就这样，我去指挥部工程组找田奠护同志报到了。他第一天安排我在指挥部门口的预制场，那时我啥都不懂，就傻傻地守在那里看别人劳动，偶尔也帮别人搭把手，可能是田奠护看我老实本分，试用了几天就把我留下了，从5月1日起我就正式成了一名施工员。

我在工程组里连续工作了4年多，大部分时间是在田奠护的领导之下。那时他已步入中年，时常戴一顶军帽，穿一双劳保鞋，挎一个白色帆布工具包，一天到晚活跃在工地上，好像有使不完的劲。他嗓门洪亮，组织能力很强，做事干练利落，工作之余也有嘻嘻哈哈的时候，为人随和。在工地上民兵们看他很忙，以为他是副指挥长，我们都亲切地叫他田师傅，指挥部的领导们以及熟悉他的人都喊他佃户子。田师傅的爱人那时得了骨结核，长期卧床不起，他白天忙工地，休息时还要护理病人。他在工作和生活的双重压力下，整天还是一副乐呵呵的样子，好像没有什么事可以难倒他。我在他的带动下，也练就了不畏艰难、吃苦耐劳、坚韧不拔的品质，同时也跟他学到了许多技能和施工经验，使自己得到了成长和进步，1979年5月我被指挥部招为亦工亦农合同制工人，当年12月在工地上又光荣地加入了中国共产党。那时我在指挥部主办的七一墙报上写了一首诗表达我的心情，其中一段这样写道："党的光辉照我心，建设电站进沙坪。大坝升高我成长，誓把青春献给党。"

我做施工员的第一个任务是打1号隧洞。为了方便施工、加快工程进度，我们几个施工员被下放到邓村团的双洪连，与民兵同吃同住同进同出。那里住的是茅草土坯房，睡的是棒棒床，吃的是大锅饭，条件十分艰苦。为了抢进度，实行三班倒日夜不停地干。三三〇工程局的工人负责用风钻打眼放炮，连队负责清运炮渣，我们负责放样、照明、协调和安全监管。每班炮响后不等烟雾散尽，就要抢时间进去查危排险，接通照明灯让民兵进去清运炮渣，炮渣清运后就要进去放样。我们放样极为老土，先用仪器引进高程至洞内，引中心线在洞顶固定两盏吊线灯。每次放样就背对着断面，望着前面的两盏吊灯三点成一线，然后在"屁眼"后面的断面上摸一点做上记号，再在侧墙上引进高程与记号的垂直线交叉形成中心点，然后以中心点画圆，最后在圆内用油漆布置炮眼就可以了。那时我们不懂环保和自我防护，只考虑抢进度，吸进了不少灰尘。特别是隧洞进入一定深度后，烟雾排出非常慢，有鼓风机也只是个摆设，我至今想起那种烟雾味就恶心。还有被电击的感觉至今胆战心惊，因为洞内潮湿，每次放炮，电线就要毁坏一次，有时又必须带电恢复，被电击是常事。按现在的安全管理来看，这都是违规操作，冒险作业。

在1号隧洞贯通后，有一件事让我十分内疚。有一段洞底高程欠挖了20厘米，空压机和风钻撤走了，花岗岩的硬度非常高，人工凿除十分艰难，邓村团的领导缠着我叫苦，建议用炸药板巴炮试一下。我心一软就给他们开了100多袋的防水炸药领料单，他们趁中午空档时间施工时，恰巧被闫圣代指挥长发现并制止了。他知道是我给他们批的炸药，晚上把我叫去痛批了一顿，说我"胆子天大，是'半夜里玩灯笼，越玩越转去'"，语气十分严厉，对我有一种恨铁不成钢的感觉。我担心闫指挥长要辞退我，每天走路或在食堂吃饭都要躲着他，情绪低落到了极点。过了一段时间此事就没下文了，估计是他原谅了我。后来我在水电公司的领导岗位上，去县政府开会，在县委院子里碰到了已退休的闫圣代同志，他亲切地关心公司的情况，还告诫我："做人不要贪，做事要敬业，要为公司多做贡献，为职工多谋福利。"他的教导我一直视为座右铭，警示着自己。他们这一代领导确实是大公无私、清正廉洁的好典范。闫圣代同志后来告诉我，他在沙坪工程上"捞"的唯一好处是工程竣工时发的一把弯把子黑雨伞，他至今还挂在墙上做纪念。

后来我参加了大坝的清基、截流和浆砌施工。重力坝是靠坝体自重抵消水的压力的，因此，浆砌质量也很重要，那时我们检查的方法就是插钎灌水法，用来检查坝体的砂浆饱和度。我在管理雾渡河团的浆砌现场时，有几个民兵很霸道，喜欢偷工减料，动不动就打人，很不好惹。他们经常先干码石头，后灌浆，以获得更多的方量。我直接要他们返工会导致冲突，就把他们的王团长叫来，插钎灌水给他看。王团长觉得这样差的质量很没面子，痛骂了他们几次，他们就对我产生了敌意。那年春节放假又下了雪，我打算坐雾渡河团送民兵的顺风车回家，几个对我不满的人，合谋着到雾渡河下车时修理我。此事被我的表哥知道了，告诉了我，我被迫改变计划，步行70多里雪路回家。一路上也没碰到同行的伴，我鞋子上绑着草绳，背上背着背篓，杵一个木棍连走带爬艰难前行，特别是寻山头到天鹅池一段路，有20多里基本荒无人烟，路边的草木没有人修理，偶尔还要侧身低头钻过去，有时撞见几个坟包，惊得后背发凉冷汗直冒，确实心虚了就大吼几声或哼几句歌来壮胆，这一次回家天已经快黑了。后来听说1984年严打时，那几个人被抓了，其中一个还被枪决了。

随着工程的进展，领导又安排我担任了指挥部最后一任统计员。主要是统计工程量和标工完成情况，还有人员和投资情况，把草表制好后，用蜡纸在钢板上刻成正规表，然后用油印机油印 30 份，发送给各单位、部门及领导。另外还要负责工程组内的日常杂事，工程组每月的补助也由我制表、报批，到财务处换成支票，再步行到乐天溪集镇取钱回来发放。取钱回来的路上我特别紧张，那时几千元钱已经是大额资金了，总担心被抢，走路时常左顾右望，看后面有没有人尾随。隔一会儿还要把白色工具包的钱捏一下，看还在不在，非常谨慎，我回来后就第一时间发下去，尽量不留钱过夜。

刚任统计员时，我被安排与副指挥长兼工程组组长谭振树同志同住一室。他是县电力局局长，我们都叫他谭局长，那时他比我大一轮，都属猪。他 30 多岁，很年轻，为人很友善，表情很严肃，工作很务实，雷厉风行有魄力，我们都很敬畏他。我和他相处时，天刚麻麻亮他就起床，到后面食堂提来热水分一份给我。他洗漱完就到工地转悠去了。他的举动让我很不安，我应该为领导服务才是啊。所以我琢磨着抢先于他起床，帮他打好洗脸水。这样持续了一个多月，我很不习惯，也感觉很别扭，更怕打扰他，就搬到楼上集体宿舍了。现在我和谭局长住在同一个小区，看到他坚持不懈地每天走路锻炼身体，至今我还把他视为学习的榜样。

在我们施工队伍里进进出出的人很频繁。有的觉得看不到希望就走了，有的觉得工作艰苦，看不起 15 元的工资就离开了，也有的是出了问题被淘汰了。那时我也有一次选择的机会，有一天晚上，县委副书记兼指挥部政委陈天赐同志在外乘凉，把我叫去："小何，下堡坪区委副书记杨子喜同志打电话给我，说你们大队要你回去当信用社会计，你如何选择啊？"我沉思了一会儿回答陈书记："我不想回去，就在这里干，行吗？"陈书记很爽朗地说："那行，我跟他回个电话，你在这里好好干。"就这样，我留下来了。

在坚守中实现梦想

1981 年 8 月，沙坪一级站开始发电，我随之进入厂房当学徒。班长是王邦仁，易新是副班长。从指挥部转到电站，我可能是最晚的一个。那时我很兴奋，觉得这一步已经实现了我想当一名水电工人的梦想，但还不是铁饭碗。因为那时劳动体制开始改革，我们最后 30 人被招为亦工亦农合同制工人。所谓亦工亦农，就是在电站工作不转户口，必须努力学习，要有过硬的技术才不会被淘汰。那时我买了许多涉电方面的书坚持自学，虚心向同事们请教，还把所有电器图纸浓缩在笔记本里，方便随身携带查阅。我牢记操作规程、设备参数、开停机步骤、并网技巧、事故处理方法，很快就成了一名正值班员。

有一次雷击甩负荷后，冼世能站长到厂房查看情况，我和副班长易新在中控室值班，恢复并网时，由易新操作，我是监护人，冼站长此时在旁观看。易新平时的操作很熟练，不知是不是冼站长在旁边有压力，并网几次未成功。冼站长要我试一下，我重新微调了频率和电压，待同步表顺时针缓慢旋转时，适当提前一个角度合上开关，一次并网成功。可能是这次操作得到了冼站长的赏识，没过多久，因班长王邦仁被提拔当了电力股股长，冼站长找我谈话，要破例提拔我当班长，当时我确实不敢接任，因为我工作的时间不长，处理事故的能力不足，特别害怕打雷甩负荷，感到责任重大。我提议还是易新当班长，我当副班长协助他，这样也好处理关系。冼站长坚定地说："站委会决定了不能改变，你大胆工作，有问题我帮你顶着。"就这样，我接任了班长。由于责任重大，我制定了班组考核细则，先讨论修改后实施，严明了值班纪律，加强班员的责任心，强力推进班组建设，多次被评为先进班组，得到了站领导的高度认可。两年后又被提拔当了工管股股长。可以说，冼站长是我生命中的贵人。他很有才华，知识渊博、爱好广泛、善于交际，很有开拓创新精神。他也是沙坪水电工程的主要设计师之一，后担任县水利局副局长、市水电学校党委书记、深圳市水务局财务处长。他2003年因病去世后，我和区水利局副局长黄定成同志、市水利局工会陈主席飞往深圳参加了他的追悼会。

1984年大米山电站运行发电后，我被水利局破格任命为大米山电站副站长，新建的电站面临的困难不少。运行中大坝进水口经常被渣子堵塞，遇暴雨天渠道垮塌是常事，机组进泥沙磨损严重，大坝防汛电源不可靠，厂房温度高等问题都要去解决。我和职工们齐心协力，克服重重困难，攻破了一道道难关。那时我违规办了一件事，差点受处分。当时我考虑到厂房温度高，为改善职工的值班环境，我计划买一台空调。那时买高档商品要到县财政局办社控才行，把关很严，我让人把发票开成暖风机，在工程上入账。在将空调搬进仓库的过程中，被张忠偶工程师撞见了。他问我："这是个什么东西？"我如实地告诉他，张工就没再问了。过了几天，检修班就装上了。有一次大米山电站指挥部领导在厂房检查工作时看见了，严肃地问："厂房的空调是谁批的？"正在我不知所措的时候，张工接过话说："这……这个事我知道，跟我说了的。"领导才不再追问。我万万没想到张工帮我担责顶包，帮我解了大围，否则，我可能要受处分。

1986年我离开大米山电站，回到沙坪总站，又被推选到宜昌地区水电学校培训学习两年半，毕业后任沙坪总站副站长。1989年初，沙坪总站、猴儿窝电站、水电专业公司三家合并，成立了宜昌县水电公司，我任沙坪一级站站长。这期间，我推进电站改革，打破分配机制，激发了职工活力。兴办了招待所，引进了炼钢厂，维修了大坝弧形闸门和压力管道。站内还办了《主力军》小报，朱白丹同志就是以这份报纸的编辑身份走出去，成长为全国水利系统知名作家的。我在这个岗位上工作了4年，得到了各级政府和水利电力部门的充分肯定，也获得了很多荣誉。省水利厅曾多次来站考察调研，我个人也被水利厅特邀为"探讨全省小水电的改革方案"出谋献策。可以说这是我最有作为和成就感的几年。

在事业中沐浴阳光

从 1994 年起，我就离开了沙坪，到宜昌光源公司任副经理一年。从 1995 年至 2010 年，进入水电公司机关担任过办公室主任、工会主席和党委副书记等职务。这 15 年间，长期从事党群工作和机关事务，在这人生的高峰期，我始终不忘初心，牢记使命，为企业管理尽职尽责，为企业的改革和发展做了许多群众工作，也承受了一些不被理解的压力。

在基建工程中，我牵头新建了三栋、改造了两栋职工住宅，对公司办公楼和太平溪供电所进行了装修改造。我大力推进企业精神文明建设和供电优质服务工作，培养发展党员 60 多人，挖掘推举了沙坪一级站运行二班获得了全国五一劳动奖状，陈振荣同志获得了"市级劳动模范"称号，邹正明、陈维林同志获得了"区级劳动模范"称号。我长期坚持对退休职工的慰问关怀，发起创建了职工大病互助基金，为职工解决了一些实际困难。我分管的工作也多次获得各级表彰。

在国家实行"一县一公司"的电力体制改革中，2011 年我被转到区供电公司工作，先是担任了生技党支部书记，半年后被区供电公司派到宜昌昌源水电公司任副总经理，直到 2019 年 3 月退休。

流年如歌，光阴荏苒。我可以说在水电战线上工作了一辈子，参与了沙坪电站建设与管理的全过程，水电事业的酸甜苦辣都尝过。我在沙坪工作了 17 年，沙坪是我的第二故乡，我对沙坪的感情不亚于我的家乡。我算是个幸运的人，有一个温暖的家，有一个同甘共苦、勤俭持家的爱人，有一双懂事孝顺的儿女，还有一份稳定的退休金，此生足矣。

我的成长进步和今天的一切，是各级领导和沙坪坚硬的山石在背后支持的结果。感恩领导，感恩沙坪！

作者简介

何士炼，男，1977年3月以下堡坪团民兵身份参加沙坪水电工程建设，时年18岁。历任沙坪水电工程指挥部施工员，沙坪电站运行班长、工管股股长，沙坪一级站副站长、站长等职，后任湖北光源公司党委副书记、工会主席。

我在沙坪十八年

郭云光

我是一个退伍兵，太平溪公社人。1977年，家乡组建沙坪水电工程民兵连，时任太平溪公社青岭管理区书记的王昌发同志通知我参加沙坪电站建设，安排我负责连队会计和后勤工作。刚把民兵们吃喝住行安顿好，就赶上电站指挥部在各连抽调施工员，我有幸被太平溪民兵团团部推荐到指挥部当了一名施工员。

到指挥部报到后，我被安排在田奠护施工小组。头几天，他带我们熟悉工地情况。几天后，田奠护同志突然对我说："郭云光，交给你一个任务，你把指挥部门口公路桥的拱圈起来，桥墩已经做好，需要材料开领料单到指挥部领。"

当时，我们彼此互不了解，他不知道我原来没有搞过施工。如果知道，也许就不会安排我了。这是他第一次交给我任务，我也不好推辞，只好硬着头皮，先把任务接下来再说。当时会架桥的师傅多的是，但我一个也不认识，幸亏遇到老乡太平溪公社水利员黎祥树。当天下班，我就到太平溪团部向黎祥树同志求助。他简单了解架桥的现状和材料准备情况后，对我说："桥墩已建好，现场材料只有松枕木和长松条，你分两层打拱模，第一层用枕木做柱子，与桥墩同高，柱子平拉用长松条铺满并整平就行。第二层在铺满整平的松条上用当地做土墙屋的板，在两头垒成挡土墙，然后填满黏土夯实，按设计直径的三分之一，把样放在垒土墙上削整成型就可以了。"并告诫我："立柱要直，底部要实，间距要均，一米一根，横拉要平，你反正要铺满整平。乱石拱要实，底浆要打满，石头要能起靠紧放，石头与石头之间空隙要用砂浆填满，表面要用砂浆抹平整型。"末了说："我支持你，回去大胆搞，有事随时来找我。"当时我别无他法，只能按照他传授的方法去做。现在想来不可思议，真是胆子大。

回来之后，我组织民兵，按法施工，一举奏效，只用三天时间就架好了拱模。经过一天加一个晚班的辛勤劳动，终于把这个桥拱搞好。这是我到沙坪电站后，第一次完成领导交代的任务。这个桥就是沙坪二级站一号渡槽下面的公路桥，至今还在使用。这是我第一次架桥，也是我最后一次架桥，对我来说，具有里程碑意义。

完成拱桥架设任务后，大概是1977年5月，田奠护同志安排我到大坝地质钻探小分队，负责地质钻探队与指挥部联络、资料收集等工作。我和杜支炎两个人随地质十大队钻探小分队，为电站坝址打孔钻探，便于搞清楚坝址地质结构。

领导派我去的初衷，是想要我跟杜支炎学点东西，协助他收集钻探资料，但事与愿违。杜支炎是莲沱公社水利员，莲沱公社要修唐家坝电站，安排他回去，他就回莲沱了，指挥部再也没有派人来，就我一个人顶着。我一边协助坝址探洞，一边收集钻探资料，特别麻烦。每打一个钻孔，要编号，每提钻一次，每一节岩芯，都要编号装箱，否则资料无效。我虽不懂，但做到了如实记录。在小分队的帮助下，任务完成得很好。

任务结束后，我被安排清洗坝址基础工作，同下堡坪团的一个连队，负责大坝基础清洗。1978年腊月，天气特别寒冷，田奠护同志把第二天要浇筑的基础面划出来，要我们晚上加班清洗出来，以便浇筑。指挥部安排机械工程队用柴油机把积水抽干，我带一个连，用钢丝刷和爪钉等工具，把青苔、泥土等杂物清理干净，经田奠护验收合格，方可收工回家睡觉。

记得有一天晚上，因为抽水机机械故障，水没有抽干，我们干不了活，心里特别着急，忍不住质问抽水的杨师傅为什么还没把水抽完，导致我干不了事，怎么向领导交代？明天怎么浇坝基础？他不服气，就跟我大吵了一架，引来数十名民兵围观看热闹，有的看戏不怕台高，说："指挥部的人和指挥部的人吵起来了。"这对指挥部声誉造成了一定负面影响。还好，领导考虑我是为了工作，没有批评我。这项工作搞了两个多星期，是我在沙坪电站施工中最苦、最累的一个时段。寒冬腊月，天寒地冻，白天工作，晚上加班，清洗坝基础面，天天和冰水打交道。好在那时人年轻，总算熬过来了，还要特别感谢下堡坪民兵团对我工作的大力支持。

大坝基础浇筑到地面水平线以下，就开始清理坝两头山坡上的覆盖层，俗称"削坡"。我被派去削坡，根据设计要求，把坝两头山坡覆盖层清除，并挖成凹型槽，便于坝头锲进山体，有效稳固坝基和防渗水。山坡是坚硬的沙质壤土结构，人工挖不动，只有放炮。距山对面不足100米，两面对着放炮，相当危险。指挥部严格采取了一系列措施：统一放炮时间、统一放炮地点、统一炸药雷管管理；指定专人负责发放炸药雷管；专人点火；点火后按撤离路径，安全到达隐蔽点；炮不分大小，导火索长度一样。我负责的一项艰巨任务，就是在规定的时间打信号旗帜、吹口哨，发出点火信号。有人说："郭云光，你好威风！"这活看起来轻松，我却如履薄冰。

在大坝右岸大约140米高程处，是邓村团负责的工作面，放炮完后正是午餐时间。几个民兵吃过午饭之后，早早地来到工地看放炮效果。他们看工作面上有三个大石头挨靠在一起，检查炸动了没有。可能是看到石头没有动，就在石头下面挖。挖着挖着，石头突然松动下滑，把他们三个人全压在下面。我吃完饭来到现场，也想看放炮效果，还没走近，老远就看到县医院驻指挥部的一名女医生正在检查三个被压者的情况，看有没有活的。她看到我来了，就喊："小伙子，快来救人，快来救人！"很着急。说实在的，我当时心里有些害怕，因为我没有接触过死人，动作有些缓慢。听到她喊，我只好硬着头皮下去帮忙，把一个死人抬上来放到公路上，另外两个也被后来的人抬到了公路上，已无生命体征。这是我在工地上见到最惨的一次死亡事故。后来听说有一二十人为建电站而献身。

削坡完了，我又回到了大坝搞浆砌，岗位调整为收方。田奠护同志传授了一套验收浆砌质量的方法，就是插钎灌水。在一平方米的浆砌平上插十个监控孔灌水，六至七个孔不漏水就算质量合格，八至九个孔不漏水算质量优秀，五个以上漏水质量为不合格。不合格的有个补救措施，就是重新往砌石缝灌水泥浆，再验收不合格就要重新浆砌。当时指挥部安排专门质检组人员来插钎灌水，质检验收。小的质检方法起到了大作用，保住了大坝数万方浆砌质量要求。

随着工程进展，指挥部领导把我调到詹光源施工小组，主要任务是验收砂石方。在詹师傅领导下，我们负责坝下段浆砌质量监管，我的任务是验收砂石方和完成浆砌方计量。在验收石方的时候，个别人占公家便宜，把头天下班已验收的石方移动位置码堆，要求重新验收。我感觉到了猫腻，但没有证据，只好给他们重新验收。之后我给詹师傅汇报，他教给我一个小方法：等工地上的人走了，把已验收的石头洒上墨水作为标记。第二天，这些人又故技重演，把已标记的石方挪一个位置码堆，喊我去验收。我围着石头转了一圈，看了看，说这些石方已经验收过了。他们不信，我指着那堆石头说，你看看这些墨水点，这些石头是你们昨天完成的，已验收，我做了记号。他们哑口无言。为此，我也得罪了这些人，他们寻机报复我。1979年冬季的一天，我加完夜班，一个人从2号洞回指挥部。洞内无灯，只能从进口看到出口的一线光。迎面走来两个人，突然挥拳朝我打过来，我感到头皮吹过一阵风，没打着。我不知道来人是谁，来不及多想，也没有理会，径直走开。第二天，同事刘智道说，听雾渡河王团长讲，昨天晚上郑某某在2号洞子里偷袭了一个人，一拳没打着，被偷袭的那个人可能有两下子，临危不乱。郑某某心虚，不知道对方是何方神圣，不敢继续造次。我听到这话以后，明白被偷袭的人就是我，差点挨闷锤，心里感到后怕。我没有说穿，后面暗自注意人身安全。

接下来的工作是负责一级站厂房开挖。电站厂房选择在一个悬崖峭壁的地方，因是坝后电站，别无选择。最初准备找一个工程公司，采用放电炮的方式来平整场地，但放了第一批炮以后，没有达到预期效果就放弃了。后来还是决定用常规打孔放炮的方式，由詹光源施工小组实施。詹师傅负责施工测量，在断壁上画断面图，计算方量。我负责翻断面，从悬崖峭壁上翻下来，再翻上去，间隔十米浆砌一条线，难度相当大。经过三四个月的努力，完成了厂房开挖任务，这期间还修了一条从一级站尾水过渡到二级站的引水渠。引水渠绕开一级站厂房，在尾水后面修一条明渠，把库水引到二级站进水。因当时一级站还未发电，二级站在发电，需在二级站厂房后做一段明渠，把水引到二级站进洞口。詹师傅教给我了一些施工基本技能，如翻断面、画断面图，按断面图计算工程量，教我使用水平仪、经纬仪。我没有正式拜过师，但从心里把詹师傅当成真正的师傅，他是一个为人善良、宽厚真诚的人。

1979年3月，詹师傅把我叫到他的办公室，说："小郭，随着工程逐步完工，要分出一部分人去学发电。你如果愿意继续施工，就留在工地上；如果愿意学发电，你就去学发电。"我说我想去学发电，他同意了。

我告别了施工工地，到二级站报到。第二天就到太平溪参加水利局在那里举办的培训班，学习发电知识。我当时年纪最大，别人都显得轻松，而我一点基础都没有，一切从零开始，比别人吃的苦更多。在3个月的培训期里，别人把培训当休闲，我把培训当敲门砖。上课时，我跟听天书一样。回电站后，跟班发电运行，班长是王邦仁，副班长是邓可义。罗德国毫无保留地将他在"共大"学习的电工基础、电器制图、机械制图和测量教材提供给我们学习。我下定决心，一次不行，再来一次，直到弄懂为止。什么线路、什么一次二次接线图，我们在课堂上没搞懂，上班我们就拿着图纸，一个节点、一个标号，请班长教我们识图，看实物。就这样，我们学会了看图。连续两个月，我们废寝忘食，一心扑在学习上。我和同事毛荣方住在一个屋子里，常常为一个节点、一个继电器、一条回路摸索探讨到深夜。实在是搞不懂的，就去请教熊仁义工程师（我们都亲切地称他"熊师傅"）。如果他屋里有灯光，我们就敲门请他给我们讲解；如果没有灯光，就第二天再找他。熊师傅非常耐心，有求必应，他是难得的好兄长，也是难得的好老师，不厌其烦地教我们发电知识。两个多月后，我通过考核，成绩优秀，被提拔为运行副班长。

1984年，新坪电站请求沙坪电站派人安装，我有幸被选中。沙坪电站组织了以熊仁义为首的安装小分队，我在电器安装小组，由杨志学负责，成员有李爱斌。机械组由望开喜负责，成员有许开松、杨行恩，谢平洋负责材料和采购保障。通过这次安装实践，我系统地实习了电站安装技能，在杨志学指导下，完成了保护、控制屏的接线工作，试验合格。安装任务完成回沙坪电站后，我和一批有才华的年轻人在一个班共事。印象深刻的是朱白丹，他喜欢写小说，他的第一篇小说得到了冼世能站长的认可，冼站长送给他20本公文纸予以鼓励。

后来我调到一级站参加后期安装运行，担任班长，与赵春华、李爱斌等一批优秀青年在一起工作。不久，我调任大米山电站党支部书记、站长，赶上沙坪流域创部优电站，经过流域全体干部职工共同努力，我们获得了部优电站荣誉。同时培养了一批优秀人才，有获得全国优秀班组的班长陈振荣同志；成为作家的朱光华同志；成为电站管理人员的熊作虎、刘智道、杨国轩等同志。大米山是我工作时间最长的地方，也是我在沙坪流域工作最愉快的一段时光。当时大米山电站是新建的电站，都是年轻人，思想单纯，谁家有点好菜，打个招呼，提几瓶酒，坐满一桌，举杯痛饮，其乐融融，那个场景实在令人留恋。电站山高路远，远离城镇，文化娱乐全靠自娱自乐。一到钓鱼季节，大家自制鱼竿全员上阵。1995年，我以人才引进的方式调到昌源公司工作，直到2010年底退休。

我在沙坪流域工作了18年，那是我职场生涯中最难忘、最幸福的一段时光。我从一个无知的退伍兵，经过领导和同事们的帮助，成为一名合格的水电运行工和管理人员。我爱沙坪，胜过爱我自己！

作者简介

郭云光，男，中共党员。1977 年 2 月以太平溪团青岭连民兵身份参加沙坪水电工程建设，时年 27 岁，历任沙坪水电工程指挥部施工员，沙坪电站运行班副班长、班长，大米山电站站长等职。1995 年调昌源公司工作。

我的沙坪情怀

邹正明

1977年3月的一天，我接到大队通知，要我去参加沙坪水电工程建设。我和土门公社老乡一行11人，每人挑着一口木箱、一床棉被，来到虎牙滩江边码头，乘坐宜都"清江"号客船到宜昌市。住宿一晚后，第二天清晨，再换乘"向阳"号客轮，溯江而上，在乐天溪码头下船。坐了两天轮船，一路枯燥疲倦，但看着滚滚长江东去，欣赏着西陵峡两岸的迷人风光，就不觉得累了。下船后，我们一行人挑着担子，沿着乐天溪徒步前行。一进入幺棚子黄金咀，就被热火朝天的场面所震撼：沿途都是修公路的、浆砌堡坎的、运输砂石料的民兵，人山人海。时不时响有爆破声，一派战天斗地的场景。傍晚时分，终于到了沙坪水电工程指挥部所在地，一行人到基建连报到，接待我们的是连长黄庭榜，当时也称宜昌县工程团团长。

往事不堪回首。现今从虎牙到沙坪，几乎全程高速，也就一个多小时车程。这是时代的进步，是党领导人民奋斗的结果，我为伟大祖国繁荣昌盛感到自豪。

第二天，黄庭榜就通知我到指挥部工程组去报到。组长是刘国俊，他简单问了一下我的基本情况后，就安排我担任施工员，跟着何万政师傅到3号渡槽施工。我一开始接触施工，什么都不懂。何师傅是个非常严肃、认真负责的人，要求高。刚开始，挨训是家常便饭。但我时刻都抱着"虚心学习，不懂就问"的态度，慢慢就进入了角色。

3号渡槽是一座双曲拱渡槽，对桥拱混凝土浇筑和预制构件安装要求都非常严格。那时，修建渡槽唯一的机械是一台老掉牙的搅拌机和一台电动振捣棒。桥拱砼要求连续浇筑，施工中，经常会遇到搅拌机或振捣棒"罢工"。一旦出现故障，就必须采用人工搅拌混凝土，拱梁浇筑也要靠人工采用钢钎振捣，不得有半点马虎。拆模后，必须无"蜂窝麻面"才算达到质量要求。

在3号渡槽施工中，我慢慢学会看施工蓝图，逐渐掌握和学会了搭建脚手架、绑扎钢筋、装模、混凝土标号及砂石料配合比。跟着何师傅还掌握了一些施工技术方面的知识，这些都是在工地上被他"训"出来的。通过3号渡槽项目施工，我的工作最终得到了何师傅和指挥部现场负责人朱凯祥的认可。

3号渡槽施工结束后，工程组安排我到大坝施工。大坝施工组组长是田奠护，他也是一个责任心很强的人。他每天都要求我们：注意浆砌质量，把握好浆砌层厚度，上坝石头要清洗干净，在浇筑大坝防渗墙过程中，要按要求锉毛、冲洗干净，严格把控浇筑砼砂石料配合比。每天下班前，组织施工员一手提着水壶，一手拿着铁钎，采用"插钎灌水法"挨个检查浆砌质量，若出现浆砌渗水，就必须及时返工。田组长发明的"插钎灌水检查法"很实用。

大坝施工员的工作很辛苦，不管天晴下雨，每天都要和民兵团的人员同进同出。若遇下雨天，人家都是往屋里跑，我们施工员却要往大坝上跑，去检查坝上水泥盖好没有，才浇筑的砼和浆砌盖了没有，待处理好后才能回驻地。

记得大坝导流渠截流，那天的工作任务比较紧张。截流分三道围堰施工，我分在第一道围堰，负责邓村团的截流施工。因第一道围堰河水流量大，流速急，采用抛沙包堵水，结果因水流过急，抛下的部分沙包被水冲走，效果不理想。最后果断采用人工下水稳固沙包，封堵才成功。当时是冬天，寒风凛冽，河水刺骨，我和工地民兵全然不顾，一个个下水参加封堵作业，为第二道、第三道围堰提供了截流封堵和浇筑的条件与时间。

大坝截流蓄水后的 1978 年 12 月，二级电站开始发电了，实现了县委、县革委会提出的向毛主席生日献礼的目标。

1979 年，县电力局架设沙坪至夜明珠 35 千伏输电线路，电站领导安排我和严华绪、彭定清、冯德全、易正孟 5 人，跟县电力局学习架设输电线路，由我带队，住在下岸拖拉机站。我们学习非常刻苦认真，为了锻炼高空作业和爬电杆技术，请电力局师傅在我们住的地方竖了一根 15 米的电杆。每天早晨天刚亮，我们都要训练爬电杆，上、下无数次后才吃早饭，然后到施工现场和电力局的师傅们跟班作业。

指挥部工程组组长刘国俊具体负责 35 千伏线路施工，我到沙坪的第一项工作就是他安排的，因此他对我比较熟悉。加上我工作认真，在线路施工中，他安排我负责整个线路每根拉线的现场测量、裁截、安装上把、电杆编号，供施工立杆、组装时领用。整个线路近千条拉线，没有出现大的失误。在线路完工总结会上，刘组长充分肯定了我的工作，并给我评了甲等奖，奖金 8 块钱。

线路架设结束后，我们回到了二级电站。主要工作是每月对 35 千伏线路进行巡视维护；跟张绪福师傅学习架设 10 千伏线路、变压器安装和低压线路装表接线工作。有一次，在开关站旁泄洪池边拆除电杆时，张师傅被电杆摆动掉入了二级站渠道里。当时是冬天，大家都穿着厚棉衣，渠道里是两米多深的水，看着他随流水一沉一浮拍打着，我心里非常着急。若再往前流，就要进入二级站前池隧洞了，进入隧洞，就会卷入前池，生还希望渺茫，且张师傅是个"旱鸭子"，渠道里又没有抓手，搞不好救援者、落水者都会葬身前池，情况万分危急。我顾不了这些，毫不犹豫地跳下水，将他救了起来。事后，张师傅家人感谢我，做了一桌子菜，从不喝酒的张师傅还和我喝了一杯酒。我舍身救人的事迹，同事何士炼写了一篇报道，在《宜昌报》上刊登了。

随着二级电站发电和一级电站即将发电，很需要人手，电站分批次招了很多新员工。他们刚出校门，风华正茂，把青春朝气带到了电站。记得在那段时间里，每天都能听到《我们的生活充满阳光》《泉水叮咚响》《军港之夜》等歌曲。那欢歌笑语的氛围，至今还浮现在我眼前。

1980 年初，县水利局组建水电专业公司，邹家新同志任经理。抽我和冯德全、彭定清、严华绪到公司工作。单位刚起步，无办公场所、无启动资金、无技术力量，困难重重，一切都要从零开始。根据水利局安排，太平溪镇百岁溪电站 35 千伏上网线路，由水电专业公司架设，水利局农电股股长易仁贵和黎开华同志现场领导、指导。6 月 2 日，我随易股长到尚家河电站35 千伏上网线路架设现场，实地考察了解组立电杆所需工具和设备。之后，公司安排我到宜都、枝江、沙市等地加工绞磨、制杆器和购置其他施工器具。

水电专业公司的要求是：架设这条线路不为赚钱，以练兵培训为主。百岁溪电站、沙坪二级站、王家坝电站、唐家坝电站派出人员，都参加了施工及培训。我清楚地记得，百岁溪电站按每个技工每天 2.4 元工资付给水电专业公司。

这条线路由何万政工程师设计，选用电杆为 Φ300 等径杆和 Φ190 稍径杆，采用倒落方式立杆。第一天只立了一根电杆，主要是现场给学员讲解绞磨、主风、反背、左右风等每个部位如何布置，电杆起立到不同角度时应注意的事项。要求每个人都要弄懂施工步骤，做到心中有数。后来，一天可以组立十根电杆了。

那时条件非常艰苦。导线展放一般为几百米到两公里，通讯联系不便，不像现在有手机、对讲机，那时完全依靠人工喊，靠每根电杆上的人向前大声传话来完成。中午吃饭，都是把饭送到工地，太远的地方就自带馒头。水壶里的水喝完了，就在山上找泉水喝，饿了就在田坎边找黄瓜吃。那时的人，思想单纯，吃苦耐劳，工作认真负责，真的是任劳任怨，也未出现任何安全质量事故。工程结束后，太平溪镇委书记陈嗣敏亲自带队，把所有参建人员拉到玉泉寺玩了一天。

这条线路的架设，为水利系统输电线路设计、安装奠定了基础，培训了人才，积累了经验。我也是通过这条线路施工，跟易股长学会了经纬仪的使用和线路测量、线路纵断面图的绘制、导线弧垂的计算及一般常用的线路设计知识。后来易股长担任了水电公司领导，他既是我的领导，也是我的师傅，我发自内心地感谢他、敬佩他。

此后，水电专业公司为唐家坝、新坪、大米山、猴儿窝、古城、樟村坪林场、两河口、晓峰河、张湾等电站设计和施工了 35 千伏和 10 千伏上网线路；新建了多处 35 千伏变电站，还为邓村、晓峰、栗子坪、乐天溪、太平溪、樟村坪等乡镇架设了几百公里的供电线路。水电专业公司也不断发展壮大，与沙坪水电总站、水利工程队、物资站、水产公司合并为水电公司，后又发展为湖北光源公司，为夷陵区经济社会发展发挥了重要作用。

我作为沙坪电站的一员，见证了这段历程。对我而言，在沙坪电站工作的日子，是我人生中最重要的一段经历，刻骨铭心。

作者简介

邹正明，男，1977 年 3 月，以沙坪水电工程指挥部基建连民兵身份参加沙坪电站建设，时年 21 岁，历任沙坪水电工程指挥部施工员、沙坪电站外线班班长等职，2010 年 4 月转入国家电网夷陵供电公司工作。

父亲叮嘱我"不当逃兵"

刘环珍

我是三斗坪公社黄陵庙管理区柑橘大队第四生产队人。1976 年 7 月，高中毕业不久一心想看看外面世界的我，终于等来了一个机会。1977 年过完春节，我听到一个消息：县里要建沙坪电站，地点就在黄陵庙渣包对河的乐天溪中游的沙坪，做一个月事，可以领 37.5 元的工钱，名已经报满了。过了几天，又听到消息：工钱不是一个月 37.5 元，而是做一天事记一个标工，仅 4 角钱，一个月满打满算才 12 元钱。收入反差太大了，之前报了名的不少人不愿意去了。我暗自高兴，一定要争取这次机会，报名去建沙坪电站。

我们柑橘大队有 4 个小队，大队要求各小队先安排 2~4 人作为先头部队。连长郭德满先带一班人去打前站，落实炊事班、安排住宿等事宜。一天下午，第 4 生产队队长毕经国、副队长赵兵、会计王荣华在会计家开会，议题是安排人员去建沙坪电站。

我们家紧邻会计家，我听说后，到会场向 3 位队干部说："我报名去参加修电站。"队里年轻人都不愿意去，领导们正为安排哪些人去发愁。我主动报名，原以为领导们会满口答应，哪知队长说："你不能去。"我问为什么，他说："你刚高中毕业，去电站吃不消，干活很苦的，你爸爸是抗美援朝转业军人，不在家（他在柑橘场管知青），你妈身体又不好，妹妹弟弟也还小，不能担负家里事情，你在家里有个照应。队里再安排不出人，也不会考虑你去。"

听到不准我去的话后，我立马回家，做母亲的思想工作："我高中毕业了，有理想，有抱负，这次修电站，我要出去锻炼自己。"说服母亲后，就带母亲帮我去说情。母亲向3位队干部承诺："环珍要去修沙坪电站，你们就让她去吧，她能吃苦的，我们家里困难我们自己克服，绝不找队里麻烦。"就这样，队干部被我的执着所打动，同意了我的请求。

我当时别提有多高兴了，连连向队干部作揖，表示感谢。回到家，我把妹妹、弟弟叫到母亲跟前，说："我就要去修电站了，我出门后，你们在家里要听妈的话。妈的身体不好，多分担点家务事，照顾好妈妈。尤其是弟弟要好好读书，少让妈操心。"妹妹、弟弟连连点头，答应了我的嘱托。第二天，父亲知道我要去修沙坪电站，专程从柑橘场回到家，嘱咐我三句话：一要有吃苦的思想，二要服从安排，三不能当逃兵。父亲的这三句话，影响了我一辈子，也让我受益终身。

1977年3月初的一天上午，排长陈正会带队，我和苏明富、杨春善、冯选荣、韩永翠、张蓉、伍明玉，四男四女一行八人，各自带上挖锄、被子、衣服等行李和工具，到黄陵庙门口集合。人员到齐后，我们沿江边小路往下游走，到了渣包，渡船在江北。陈正会排长提议8个人一起喊过河，这样声音大一些，对岸的船工才听得见。我们各自将双手做成喇叭状，放到嘴巴前，陈正会排长发令："一、二、三，喊！"我们齐声喊："过河哟——"这样喊了几遍，对河渡船上的师傅终于听见了，划船过来接人。

我们沿着河左岸往里走，经过乐天溪镇幺棚子，沿途的风景特别美，油菜花开，遍地金黄。走到黄金口，排长说："到了。"我们4个女生安排在当地小学教师杨定东老师家里，当时条件有限，楼板作床，铺上一层稻草，就成了我们的寝室。房东为了我们有个舒适的环境，安顿好5个孩子，提前把楼上楼下打扫得干干净净，家什摆放得整整齐齐，还提供日常用品，以自己的实际行动，为建设沙坪电站做贡献。

第二天，除炊事员留守营房外，民兵们一行二三十人，跟着连长郭德满、排长陈正会进山搬运柴火。我们从黄金口的泡桐树湾一直往大山深处走，经过大沟、中沟、小沟、总溪方，沿途爬山蹚水，山路崎岖，足足走了15里路，终于到了指定位置。男民兵们砍下柴火后，每个人根据自己的体力，能搬多少搬多少。来回30里路，空手就累得不行，我拖了一根树枝，负重返回，第一次感受到了劳动的艰苦。好在有连长、排长及男民兵们的相助，总算回到了营房，还没正式参加施工，只是拖了一根树枝，我就体会到了父亲为什么嘱咐"要有吃苦的思想"。

我们三斗坪团的标工段，在杨家祠堂背后的放马山到板栗树湾之间。黄陵连下辖柑橘大队和园艺大队两个排，驻地在溪北，施工段在溪南，每天早上出工，要过宽宽的河滩，浅水里有露出水面的石头，我们小心翼翼地从石头上走过，才不会打湿鞋子。如遇涨水，男民兵就来回背女民兵过河。

我们连的施工任务是开挖渡槽，指挥部派施工员到现场放线，指挥开挖。男民兵们用挖锄、钢钎开山挖土，女民兵们用薅锄往外除土。我第一天上工地，双手就打起了泡，看着民兵们除运沙土你追我赶，干劲十足，我只好强忍着。3天过后泡消失了，变成了厚厚的茧巴。我再次体会到了，父亲要我"有吃苦的思想"这句话无比正确。写到这里，我忍不住双眼湿润，父亲说这话的场景，又出现在我眼前。

有一天下雨，溪河涨水了，难得不出工，民兵们都在住地门口望着溪水流淌。突然有人喊："上面冲下来一只动物，搁在了溪河中间的空坝上。"民兵杨春善眼疾手快，三下两下就游过去，上了河中的空坝，弄回来一只奄奄一息的麂子。全连的民兵们都围拢来看稀奇，杨春善叫了3个人搭手，说："今天晚饭我们全连的人打牙祭。"尽管麂子肉全是瘦肉，大家都希望吃肥肉，但还是美美地打了一顿牙祭。排长陈正会说："今天下雨歇了一天工，又打了牙祭，明天要把今天的工赶回来。"

三斗坪团部设在溪北的张家屋场，也就是杨家祠堂的左边往沙坪方向。

团领导考虑到我们连的民兵每天出工蹚水过河不安全，尤其是女同志更不安全和不方便，就安排我们搬到了杨家祠堂和张家屋场，后方来人多的时候，就在杨家祠堂屋后的放马山板栗树下搭简易帐篷住。

杨家祠堂老屋是一个天井屋，我们女民兵住在天井屋右边的楼上。我们称房东幺爹、幺妈，房东有3个儿子，非常和谐的一个大家庭。搬家后，连长安排我到食堂工作。食堂有3人，除我之外，还有赵哥、赵姐，年龄都比我大5岁，身材也比我高大，就我个子小。赵哥、赵姐看我小，很照顾我，不让我做重活，食堂用水都不要我挑。我们也有分工，我每天晚上趁两个大灶膛里有火星，就把湿柴棍子塞进去烘干，以便第二天做饭好燃烧；把两个大铁锅里装满水，以便有热水用。我每天早上5点起床，先烧开水，供民兵们一天饮用；再烧洗脸水；然后做一大甑子"金裹银"饭。随后，我就去男寝室和女寝室喊赵哥和赵姐起床。我们把一大甑子饭抬到天井大厅的大木盆里，做菜一锅煮，民兵们都自己带有下饭菜，三两下就结束了早餐。

我不用做中饭和晚饭，专门给民兵打饭：2两打一勺子，3两一平碗，半斤加一勺子，并负责收餐票。大家都觉得我打饭很公平，一视同仁。有一次，一个民兵私下转告我：有人反映，有一次给他打饭，我的左手大拇指放在碗里，缩小了碗的空间，饭没打足。我想，这是事实，因为人多，手拿碗拿软了，托不住碗，就用大拇指扣住碗。我让他转告那位提意见的民兵我不是有意的，并弥补了之前少打的分量。

五月的一天，连长通知我到团部开会，组织开会的是团部管政工的朱柱林和许代梅两名副团长。会上，团领导宣布组建20人左右的三斗坪团文艺宣传队，县文工团徐晓阳老师到会指导。会前，团领导向徐老师介绍了全团民兵们的基本情况，徐老师获知我是高中生，那时高中生不多，我算是知识分子了，便提名由我负责。我虽然没做过这项工作，但领导决定了，我还是愉快地接受了任务。我们利用工余时间和下雨不能上工的时间，在徐晓阳老师的辅导下排练文艺节目：唱歌、跳舞、快板、小品，到三斗坪团各连工段巡演，鼓舞士气，反响很好。

徐晓阳老师是我的贵人，正是这次推荐，不仅锻炼了我，也使我给团领导留下了好印象。团领导经常给我布置任务，要求我在本排工地上，一边参加工地干活，一边做宣传员，报道在工地上涌现出来的好人好事。我把稿件交到团部，团部审核后送到指挥部政工组，民兵们在工地上听到指挥部广播我的稿件后，干劲倍增，为我高兴，也让我在三斗坪团有了名气。

随着施工全面铺开，新民兵陆续上到工地，宣传鼓动工作更为重要。大约是 6 月的一天，连长通知我到团部开会，接受团领导安排任务。团领导要求在三斗坪团的施工工段范围内，用生石灰加水，调成浆状，制作宣传标语。我们黄陵连的施工段上面有一块斜坡，比较平整，适合制作标语。连长郭德满和我决定选址在这里，用生石粉浆制作了 7 个大字的宣传标语：高速、优质、建电站！每个字是正方形：1.5 米 × 1.5 米，间距是 1 米。民兵杨春善和望运祥从公路上将生石灰浆抬到工段上面，望军、苏明富协助我。每做完一个字，就用带有叶子的板栗树枝把它盖好，等做完 7 个大字后，同时展现在工段上面，进出沙坪的领导和民兵们走在公路上，一眼就能看见，特别醒目，起到了很好的宣传效果。三斗坪团团部受到了指挥部表扬。我受到了团部表扬，说安排我的任务完成得相当好，为全团争了光。

之后，领导安排我和民兵们锤石头。地点在现二级站背后的公路这个位置，每人选一个摊位，到大石头堆里选好锤的石头，然后盘坐，戴上手套拿起小榔头开始锤起来。六七月间，除了下雨不出工，每天都要锤石头。坐在地上一动不动，太阳一出来，地面热气蒸，头上太阳晒，低头弯腰就够受了，还要锤石头。锤石头是工地最苦最累的活儿之一，听说其他团有的民兵吃不消，半夜里逃回家。

锤石头不仅辛苦，还难完成任务。遇上"铁石头"，榔头一下去，石头冒火花，眼睛冒金花，很难锤出要求的鹅蛋大小尺寸；若遇上"粉石"，榔头一下去就成了砂粒。总之，要达到鹅蛋大小尺寸的标准很难。同时还有危险，蹦出的石子，可能伤到眼睛。民兵们就慢慢找窍门，积累经验。为了多量方，有的男民兵，每次在大石头爆破后，立马拿起撮箕飞快地跑到炮窝子扒碎石。我们女民兵跑不赢，就找有纹路的石头。这种石头一榔头锤下去，很轻松地成了块状石，再改锤鹅蛋大小，既省力又省工，当天的任务就不愁了，还能超额完成任务，这是我锤石头锤出的经验。

锤石头是辛苦的，但为了建设电站，为了让全县人民用上电，再苦再累，也无怨无悔。

随着工程的推进，指挥部要求各团推荐在施工中表现优秀的青年参加培训，为发电运行储备人才。一天上午，许代梅副团长和一位女干事来到黄陵连工地，向连长和战友们考察了解我的情况。不久，连长来到我锤石头的摊位，通知我先到团部报到，指挥部决定派我去五峰县黄龙洞电站学习。听到这个消息，民兵们都围拢来祝贺我，我更是激动不已。后来听说，团里讨论时，认为我主动报名参战，工作积极，服从安排，任劳任怨，特别是宣传工作、文艺演出成绩突出，一致推荐我。我深知，自己做得还不够，取得的成绩微不足道，只能说我很幸运，遇到了好领导、好战友。

一同去五峰县黄龙洞电站学习的，还有太平溪团的望开喜、邓村团的杨志学、莲沱团的韩永刚、晓峰团的邓秀坤、鸦鹊岭的赵长金，一共6人，沙坪水电工程指挥部委派胡兆明同志带队。在黄龙洞电站，我和邓秀坤被分配在三八班，这个班4位师傅都是女同志。第一天上班，班长王师傅带我们了解厂房的设备，中控室、水机房、升压站等，讲解发电运行知识，掌握开机、停机操作规程。我们在中控室和水机房跟班，每班8小时，巡回看设备、仪表，听声音有无异常、闻有没有异味、看仪表背后的光字牌有没有冒火花，每隔一小时记录一次仪表运行情况。几位师傅都毫无保留地传授技术，我们也成了好姐妹。

1978年1月，我们6人从五峰黄龙洞电站学成归来，领导安排我们参观了整个沙坪水电工程，到处都是热火朝天的景象。之后我们被分配到各个岗位，我分在二级站施工。在建二级站机坑时，我脚穿深筒胶鞋，手戴帆布手套，拿一根一米长的细钢钎，在浇灌混凝土施工现场巡回检查。由于长时间不透气，几天下来，一双脚都起了脓泡，走路一瘸一拐。但我轻伤不下火线，带病工作。副指挥长谭振树看到后，非常关心下属，安排木工组的师傅专门为我做了一副拐杖。

后来，领导安排我开卷扬机，将大型钢管安装到水轮机蝴蝶阀进水管与前池相接。三三〇工程局的师傅用口哨、手势、红绿小旗子作信号，指挥吊装，上下左右移动。我在卷扬机平台上操作开关，不能有半点马虎，我全神贯注，未出差错。每放好一节钢管，师傅们就竖起大拇指，我自己也感到很有成就感。随后我又参加电站安装。

1978 年 12 月，沙坪二级站第一台机组投入发电运行，电站管理机构成立。我们从黄龙洞电站学习回来的 6 人，分配到各运行班，成了电站最早的一批发电骨干。我常想，如果不是我的执着，我的人生注定就要改写。同时，要感谢父亲嘱咐我的"吃苦、服从安排、不当逃兵"的三句话。没有我的执着，没有父亲的三句话，我大概率会失去与沙坪电站的这段缘分。

作者简介

刘环珍，女，1977 年 3 月以三斗坪团民兵身份参加沙坪水电工程建设，时年 19 岁。后招工到沙坪电站工作，历任运行班值班员、副班长等职。

那山 那水 那人

栾礼宏

1977 年春，我尚在邓村高中读书，从广播新闻和社会传讲中，得知宜昌县沙坪水电工程隆重开工。我祖籍就在乐天溪沙坪，听到这个消息格外高兴。高中毕业刚满 16 周岁的我，即在生产队安排下，加入沙坪电站建设的民兵队伍中。

一

1978 年正月初六早上，我背着父母为我准备的小木箱、棉被衣物和一把挖锄出门。走到庙坪，回头一看，父亲还在远处招手，母亲则在用衣袖擦泪，他们不放心年幼的我早早地踏入社会，我的眼眶也湿润了。在同队小伙伴王家胜的带领下，我们徒步向沙坪进发，傍晚时分才到乐天溪桂花园河边，在他姑奶奶家借宿。

第二天早上，我独自背着东西过河到小撇子，找到时任沙道湾大队党支部书记栾登汉求问，他将我交给正带队到工地的黄家冲连指导员栾登楷。栾登楷带我顺河而下，把我送到邓村团古城连二排驻地——乌蛇尾朱发万家。我被安排在朱发万长子朱其浩山尖晒楼二楼 10 多平方米的房间里，房里挤住着 10 多个民兵。房间矮小，伸手就能摸到屋上的土瓦。

连部和一排、三排，是在旁边山坡上新开辟的两个梯田上，用新砍伐来的松木、竹子和茅草搭建的工棚。厨房则是在朱发万稻场上用杉皮做顶、席巴楂围住搭建的敞开草房，厕所则与农户共用。适逢朱发万三子朱其悦与我水磨溪远房侄女栾定秀喜得千金，我被朱家厚待，称"小栾亲家"和"少嘎公爷"，赏了我一碗汤圆和一捆稻草垫床。这在当时，已属很高的待遇了。

正月初八早上，指导员李传枝、连长周道华即组织全连百余民兵开会，安排生产生活、强调纪律安全。民兵伙食，由户籍生产队交公粮到所在公社粮管所，然后划"支拨"到电站工程工地连队食堂，食堂则凭"支拨"票据到沙坪粮管站购回大米和玉米面，将米煮熟掺玉米面用土钵蒸熟，每钵 4 两，俗称"金包银"。菜则是用豆油煮萝卜片、土豆片及南瓜等，用勺子分打。民兵劳作按标工计酬，每个标工 8 角钱。其中，4 角钱作该民兵在工地的生活费，另 4 角钱待电站建成发电产生收益后，逐步划付到所在公社下属管理区。

会后，我们打着"古城民兵连"的红旗上工，标志着新一年开工了。因地处坝基上游，工程任务主要是备料、修公路和大坝清基。备料就是将坝上游的河卵石用麻绳抬或是板车运到坝基旁，按方量验收后，用于筑坝浆砌。小些的，分拣出大卵石和二卵石；余下坚硬的，则用"奶头锤"砸成瓜米石堆放。民兵们将河滩上的树木杂草覆盖层清除，挖出下面的黄青沙并用钢丝筛筛出草木、石果子等杂物后堆放。瓜米石和黄青沙则是用簸筐背到料场称重验收。修公路，按挖方和填方计量，所有工程量都是统计核算到每个人并按量计酬，故每个排都有计工员，连有专职统计员。

工作一段时间后，我才得知自幺棚子起，沙坪水电工程包括乐天溪大桥、二级电站、引水隧渠、一级电站、水库大坝、沿线公路等工程段，连绵至沙道湾小撇子，号称"十里工区"。有邓村、太平溪、三斗坪、莲沱、务渡河、下堡坪、柏木坪、晓峰、上洋 9 个公社民兵组成的民兵团，分别住在沿河两岸的农家。白天该河段中满是施工的民兵和机械设备，指挥部每天早、中、晚用高音喇叭播放军号，统一指挥调度起床、上工、午饭、小休、收工、晚饭。特别是中午和晚上统一时段爆破，工区炮声隆隆、烟尘漫漫，犹如战场，煞是壮观。夜晚，探照灯交相辉映，亮如白昼。大坝清基，要抢在枯水季节施工，日夜几班倒。

那时施工没有先进的机械设备，用人海战术，以原始的肩挑背驮方式和木板车运送砂石。一部板车装上千余斤石头，由多人前拉后推。我拉板车时曾把双手磨起了泡，泡破后又流血，遇水钻心疼。石果子和沙，大都是人工用小篾筐背运，我曾用全力背过一回，走了一里多上坡路，双腿发软，颤颤巍巍站到大磅秤上过磅，除去人和背篓打杵，河沙净重208斤，然后再走数十步木跳板，背上高高的沙堆，连人带沙栽倒在沙堆上。回家后不敢讲实话，只说背了180多斤。即便数量打了埋伏，也遭到父亲的严厉训斥："还是个小伢子，没成人就背这么重，若是闪了腰或是折了腿，会落下终身残疾和劳伤的！"

那时，伙食除了米掺面的饭，再就是大豆油炖大锅素菜，很少见荤腥，一个月打一次牙祭，也就是一个人半斤猪肉。炊事房统一切成薄薄的肉片下锅，炒熟用土钵分装，一钵中连汤带肉也就十小片左右，这已很奢侈了。有一次逢打牙祭，我没舍得吃，托工友带到几十里外的古城中学，给我读书的四弟补身体。谁知工友回到家，遇上老少近十口人几乎断炊了，于是他将这一小钵肉掺到一大锅萝卜白菜中，让全家人饱餐了一顿。对此，我没有责怪工友，相反，为这碗猪肉解了一家人之难而感到欣慰。

有一次我正在河边挖砂石，突见河里一只大甲鱼在游动，我迅即跃入水中追捕，经过一番角逐，将这只甲鱼擒获。众工友围拢来找秤一称，竟然有3斤半重，一过路的商人欲出8元钱购买，8元钱在当时对我而言是很有诱惑力的。但看到众工友黄皮寡瘦的面容，我拒绝了出售，将这只甲鱼带回伙房，交炊事员炖熟后，让众人分享了。

那时劳保欠缺，民兵安全和防护用品很少，伤亡事故时有发生。我曾亲见3号隧道爆破时，晓峰团三位民兵被炸身亡；在核桃树坪河边坡上，修公路遇岩石崩垮，邓村团竹林连左正兵和李建国遇难；雾渡河团一个不满20岁的女民兵，在沙坪过往银杏冲驻地的软桥上，掉下河中身亡；汛期发洪水，乌蛇尾20多岁的朱国成在河对岸点炮后泅水回家，被洪水吞没……这些活生生的生命的消逝令人痛心。

那时十分重视宣传工作。"精心设计、精心组织、精心施工、精心管理"等标语随处可见；团连之间经常书写"挑战书"与"应战书"，开展比学赶帮活动；各连有新闻报道员，团有政工员，指挥部有政工组，还有广播室，每天定时广播指挥部重大活动和重要事项通知、各团连好人好事和电影放映、文艺演出消息。我在煤油灯下即兴作诗："……车轮滚滚上战场，我为大坝运料忙……"被选播后引起好评。

那时人才需求与培养是急切的。民兵团文盲多、技术员少，高中以上学历的人屈指可数。高中毕业的我，在当时算知识分子，团连领导和工友都很关怀我、照顾我。但我在生产劳动中，抢着干苦脏累活。我经常在别人睡下后，就着小煤油灯微弱的灯光计工分、写稿件、看书报，经常代表所在团和连与兄弟单位挑战应战。有一次，邓村团与雾渡河团在大坝工地上挑战，我受团领导安排上台宣读应战书，受到雾渡河团王必成团长夸奖。邓村团团长易仁国说，在雾渡河公社龚家河给我筹备了一门亲事，是"龚起座"的姑娘，叫"龚小倩"。我不知是在开玩笑，诚惶诚恐地回复："多谢领导，我年龄还小……"旁边雾渡河团副团长刘培江忍住笑，说："弓起坐就是大黄狗，龚小倩就是公小犬。"众人哄堂大笑。

后来我又多次参加抢险救灾，扶危帮困，受到领导和同志们的好评。当年五四青年节，邓村副团长、公社团委书记李圣荣带领我们十多名优秀青年和先进标兵于工地河滩上面对鲜艳的团旗宣誓并入团，随即我在全团半年总结评比中受到表彰奖励。时任团长、公社党委副书记易仁国在大会上点名表扬我："忠诚朴实，吃苦耐劳，勤学好问，贡献不少，是个有培养前途的好青年……"时逢指挥部需要施工员，他便向指挥部推荐了我。但因个子瘦小，我没被看中。过了十多天，指挥部几位领导在团连干部陪同下，在河滩工地将正在拉板车的我叫到路边，现场问了几个问题，他们交换了一下意见后，通知我：到指挥部报到，接受新任务。

二

第二天早上，我带上行李物品，由副团长梁先定将我送到位于沙坪大队的指挥部报到，暂住于沙坪管理区三楼集体宿舍，被安排到工程组大坝施工组担任施工员。

沙坪水电工程指挥部是个规模较大的中枢机构，县委副书记陈天赐任政委（陈天赐调走后，县委副书记张儒学接任），县革委会副主任闫圣代任指挥长，指挥部下设工程、政工、后勤三大组。工程组下设施工、机械、振捣、木工、器材等组，施工组人员大致分三类：一是科班生和技术人员，张忠倜、冼世能、田奠护、黄定成、胡茂林、詹光源、何万政等；二是县"共大"毕业的望开喜、刘清昌、熊文军等人；三是从民兵团选拔抽调的高中生和退伍军人，郭云光、何士炼、李元军、屈家宽、刘智道等人。我分在大坝施工组，大坝施工组有十多人，正副组长分别是田奠护和黄定成。

从此，我在新的岗位上开始了"学艺"之旅。先是对大坝块石浆砌质量实施监管，方式是现场查验水泥砂浆的配合比是否合规，搅拌是否到位，块石是否坚硬，场地是否清洗，再是用钢钎对刚浆砌的、厚度不超过60厘米的砌体钻洞灌水（俗称插钎），看是否漏水、是否有空洞。如有，督导现场返工。

有一天，一名脱掉外套、穿着尼龙衬衣的人来到工地，操起瓦刀就浆砌起来。我意识到这人不是民兵，当时的民兵是穿不起进口尼龙衬衣的，我对他浆砌的部位不放心，反复抽检。半天过去了，这人把满是泥浆的手在衣服上揩了几下，伸过来使劲握住我的手，说道："小伙子不错！有你们年轻人这样严格监管，我们的工程质量一定会有保证！继续干好！"见我愣在一旁，刚来观察的政工组组长何承德小声说："小栾，这是县水利局局长、指挥部副指挥长付禄科同志。"弄得我不知所措。

之后，从雾渡河交战垭连选拔来的周日虎接替了我的工作，我就随葛洲坝工程局基础处理分局援建的几位师傅，到大坝挡水墙两岸齿槽开挖与打孔灌浆。我的职责是联系协调和现场调度一台空压机、两部风钻、一台灌浆机，配备了部分民兵。现场施工作业，震耳欲聋，灰尘扑面，每天都是蓬头垢面，声音嘶哑。那时没有双休节假日，也没有误餐补助，全凭一腔热血和信念奉献。

有一天午后，上班时间过了一会儿，领导没听到例行的机械轰鸣，此时我正在灌浆房中，帮葛洲坝刘师傅清洗溅入眼中的水泥浆，后被人叫上岸，遭到领导批评："时间到了，为什么还没开机？你若不认真负责，就卷铺盖回连队背沙拉板车去！"当这位领导弄清事情原委后，对我说："有则改之，无则加勉。年轻人要经得起批评教育，更要受得了挫折和考验。"之后，广播室的沈义琼和木工组的朱国臣告知我，这位领导是县电力局局长、副指挥长谭振树。没按时开机虽然情有可原，但可以叫别人帮忙清洗，灌浆是不能停摆的。从此，我做事更加周全，更加尽职尽责。

1980年10月，大坝已达150米高程，竣工投产指日可待，改革浪潮催生了浙江客商整体接手沙坪电站的后续工程建设。时值我老家村小学一女教师出嫁，乡教育站和村领导要我回村补缺代课，于是我离开沙坪工地回村从教，后招录为邓村乡国家公务员。

三

在沙坪电站三年的施工，使我积累了丰富的工作经验。我的工作也多与水电相关，参与协助邓村古城电站、西河坪等电站建设的征地拆迁、纠纷调处和善后等事务。2003年后，任职乡经贸办主任兼安全、电保等行业办主任，为壮大工业经济培植后续财源，主持和全程参与了招引江浙等地客商从事水电开发，先后建成邓村大溪电站和黄金河一、二、三级电站，龟池洪、江坪、梅坪、羊子坪电站，协助改造扩容古城和代沙坪电站，加上原已建的西河坪等电站，使邓村乡水电装机容量近2万千瓦，年发电量3000余万千瓦·时，居各乡镇之首，成为名副其实的"水电大乡"。新架设古城至邓村、红桂香至莲沱、邓村至茅垭几条近百公里高压输电线路，改造升级乡村千余公里低压线路，增设供电台区十余个，极大改善和提高了茶乡生产生活用电质量，推动茶叶加工厂柴煤改气改电，促进环保降耗；参与培育出了"邓村豆腐乳市级非遗""栾师傅手工制茶省级非遗"和"三峡茶城"3家"国家级农业产业化重点龙头企业"及"邓村绿茶"等5件"中国驰名商标"，以及"萧氏智能化无人工厂"多项国家级"发明专利"，获授"中国名茶之乡""世界茶旅小镇"等殊荣，邓村农商行仅农民存款就达6.8亿元。

在兼任电保办主任十多年中，争取规划、林业、国土、水利等部门出台政策，为高压输电线下清障单列"砍伐指标"和塔杆占地免办"征占办证"手续，每年初与各行政村、乡直单位和重点企业签署"电力设施保护责任书"并纳入日常监管和年度考核等措施，受到市区首肯推介。先后与供电、光源、昌耀、昌源、黄金河电站等电企同心协力，保障全乡发、供、输电规范有序。这些成绩的取得，离不开区水利局、区供电公司、县水电公司的支持，也离不开我在沙坪电站三年的锤炼。

几十年来回邓村古城，每年每月我都要沿乐天溪流域返往。每次经过沙坪水库，就会想起当年从老家带去背沙的背篓和印有"沙电会战"字样的白背心等物品，为物品在多次搬家中丢失而遗憾，又为珍藏一条印有"沙电会战奖·1978"字样的白色毛巾而欣慰。行驶在赵（勉）沙（坪）公路上，望着窗外碧波荡漾的沙坪水库，感慨时代变化，难忘当年那山、那水、那人、那事！

作者简介

栾礼宏，男，中共党员。1978 年以邓村团民兵身份参加沙坪水电工程建设，时年 16 岁，任沙坪水电工程指挥部施工员。后招录为国家公务员。

从民工到电工

李元军

1977年5月12日，鸦鹊岭公社黄家冲大队领导通知我，13日下午到鸦鹊岭公社招待所集合，参加沙坪电站指挥部基建连工作。13日上午我在家收拾行李，下午到公社招待所。当时和我一同到招待所去的有33位同志，鸦鹊岭公社党委书记李文钊同志在招待所等我们，所有人员到齐后，李书记简要地给我们介绍了到沙坪电站指挥部的目的，具体工作由指挥部安排。

当天我们就乘班车到宜昌客运站，并买好了到乐天溪的船票，住宿在学院街旅社。第二天一早，我们一行人员乘"向阳"轮到达乐天溪码头。下船后我们就携带行李，从乐天溪一直往上步行到沙坪大队。沿路看到两旁的山坡上悬挂着"百年大计，质量第一！实现四个现代化，电力要先行"等宣传标语，到处是一片繁忙的景象。

到达指挥部后，接待我们的是县水利局副局长黄廷榜同志，他给我们安排住在大队部楼上的木板上，33人同住一屋，并叫我们各自到事务长那儿领饭菜票。

第二天，指挥部政工组的代先波同志到楼上简要给我们说了一下来的目的和工作，并宣布了部分人员的工作安排。我是最早安排工作的人员之一，安排在工程组施工一组，组长是田奠护同志，他把我安排在晓峰团承担的水渠 2 号隧洞进口任施工员。和我一个小组的还有周学勤、陈传秀。那时打洞子是三班倒，我们每人负责一个班，主要工作就是负责洞内开挖高程、坡度，每次放炮把渣清除完后，在断面放钻孔的样，每天都要用经纬仪"对中"，保持洞经垂直，水准仪按水准点测量落差。

4 个月后，工程组组长刘国俊同志把我叫到他的办公室，给我安排新的工作。他把我领到电工组，组长是张绪福同志，副组长是邱德贵同志，组员有温传富、雷远明等人。我到电工组后，每天上下班都跟着师傅们学习。张绪福同志问我搞过电工没有，我说没有，他就给我一本《电工手册》和《电力线路架设与维护手册》，让我学习。那个时候我刚从学校毕业，学习起来不算吃力，我就边上班、边学习、边实践，不到两个月我就掌握了一个外线电工应知应会的基本技能，可以一个人独立上岗作业了。在我独立上岗后不久，指挥部副指挥长付禄科同志找我谈话，说由于工作需要，张绪福等三位同志工作另有安排，指挥部党委考虑到这个岗位责任重大，又是高危行业，由我接任电工组组长。我说我哪里担当得起呀。他说："你这个孩子要听党的话，服从领导安排，党叫干啥就干啥，指挥部领导很看好你，我也很相信你，你一定能把党交给你的工作做好。"领导说到这个分儿上了，我只好答应，说："既然组织上相信我，我一定把任务完成好。"

1978 年 5 月至 1983 年 6 月，我在沙坪电站指挥部电工组工作期间，参加过沙坪大坝基础开挖、导流明渠开挖、大坝截流、封堵导流明渠，大坝建设所有电力线的架设、电力设备安装投运、照明等工作，还参加由电力局师傅易行士同志带队的沙坪二级站至沙坪一级站一条 6.3 千伏线路架设工作，黄定成同志带队的沙坪二级站至沙坪一级站载波通信电缆线路，以及沙坪一级站生活区、厂区高低压线路架设安装，沙坪一级站行车安装、弧形闸门电器设备安装等工作。

1978 年 8 月初的一天，栗子坪、邓村两个水文站给指挥部打来电话，报告栗子坪、邓村古城境内突降大雨，河水猛涨。当时大坝正是施工高峰期，坝面上所有临时电源、机械设备，还有搭建的临时水泥棚里面的水泥，都面临被洪水冲走的危险。指挥部接到报告后，政委陈天赐同志、指挥长闫圣代同志亲自带队，全体大坝施工员、雾渡河团民工和我们电工组五位同志及时赶往大坝进行抢险。到达现场后，我们关掉大坝上所有电源，再将坝面上的所有临时线路全部拆除，经过2个小时的不间断工作，把所有的临时电力线路和机械设备都转移到安全位置。紧接着我们又抢运坝上的水泥，现场人员很多，政委和指挥长完全可以不动手，可他们身先士卒，和我们一样埋头苦干，衣服全部被汗水湿透，满身水泥。经过三个半小时奋力抢运，终于把工棚内的水泥转运到了安全的地方。

在我担任电工组组长期间，在几千人的施工现场，日夜班的工作断面，战线又长的情况下，我们电工组只有我和雷远明、李先进、杜成山、张有荣五名同志。我们日夜奋战在施工第一线，从不叫苦叫累，从未发生过一起触电事故和设备事故。但我也亲历过工地事故。那是邓村团竹林连在大坝左岸基础开挖时，从下往上挖平台，由于砂石断面松软，上面的砂石突然坍塌，将两名民工埋在下面。指挥部工程组组长刘国俊见状大声高喊："赶快救人！"我当时离现场大约300米，及时赶到现场参与救人。我与大伙儿不到5分钟就刨出来了1名同志，还有生命体征，紧急送指挥部医院抢救。另一名民兵还埋在里面，几十人奋力挖刨，大约40分钟将人刨出来了，不幸的是，他被一块几百斤重的石头压断了右腿，因失血过多而牺牲。这位年轻的民兵，是父母的儿子，是妻子的丈夫，也是子女的父亲，他为了宜昌县人民告别煤油灯，早日用上电，献出了宝贵的生命。在场的所有人员都为这位牺牲的同志流下了悲伤的泪水。

由于我在沙坪工地上任劳任怨，组织没有忘记我，为我招工转正。1983年6月，沙坪电站站长冼世能同志通知我到沙坪一线站工作，电站运行对我来说又是一门新课题，但我只用了十天时间就把操作规程背下来了。半个月后，我就掌握了电站运行基本知识，顺利地考上了正值班员，后又提拔为运行班长、车间主任，成为电站的一名骨干。

在我工作的几十年里，我亲历的最胆战心惊的一件事是：1984年7月下旬的一天，沙坪大坝上游普降大雨，水库水位猛涨。早上7：30分大坝开始泄洪，由于水位涨得很快，当时每孔闸门放的是100个流量，水库水位还在继续上涨，防汛值班室将情况报告给了县防汛办，他们的答复是：将大坝左边闸门再提升1米，加大泄洪量。接到答复后，值班人员将左边闸门提升1米，瞬间洪水就冲进一级电站厂房，厂房值班人员迅速将机组关停，最后一台机组还未停下来，洪水就进入水机房，四台机组全部被淹。

由于当时全站都是用的厂用电，没有使用备用电源，全站处于无电状态，大坝闸门无法升降，必须用大网电源，有电才能升降闸门。而用大网电源，必须去合电网备用电源熔断器。此时下着瓢泼大雨，按电力安全规程，是不允许拉合熔断器的，否则会有生命危险。在这紧要关头，总站站长刘祖元同志命令我和郭云光同志去执行这一任务。我和郭云光同志接到命令后，顶着瓢泼大雨，穿上雨衣、绝缘鞋，戴上绝缘手套、防弧镜，拿上防弧绝缘棒，爬到山上备用变压器处，由郭云光监护，我操作。开始推背风相熔断器，只合一相，没有多大电弧。再推迎风相时，电弧有1米多长，吓得我不敢推中相了。但为了使国家财产少受损失，我不顾个人安危，咬紧牙关，宁愿被电弧烧伤，也要把中相推上去，2分钟后终于把中相推上去了，电站恢复了供电。李爱斌同志迅速将左边闸门降至1米处，中间和右边闸门各提升50厘米，避免了一级站厂房全部被淹的危险。在本次抢险中，由于我的突出表现，被评为"全市抗洪救灾先进个人"。

在我几十年的工作中，沙坪往事记忆犹新。虽然工作、生活条件十分艰苦，留下了汗水、泪水甚至血水，奉献了我的青春，但这段经历却是我人生中的一笔重要财富，我将永远珍惜。

作者简介

李元军，1977年5月以宜昌县水电工程连民兵身份参加沙坪电站建设，时年18岁。历任沙坪水电工程指挥部施工员、电工组组长，沙坪电站运行班长、车间主任等职。

我跳进大坝截流冰冷刺骨的水里

杨泽民

我是宜昌县鸦鹊岭公社海云大队人。1972 年高中毕业后，被推荐到县水利局在桥边举办的全县水利员培训班学习，结业后分配到鸦鹊岭简垱河流域血吸虫防治工程指挥部当施工员。随后，转战黄冲、海云店、东西泉三座小型水库工地当施工员。1977 年 7 月，大队可能考虑到我有水利工作经验，通知我参加沙坪电站建设。我即随县水利工程团一行 50 多人，奔赴沙坪水电工程指挥部报到。到沙坪后，县水利工程团因故没有组建，实际是以沙坪水电工程指挥部基建连民兵身份，参加沙坪电站建设。

我初到沙坪，分配在工程组第一施工组，组长是田奠护同志，先后在莲沱、邓村、雾渡河团当施工员，主要工地都在大坝上。田奠护同志业务素质高，工作能力强，对下属要求严，以身作则。大坝的浇筑质量是重中之重，砂浆和水泥的配比都要过秤称重。田组长上工地总是穿着深筒胶鞋，和参战指战员一样手握振捣棒施工，给民兵做示范，也是给我们施工员做示范。我经常看见他手持高压水枪，在大坝上冲洗已经凝固的坝面杂质，确保大坝浇筑质量。在我心中，他是一位视质量为生命的施工组长，给我们施工员和指战员起到了模范带头作用。

1978 年 12 月 1 日前后，沙坪大坝利用枯水期截流，承担截流任务的是邓村、太平溪、雾渡河三个团的指战员。虽然没有长江葛洲坝截流惊心动魄，但也万分紧张，给全体参战指战员留下了深刻印象。我是邓村团的施工员，看到该团指战员战斗正酣，我想到要让沙坪电站早日发电，早日让全县人民用上电灯，摆脱煤油灯，能使一份力是一份力，主动跳入冰冷刺骨的河水中，与大家一起奋力封堵洞口。指挥部并没有要求施工员必须下水封堵导流洞口，我那时二十来岁，年轻力壮。我的主动参战调动了大家的积极性，工地上的指战员们越战越勇，轮番上阵。

我跳下去的第一感觉是，全身像针扎一样难受，但开弓没有回头箭，只能拼命用血肉之躯与汹涌的河水搏斗，用石头和沙袋堵住缺口。为确保参战人员不被冻伤，指挥部事先准备了大量高度白酒，让参战人员下水前喝酒御寒。同时，岸上用木材和柴油燃起熊熊大火，让换下来的指战员烤火取暖，以免被冻伤。尽管如此，我们还是一个个冻得瑟瑟发抖。当时没有现代化的机械设备，全体指战员硬是用血肉之躯和钢铁般的意志，顺利完成了大坝截流这一艰巨任务。我作为亲自下水参加截流的一员，感到无上光荣。12月4日，指挥部党委向邓村、太平溪、雾渡河团党总支及全体参战指战员专门发了贺信。贺信中说：

你们在大坝截流的突击战斗中，高举毛主席伟大旗帜，发扬"一不怕苦、二不怕死"的革命精神，紧密配合，协同作战，克服困难、忘我劳动，严守职责，紧张战斗，胜利完成了大坝导流洞的封堵任务，特向你们致以热烈的祝贺。

完成截流任务后，领导调我到指挥部旁边的2号渡槽工地任施工员。在施工中，我严把质量关，在全体参战指战员的共同努力下，该工程被指挥部评为优质样板工程，受到指挥部通报表彰。指挥部领导要我写一份总结报告，我是施工员，又有高中学历，写起来得心应手，并按时报送了总结。正是这份总结，领导看我有一定文化基础，调我到指挥部工程组担任统计员。此前，统计员是县水利局工程技术人员黄定成同志，他是业务技术骨干，被派往更重要的岗位。

　　我在任统计员期间的主要工作是，负责统计汇总各团每天报送的工程进度报表、月底的工程进度详细数据制表上报，以及全体施工员、木工组、机械组、钢筋组、电工组、物资器材组人员的生活补贴发放。统计工作琐碎繁杂，对我这个刚 20 出头的年轻人来说具有一定的挑战性，但也对提升自己的工作能力和业务素质大有帮助。

　　一天，县委副书记、指挥部政委陈天赐接到县委紧急通知，要求当天天黑之前赶到县委参加紧急会议，会上要汇报沙坪水电工程进度情况。接到通知时已过中午，统计数据、赶路都需要时间，又未到月底，不是制作月报表的时间，当时的情景真的是火烧眉毛。我沉着冷静，马上将各团头天报上来的零散数据统计制表，陈政委一行人硬是在外面站着等了近两个小时才拿到工程进度详细数据表，然后匆匆离去。等待期间，陈政委不仅没有对我发火、催促，还嘱咐我不要太急，体现出他对下属的包容和理解。要是遇到性子急的领导，可能要被训斥，那样越急越手忙脚乱，越容易出错，我在以前的工作经历中就遇到过。相比之下，陈政委的人格魅力令人敬佩。

　　1979 年 6 月，因要备战高考，我找到工程组组长刘国俊请求辞职，他有些为难，问我："你走了谁来接替你的职位呢？"我说："我的老乡周兆林一定能胜任，他做事仔细，我对他比较了解。"过了几天，领导同意了我的请求，周兆林接替了我的统计工作，我离开了沙坪。回到县城后，我参加高考落选。不久县里举办全县首届青年歌舞大奖赛，我报名参赛，荣获声乐组特等奖，县有关单位领导发现我的演唱潜质，将我特招进宜昌县歌舞剧团，担任歌唱演员。

　　从 1977 年参加沙坪电站建设，至今已 40 多年了。当年一批有为青年响应县委号召，为沙坪电站建设付出了最美好的青春年华，甚至献出了宝贵的生命。当下过着幸福生活的人们，应该永远记住他们。

作者简介 ▷

　　杨泽民，男，1977 年 7 月以沙坪水电工程指挥部基建连民兵身份参加沙坪电站建设，时年 20 岁。历任沙坪水电工程指挥部施工员、统计员等职。

保障服务

沙坪水库移民搬迁记

覃宽茂口述　朱应虎整理

沙坪水电工程是新中国成立以来宜昌县人民独立修建的最大水利工程，库区移民服从安排，不计得失，为工程建设作出了重要贡献。2022 年 10 月，笔者应邀就沙坪水库移民工作采访了当年做移民工作的年过九十的退休老干部覃宽茂。以下是笔者记录的覃宽茂的回忆。

接受任务

我叫覃宽茂，是土生土长的乐天溪人，生于 1930 年 10 月，今年 92 岁。从 1952 年参加工作到退休，没离开过莲沱公社（乐天溪镇），历任瓦窑坪乡农会主席、公安司法助理、党总支副书记等职。要说呢，我和水利工作蛮有缘，履历多次跟水利工作有关。1959 年至 1960 年 5 月，任汤渡河水库工程莲沱团副团长；1977 年 11 月至 1981 年 11 月，任沙坪党总支副书记兼管理区主任，这 4 年正是沙坪水电工程建设高峰期。总支书记周恩禄同志主持全面工作，我分工负责移民搬迁，亲历了沙坪水电工程移民从动员到拆迁再到安置的全过程。1981 年 11 月至 1984 年 1 月，任乐天溪上木坪水库管理处处长。

在沙坪水电工程前期，我主要做服务工作，抓了这么几件事：一是组织沙坪大队队部搬出，将大队部作为沙坪水电工程指挥部办公地和工作人员居住地；二是将沙坪党总支办公楼三楼进行装修，供三三〇工程局技术人员居住；三是将全县各公社民兵团安置到各农户居住；四是动员沙坪大队第二生产队，将所有耕地改种蔬菜，供应民兵。第一件事主要涉及沙坪大队，公对公，不存在矛盾，即使有矛盾，也好协调。第二件事，我是党总支和管理区负责人，更好办。后两件涉及农户房屋借住和农田种植品种改种，矛盾也不大。相对移民工作，这些事都不叫事。

1979 年夏，为了支持沙坪水电工程建设，落实县委、县革委会下达的移民搬迁任务，莲沱公社党委制定了搬迁政策，由沙坪党总支负责实施：一是水库下游生产队全队外迁，粮田较多的大队按比例接收移民安置，分配路溪坪、朱家湾、瓦窑坪、陈家冲四个大队接收安置 90 余户移民；水库中上游淹没区就近靠后安置 60 余户；二是制定移民建房、搬迁、安置补助政策，搬迁户每人 150 元安置费，每户 400 个标工（每个标工按 0.4 元计算），由接收大队负责给搬迁户打屋场，搬迁户每户分配 200 斤平价供应粮作临时生活过渡；三是鉴于淹没粮田及林地导致生产资源减少，淹没区享受国家定销粮待遇，再通过粮田开发、水土保持政策扶持，达到增加粮田的目标。移民户和大队干部虽然都支持国家建设，但这个标准太低，许多移民还是有情绪。

根据工程设计方案，沙坪水库淹没水旱地面积 498 亩，淹没林地 1489 亩；须搬迁移民 89 户、413 人；移民搬迁费才 14713 元。面对库区移民搬迁时间紧、任务重、标准低的现实情况，我做好了忍辱负重、吃苦受累的思想准备。

移民搬迁

1980年春，莲沱公社组织召开沙坪水电工程移民安置动员大会，正式启动移民搬迁工作。

沙坪库区移民，数沙道湾大队搬迁户最多（88户），搬迁任务最重，困难也最大。石洞坪大队仅1户移民，六角墒大队、沙坪大队只是占地或淹田。可以说，沙道湾大队移民搬迁解决好了，沙坪水电工程移民基本就解决好了。于是，我首先进驻沙道湾，走遍四个生产队，轮番召开干部会、群众会，部署任务。一生产队搬迁户郭昌元、郭世贵、杨万发、郭昌发拟搬到第四生产队。四队队长朱俊祥同志不同意接收，理由是第四生产队粮田稀少，自身难保，又是缺粮队，靠买国家救济粮过日子。他说的也是实际情况，但哪个队接收移民都有一定困难，不能因为有困难，就不接收，从而影响沙坪水电工程进度，必须有大局意识。

我通过多次会议以及个别做工作来调解，仍无法落实。我把大队干部全部集中到第四生产队开会，用了一整天时间，工作还是做不通。我想的是，首战必须告捷，否则后面本大队、其他大队的移民工作无法开展，同时也要考虑第四生产队实际情况。最后我命令四组接收安置2户，另外2户安置他处。我说了狠话：这两户收也得收，不收也得收。我也留了后手，如果第四队生产队长朱俊祥再顶着不同意，那就采取组织措施，不换思想就换人。朱俊祥同志也知道要支持沙坪水电工程建设，见我做了让步，再顶下去已无意义，才勉强答应了。像这种情况还有，我都是在现场反复做工作落实的。

沙坪库区属于革命老区，老区群众祖祖辈辈生活在这里，故土难离，尽管补助标准低，但为了全县水电建设，大家发扬老区精神，舍小家为大家，发生了一些感人故事。如沙道湾大队乌蛇尾村民朱国斌，搬迁到路溪坪大队居住，一家六口人，4个孩子在上学，妻子体弱多病，都帮不上忙。

从搬迁到兴建住房，得到了安置地大队干部和群众的支持，他自己也操碎了心，请帮工开挖场地，上山弄建房木材，请土匠、木匠手艺人，不知熬过多少夜才安顿下来。朱国斌是共产党员，我要他去做其他移民思想工作，他满口答应。在他的带动下，沙道湾大队移民安置比较顺利。1982年12月，在各级党委政府和老区人民群众的大力支持下，沙坪库区移民搬迁安置工作全部结束。

2020年，新修张（家口）太（平溪）高速公路经过朱国斌的安置房，他毅然决定支持国家建设，放弃了生活40年的房屋和土地，二次移民，起到了一名共产党员的先锋模范作用。

发展生产

沙坪水库淹没区涉及沙道湾大队、石洞坪大队、六角垴大队，由于地处溪河边，大部分肥沃水旱田被淹没。本来田地就少，造成当地农民人均耕地急剧下降。我深入各生产队走访调查，征求群众意见，制订帮扶措施，确保移民搬迁后，生产生活条件逐年提高，改变贫穷落后面貌。

我争取上级扶持资金0.8万元，发动老百姓开山造田，增加粮田面积50余亩；争取水土保持资金1.5万元，组织专班到邓村、太平溪等周边大队收购茶籽，发展茶叶生产，增加经济收入人均83元；组织实施发展种植板栗、油桐120余亩；请专业技术人员到各地培训指导20余次，培训520余人次，学习板栗嫁接技术；到公社党委、县委、县政府汇报，提出库区农业可持续发展规划，得到了上级领导高度重视和支持。几年后，库区新增梯田150余亩，全部种上了茶叶，茶叶产量大幅度提高，经济收入逐年增长，为后来大力推广茶叶产业化发挥了引领作用。而通过几年板栗生产发展，板栗成了移民收入第二大产业。加上国家移民后帮扶政策支持，库区大兴水利灌溉工程，原有粮田旱涝保收，实现了库区移民搬得出、能致富目标。

居住在沙坪水库左岸桂花园的周兴喜一家，粮田全部被淹光，大部分林地被淹，且人口多、劳动力少，一家七口人，4个孩子读书。在生产队的帮助下，决定向后山坡搬迁。经过艰辛努力总算把房子建起来了，又面临没有耕地无法生存的压力。我鼓励他们在后山坡开发梯田，大力推广茶叶种植，政府给予一定扶持。通过艰苦奋斗，几年后他就摆脱了贫困。桂花园也呈现出"层层梯田绕山转，遍地茶园绿油油"的新景象，茶叶收入比种粮收入还要多。

如今，在党的富民政策和各级党委政府的支持和关爱下，沙坪水库产业优势强，生态环境美，家家小洋楼，户户小汽车，家家户户通上电和自来水，村村通公路。来沙坪水库水上垂钓、观光旅游的旅客络绎不绝，库区移民大队，变成了绿化、美化、亮化现代化的小山村。看到库区群众过上了幸福生活，我作为沙坪库区移民干部，由衷地感到高兴。

作者简介

覃宽茂，男，时任莲沱公社沙坪管理区党总支副书记兼管理区主任，分管沙坪水库移民工作，时年47岁。

朱应虎，男，曾任石洞坪村党支部书记。

我在沙坪工地组建文艺宣传队

周兆福

宜昌县沙坪水电站是长江葛洲坝水利枢纽工程的施工电源。县委、县革委会高度重视，组建了以县委副书记陈天赐为政委，县革委会副主任闫圣代为指挥长，县直各委、办、局主要领导为成员的宜昌县沙坪水电工程指挥部，以雾渡河、下堡坪、邓村、太平溪、三斗坪、莲沱、柏木坪、晓峰、上洋9个公社为单位组建民兵团。1977年3月，一支数千人的建设大军，浩浩荡荡地开进了长江西陵峡一个叫沙坪的山沟里展开大会战。当时我在县文工团工作，被安排在指挥部政工组。热火朝天的工地生活，时隔40多年仍在我脑海里挥之不去。每每想到那些人、那些事、那些场景，感动之情油然而生。

领导身先士卒

沙坪只是莲沱公社的一个大队，数千人的建设大军进入这个偏僻的山谷，办公住宿除少数民房可以利用外，基本以临时搭建的简易工棚为主。指挥部无论是什么级别的干部，都与普通工作人员一样住民房，一起在临时搭建的食堂排队买饭。各公社团部，也都是在临时搭建的工棚里办公住宿。

走遍整个工地，到处是施工现场。指挥部、各团部除召开例会外，没有一个领导坐在办公室。我们这些部门办事员要找各级领导，只有到施工现场才能找到。

有一次，我陪同指挥部陈政委到驻地最远的团部去处理一个问题。当我们经过拦水坝施工区域时，忽然爆破警报拉响，我们只得加快速度，快速离开警戒区，在陡峭的山坡找安全地方躲避。慌忙中，陈政委一不小心滑下5米多高的一个斜坡，我吓得一身冷汗，急忙冲下去把陈政委扶起来，幸好没有大碍。我帮陈政委清理完浑身的泥草，陈政委笑着说："没事、没事，抓紧赶路要紧。"

大坝截流时，天气比较冷，从深山峡谷里流出来的河水更是冰凉刺骨。导流洞口水流湍急，增加了截流风险。在截流现场，专门组织的截流突击队员个个精神抖擞，但他们看到湍急冰凉的河水，还是有些犹豫。突然，身为指挥长的闫圣代同志率先跳下了齐腰深的导流洞口，突击队员们见状也纷纷跳入水中，在闫指挥长的带领下，截流成功。

俗话说"兵马未动，粮草先行"，工地后勤保障至关重要。身为宜昌县财经办公室副主任的马孝先，被委任为指挥部后勤组组长。在那个物资供应严格按计划分配、凭票供应的年代，要满足工程大会战进度的需求，其困难程度难以想象。小到柴、米、油、盐，大到钢筋水泥，后勤供应不仅有数量要求，还有严格的时间要求，经常有些物资是早上提出计划，晚上就要送到工地。马组长是指挥部当时年纪较大的部门领导之一，每次见到他时，他都是笑呵呵的，仿佛没有克服不了的困难。他经常清早拿着材料计划单走，晚上亲自押车送货到工地来。用他的话说，为了保障工地物资供应，不仅调动了全县的资源，还厚着脸调动了军转干部身份的社会资源，否则完不成任务。

战士吃苦耐劳

我所在的政工组，负责主办《沙坪战报》，每周一期。工地广播站全天播放，随着工程进度不断刷新纪录，好人好事层出不穷，稿件每天像雪片一样飞到政工组。稿件内容不是刷新施工进度新纪录，就是可歌可泣的先进事迹。我们每天都在这些事迹的激励下，精神亢奋，日夜工作。

指挥部施工组有个组长田奠护，他的妻子因病卧床不起，生活不能自理，家里还有一个上小学的孩子。田奠护在工地担负着重要的技术管理工作，没有合适的人接替他。为了工程需要，又能照顾妻子孩子，在指挥部领导的支持下，他把卧床不起的妻子和孩子接到了工地，和他一起住工棚，让孩子从城里转到了工地附近的乡村学校读书。像这种克服家庭困难、忘我战斗在工地上的人还有很多。工地文艺宣传队从工地调来一个女孩，与她交谈时，她告诉我，她在家里已定好结婚日子，结婚喜宴都准备好了，当大队通知她上沙坪电站建设工地时，她没有丝毫犹豫，与男方沟通后就来到了工地。她还告诉我，在她们团里有好几个姐妹，有的是准备结婚，有的是刚办完婚礼，接到大队通知后，扛起背包就来到了工地。在沙坪工地，最艰苦的劳动要数从河床里把一百多斤重的石头背上几百米高的引水渠施工现场，而且是连续几个月就干这一种活儿。工地医务室医生告诉我，每天都有十多人到医务室敷药，有的是肩膀磨破皮，有的是脚底起泡，而且以女生居多，但没有一个要求开休假条，敷完药就继续去干活。医生们都感动得热泪盈眶。

工地有一支特殊的汽车运输队，他们是葛洲坝工程局支援沙坪电站建设派出的一支车队，负责运输沙坪电站工地水泥。由于大坝施工进度快，运输距离远，车队每天只能拉一趟，且一整天都不能停。每次运到工地卸完货后，司机连水都顾不上喝就直接往回开。一次我坐一位张姓司机的空车回城，在经过天柱山盘山公路时，大雾弥漫，驾驶室根本看不到路面。

张师傅为了赶时间，竟然打开驾驶室门，一脚踩在脚踏板上，一脚踩着油门，半个身子在外，迎着风顶着雾往前开。我说张师傅太危险了，停下来躲一会儿吧。张师傅说他是转业军人，在部队就是这样训练的，如果不在仓库下班前赶回装车，明天送到工地就晚了，会影响施工进度。张师傅的一番话让我十分感动。沙坪电站工程建设进度在外援人员的心中都这么重要，工程何愁不能按时竣工？！

工地一线建设者们苦干、巧干、拼命干，指挥部机关、后勤人员也没闲着。1977年12月，工地要选拔招工一批优秀青年，送到外地电站培训，为投产发电做人才准备。12月28日，还剩杨志学同志的招工手续没办好，而指标跨年就要作废，3天时间内必须完成他所在公社、总支、大队三级单位的签字盖章工作，杨志学同志的家乡邓村公社距工地有几十公里，领导把这个艰巨任务交给了我。我二话没说，立即乘车，走了一半，前面大雪封路，车辆无法继续通行。我一刻都没有犹豫，跳下车就在漫天大雪的山区步行30多公里，当天赶到邓村公社办完了手续。第二天清早，又冒着大雪走到办事处和大队部，当时到大队的山路被厚厚的积雪覆盖，根本分不清哪里是路哪里是沟，我是连滚带爬到大队部办好手续的。第三天拂晓我又往回赶，走到海拔较高的地段时，浓雾弥漫，两只胳膊的棉衣袖子冻成了冰棍，胳膊不能弯曲，只能像走正步一样，直着胳膊摆动。从高山下来，虽然没有下大雪了，却又下起大雨，我被淋成了落汤鸡。走完几十公里路程，我终于在12月31日下班前赶回了指挥部，保住了这个宝贵的招工指标。全过程中，我没有一丝怨言，反而是为工地建设骨干办了一件实事而感到高兴。

文化生活丰富

1977年全国恢复高考，消息传到工地，指挥部政委陈天赐、指挥长闫圣代等领导高度重视，提出工程进度再紧也不能耽误青年人的学习前程。为此，号召有志青年踊跃报名，并为报名者安排复习时间，协调县教育局在莲沱学校为沙坪电站工地考生设立考场。当年工地报考人数达260多人，指挥部领导安排我为考生们服务，带领报考人员到考场参加考试。最终有多少名民工战士考取大学，没有统计。如果有考上大学的民工战士们，一定会感恩指挥部在工程工期十分紧张的情况下，为支持他们高考而作出的努力。

最初工地的文化生活就是放电影，在那个年代，一个公社才一个电影放映队，影片更是少得可怜，由县电影公司分配。在这种困难情况下，工地上仍然保持一个月放两场电影的频率。文化生活仅靠一个月两场电影显然是不够的，怎么办？我的工作单位在县文工团，文艺演出属于政工组职责。为了丰富工地文化生活，指挥部领导决定由我负责组建文艺宣传队。

为选拔队员，我跑遍了工地各个角落，在劳动现场考核。有的放下扁担唱一首歌又继续劳动，有的放下大锤表演一段才艺又接着挥舞大锤打炮眼。晚上在空旷的田地里，借着月光进行一段形体训练测试，总之不拘一格选人才。记得有一天晚上，在晓峰团通过形体训练测试选女演员，我发现一个女生动作特别规范、优美，我当即通知她到宣传队报到。报到后一交谈，才知道她没有上过学，只认识自己的名字，也从来没有参加过文艺表演，但是她很勤奋、朴实，身材好，我还是把她留下了，后来她成为一名非常有天赋的舞蹈演员。就这样，一支20多人的文艺宣传队就组建起来了。

指挥部领导非常重视文艺宣传队建设，拨专款购置乐器、服装，很快就装备起来了。节目由宣传队自己创作、编导，互帮互学，取长补短。节目内容基本以工地题材为主，因为工地热火朝天，新人新事层出不穷，内容十分丰富。节目表演形式接地气、多样化，以老百姓喜闻乐见的小合唱、独唱、器乐独奏、快板、三句半、活报剧、歌舞、小话剧等形式为主。每个月到各团巡回演出，演的都是战士们身边的人、身边的事，非常受欢迎，较好地活跃了工地气氛，鼓舞了士气，极大地丰富了战士们的文艺生活。

在电站第一台发电机投产时，工地宣传队排了一台节目专门到县城汇报演出，节目浓厚的生活气息、感人的先进事迹、有趣的剧情、多样的表演形式，受到县城人民的热烈欢迎和县委、县革委会领导的充分肯定。

工地文艺宣传队既是一支艺术表演队，又是一支专业工程队。宣传队不是脱产队伍，节目创作、排练都是利用晚上和下雨天完成的。为了让宣传队能集中，指挥部专门安排了一个工程项目由宣传队完成。就是专门预制砌筑大坝外立面的混凝土砖，这项工作看起来轻松，但毕竟是与水泥和石头打交道，劳动强度很大。更重要的是进度必须与大坝施工进度同步，否则会拖大坝主体工程的后腿。因此宣传队不仅要晚上加班排节目，还要加班完成生产任务。在整个工地大环境的影响下，在全体队员们的努力下，宣传队取得了生产、演出双胜利。

沙坪水电站既是一个沸腾的工地，又是一座革命的熔炉。那里每一处建筑物都是一个传奇，每个人都有一个故事。指挥者们把科学组织工程建设和精神文明建设有机结合，极大地调动了全体建设者的劳动热情，保质保量地完成了建设任务。沙坪电站是全县人民艰苦奋斗的象征，沙坪水电站建设精神永存！

作者简介

周兆福，男，1977年3月以县文工团职工身份参加沙坪水电工程建设，时年23岁。历任沙坪水电工程指挥部政工组政工员等职。

我当沙坪水电工地播音员

廖少玲

一

我是太平溪公社龙潭坪管理区太平溪大队人。1977 年 4 月，听说县里要修建沙坪电站，规模很大。我积极报名，想去见见外面的世界，也为县里贡献自己的一份力量。第二天，我和生产队的几个兄弟姐妹背着被包，提着行囊，乘坐"向阳"轮顺江而下。

在乐天溪码头下船后，我们沿着乐天溪河走了一段路，就看到沿河两岸，到处是背沙、抬石头的劳动场面。人们喊着号子，一步一步负重前行，构成一道热火朝天的风景线。为了早点到达目的地，我们抄近路，沿着松树林间的小路向上走，路面又窄又滑，一不小心就会摔倒在地，每走一步手里必须抓住树干或者枝条。

那时的水利工程建设实行部队建制，公社称团部，管理区称连部。龙潭坪连部在路溪坪大队一个大山沟里。到达目的地后，天色已晚，我和同乡韩庆英被安排在一家农户的楼上，其他兄弟姐妹们也都安排住下了。

第二天，天刚蒙蒙亮，就有人喊："快起床啊，六点半要到施工地点点名，团部领导要给我们讲话，安排施工任务。"点名后，团领导给我们明确了两项具体任务：一是运输砂石料，把溪沟里的砂石用铁锹一堆堆地收集起来，然后用背篓、竹筐背到指定的地方；二是手工碎石，将大点儿的石头用铁锤子锤成小石头。手工碎石看起来是轻松活，坐着操作，其实不然，锤子砸下去，石头就蹦一边去了，且一两下根本锤不碎。在锤的过程中，小碎石很容易伤到眼睛，是一项又苦又累又难的活儿。

就这样忙碌了一个多星期，有一天连队干部召开紧急会议，说我们这种劳动方式不行，速度慢了，赶不上施工进度，要打破"吃大锅饭"的做法，每人实行计件、定额。这样一来，效率就大大提高了。我觉得这个办法很好，任务明确，先完成任务的先休息。但对少数吃惯了"大锅饭"的人就吃不消了。其中有个女同志，对计件劳动方式不满，情绪激动，又吵又闹，施工人员都围过来看热闹，连队干部说了也不听，造成了极坏的影响。连长把我叫到一边，说："这个任务交给你，无论如何要在最短的时间内，做通她的思想工作，不然会造成负面影响。"接受任务后，为了稳定她的情绪，我先从生活上关心她，给她讲一些做人的道理，吃饭时先给她端一份，帮她洗衣服。这样坚持做了一个多星期，她被感动了，思想转变了，工作也积极了。连队干部当众表扬了我。

后来一场流行性感冒袭来，连队干部怕影响施工进度，通知我尽快用砂锅煎熬草药，发放到每一个人的手里。为了做好预防流感这件事，我一个人抓药、熬药、送药，让大家及时服药预防，忙到连中饭都没时间吃。

有一次，有几十个民兵感染发烧了，连队医疗室的医生忙不过来，通知我去帮忙。到了连队后，医生让我给患者打针，我连忙说不会，医生说："情况紧急，不会也要打！你把药瓶用砂轮片一转，把里面的药水吸到注射器里，然后朝着臀部，擦点碘酒，再打上去，把药水推完就好了。"一开始我的手一直在抖，打多了就不抖了。给几十人打完针后，我又去干我的本行，到施工现场背运砂石料。

从那以后，连队里一有事就喊我去帮忙，每次交给我的任务我都不折不扣地完成。一次望连长问我："小廖，你不仅做好了本职工作，还把连队交给你的任务做得那么好，在施工中又吃苦耐劳，总是第一个完成任务。

你的干劲咋这么大呢？我要号召同志们向你学习。"我说："这里工作氛围好，相互尊重，不论背景，公平合理，劳有所获，体现了人生的价值，所以我越干越有劲。"他好奇地问："你有什么难言之隐吗？"

他这一问，把我心中的苦水全引了出来。我父亲是医生，医术高超，在他眼里，只有病人，没有其他。我三岁时父亲就去世了。我小学毕业升初中，有人说我父亲治病不分对象，不让我读初中。我看到一些成绩很差的人都去读初中了，心里不是滋味，整天以泪洗面。回到队里参加劳动，我还是一个孩子，吃尽了苦头。我的母亲勤劳善良，贤惠老实。我受的苦回来不敢说，怕她难过。后来长大了一些，在生产队里和同年的姐妹们一样劳动做事，但评工分时我总是比她们少一分或者半分，我的童年时光充满了悲苦。

望连长听我讲完，对我的遭遇表示深深的同情。后来的日子里，我一如既往地坚持战斗在运砂石料队伍的最前列。随着时间的推移，我所做的一切越来越得到连队领导的认可，龙潭坪连队干部上报到太平溪团部表扬了我，说我起到了模范带头作用。

从此，我在团部就有了一定名气，团领导记住了我。

二

1978年春天，万物复苏，春风和煦，杨柳抽芽，百花吐艳，我的心情特别舒畅。心想，难道有什么好消息要来吗？某天上午，我正在溪边运砂石料，这时过来一个人，他大声问道："谁是廖少玲同志？"

我说："我就是。"

他走过来对我说："我姓郭，受指挥部领导委托，是来接你到指挥部担任播音工作去的。"

我当时一下子蒙了，不明白指挥部领导怎么会选中我担任播音员，激动的眼泪就要流下来了。好多民兵一下子围过来，为我感到高兴，有几个人说："廖少玲从此摆脱了这个困苦的日子啦，要离开这个山沟沟了。""在指挥部跟领导打交道，今后进步快啊。""播音员可是一个体面工作，比锤石头强百倍！"

郭老师说："我帮你去收拾东西，下午两点多钟还要赶到指挥部播音呢。"

我这才放下了手中的活儿，和他一起往住的地方走去。房东老板见我要离开这里，也为我感到高兴，把自己舍不得吃的腊肉拿出来，特地为我们做了几道好菜，留我和郭老师吃中饭。房东的孩子挑肉吃，房东制止道："猪肉是你吃的吗？不懂礼貌。郭老师、廖阿姨是稀客，是给客人吃的。"我连说让孩子吃，泪水不停地在眼眶里打转。房东太好了，写到这里，我要向她深深地鞠上一躬。

吃完中饭，我背着背包，郭老师帮我提着行李，沿路上看到人们投来羡慕的眼光。我很开心，此时我觉得自己是世界最幸福的人、最幸运的人，吃苦受累都是值得的。

我一路兴高采烈地来到了指挥部，指挥部当时设在沙坪大队土墙屋里。指挥部下设三个组：政工组、工程组、后勤组。郭老师把我带到政工组，分别给我介绍了指挥部的领导：县委副书记、指挥部政委陈天赐，县革委会副主任、指挥长闫圣代，县电力局局长、指挥部副指挥长谭振树，县妇联主任李秀芸，政工组组长何顺德，副组长戴先波，政工组成员简兴安、周兆福、刘德珍、寇世楚等。

戴先波副组长告诉我说："郭老师是从县广播站借来沙坪电站指挥部播音的，县广播站缺人要他回去，全县广播宣传也是大事，指挥部领导同意了。因此，指挥部急需一名播音员。之前，指挥部召集了各团负责人开会，要求各团推荐一名有播音基础、会说普通话的人来指挥部担任播音工作。会上，太平溪团负责人杜开英极力推荐了你，说你会说普通话。你要好好学习，珍惜这份来之不易的播音工作啊！"我听后连连点头，这才知道我来这里的缘由，才知道杜开英同志是我生命中的第一个贵人。她读书时，从我家门前经过。我小学毕业后经常参加公社文艺演出，那时她已是太平溪公社干部了，对我比较了解。

接下来，郭老师以最快的方法教会了我播音知识。在他的耐心帮助和指点下，第二天我就在播音室里开播了。郭老师教会了我这个徒弟后，次日就回县广播站上班了。

此后播音室由我主播，然后播音之余协助刘德珍同志打字、负责话务等。刘德珍是晓峰人，小我一岁，在我之前去的指挥部，已经熟悉了总机话务、打字、播音等工作。我虚心向她学习，请教，不懂就问。她很热情，教我很有耐心。在她的帮助下，我慢慢熟悉了话务和打字。那个时候的打字机很落后，很古老，装满上万字的键盘，用中指一个字一个字往上敲打，没有字根，全靠死记硬背。常用字放在键盘的最上面，标点符号放正中间，还有成千上万的备用字，用铁盒子装着，放在顺手可拿的右边。需要的时候就把键盘上的字调出来，然后再把需要的字换上去。在备用字里面找部首，找偏旁，打完了及时还回铁盒子里去，这样才不影响下次打字的速度。打出来的字和刻蜡纸是一样的，只不过字体好看些，打出来后交给组长校对，有错的地方用红笔做上记号，我们用涂改液涂改后再用嘴巴轻轻一吹，然后把正确的字再打上去。有时一天要打十多张蜡纸，打完后交给寇师傅印刷。

寇师傅的一手书法非常漂亮，沙坪电站厂房和大坝上的"沙坪电站"几个字就出自他手。他的任务就是办工地战报、设计封面、标语策划和印刷，还要办学习专栏。我除了播音外，经常协助寇师傅调墨印刷，印刷完后分类、分份，用订书机装订好，然后放到指挥部各团部的文件袋子里，各团政工员每天来取。

寇师傅办黑板报专栏，把标题设计好后，就喊我帮忙，用彩色粉笔填空。这期间指挥部还在各团挑选了一批文艺骨干，其中也有我。由县文工团的老师指导排练，三斗坪团的杨万富担任宣传队队长。在离指挥部较近的溪边搭建了一个临时房子，下雨就在屋里排练节目。这支宣传队的人，上午排练节目，下午倒预制板，既是演员，又是民兵。

由于广播室任务重，刘德珍同志一个人忙不过来，我仅参加了一次演出，就又回到了指挥部继续播音工作。那个年代是"政治挂帅"，政工组张贴标语口号，负责工地战报、播音、宣传报道，极大地鼓舞了建设者，推动了工程建设。

我在沙坪电站建设的几年工作中，从没有休息日，指挥部三个组的所有工作人员都是忙忙碌碌的。有一天我和刘德珍正忙着，戴组长喊我们出去和陈书记合影，说陈书记要调到秭归县当县长去了。于是我们三个组的领导和工作人员参加了合影，担任摄影的，是工程组的冼世能工程师。

过了一段时间，政工组负责人简兴安见我打字、播音、话务工作都比较熟悉了，就带我到下面民兵团去采访，稿件由何组长整理好后交给我播出。只要采访的先进人物和模范事迹一播出，立马就在各团掀起了学习高潮，天天都会涌现一批好人好事，模范事迹层出不穷，大大地鼓舞了士气，提高了劳动热情，增强了战斗力。他们争先恐后，干劲倍增，纷纷表决心，一定要向先进人物学习，争取早日建成沙坪电站。同时，也激发了各团写稿积极性，各团部、连部、民兵们天天往指挥部送新闻稿，何组长批改后放在播音室，我认真阅读，一字不漏地播出。

有一天吃中饭时，太平溪团负责人杜开英同志给我打电话，希望能播放一曲《洪湖赤卫队》里的歌曲《看天下劳苦人民都解放》。杜开英同志是我的恩人，她点歌的请求又非常正当，我爽快地答应了。当我在歌碟里面找到这首歌曲播放以后，工地沸腾了，所有团部、连队干部和民兵们都赞不绝口，纷纷打来电话感谢我，说这首歌曲太好听了，给了他们很大的精神力量。民兵朋友们是最可爱的人！他们太辛苦了，我有亲身体验。放点好听的歌曲，给他们减减压，对我而言是举手之劳，而他们却打电话感谢我，让我特别感动，特别开心。我暗暗发誓，要更好地完成播音工作，为民兵们服务好。

不久，指挥部搬家了。搬家那天，我和刘德珍在新房子楼顶上请洗世能工程师给我们俩拍了张合影。那个时候，我和刘德珍成了最亲密的姐妹，工作中相互协作，每天早上起床后，我们一起打扫环境卫生。晚上政工组开会学习，组长安排我和刘德珍用普通话朗读《人民日报》和工地简报，遇到不懂的和不认识的字就问简兴安同志。平时他在生活上对我们给予无微不至的关怀，工作中悉心指导，我们亲切地称他简哥哥。还有他夫人胡良慧，我们亲切地称她胡姐姐，她是从县文工团调到沙坪电站工作的。在他们和其他同志的帮助下，我不仅学会了打字、播音、话务、印刷，还学到了不少文化知识。

三

天有不测风云，人有旦夕祸福。1978年8月的一天晚上，我接到老家一个电话，电话那头说："廖少玲，你妈妈去世了，你赶紧回来！"我一下就瘫倒在地，哭得死去活来。我三岁就没了父亲，只有一个爱我的妈妈，如今妈妈也不在了，我悲痛欲绝，感觉天塌下来了。指挥部领导闻讯后，派车、派人连夜把我送回了家。安排我在家休息了十多天，假期满后，我怀着一颗感恩的心又回到了沙坪指挥部继续工作。

这期间电站在招工，听说招工的条件必须是高中生。我不仅不是高中生，就连初中文凭都没有，我寻思，将来这里恐怕没我什么事儿了。我只当不知道这件事，仍然安心把分内工作做好。1980年的某天，政工组负责人正式通知我，叫我随太平溪团回去，并说现在不需要播音了，今后的工程交给了浙江建筑队。就这样，我离开了沙坪电站，回到了家乡太平溪公社。

苏联作家尼古拉·奥斯特洛夫斯基在长篇小说《钢铁是怎样炼成的》中写道：

一个人的一生应该是这样度过的：当他回首往事的时候，他不会因为虚度年华而悔恨，也不会因为碌碌无为而羞耻；这样，在临死的时候，他就能够说："我的整个生命和全部精力，都已经献给世界上最壮丽的事业——为人类的解放而斗争。"

回想起在沙坪电站工作的这几年，我虽然没有苏联英雄保尔·柯察金那样的英勇事迹，但我也问心无愧。无论是在太平溪团当民兵，还是在指挥部当播音员，我都能兢兢业业，虚心学习，努力工作，完成领导交给我的各项任务。40多年过去了，每当我看到雄伟壮观的沙坪大坝，我都热血沸腾，感慨万千。

我为曾经在沙坪电站洒下过一腔热血、贡献过青春岁月而感到骄傲、自豪！

作者简介

廖少玲，女，1977年4月参加沙坪电站建设，时年20岁。历任太平溪团民兵、沙坪水电工程指挥部播音员。

我在莲沱团从事宣传报道

黄廷刚

1976 年下半年，莲沱公社在乐天溪修建幺棚子大桥，该桥是为沙坪电站服务的配套工程。1977 年 3 月，沙坪水电工程正式开工。4 月初，根据县委、县革委会要求，莲沱公社修大桥的全体民兵整体转入沙坪水电工程建设，新增加了部分民兵，组成了莲沱团。

当时水电工程实行部队建制，公社为团，管理区为连，大队为排。莲沱团下辖 4 个连，31 个排，共有民兵 550 人。其中，天柱山连 6 个排 150 人，瓦窑坪连 9 个排 150 人，唐家坝连 8 个排 130 人，沙坪连 8 个排 120 人。团长王正伦（时任公社党委委员、人武部部长），副团长尹同富（时任莲沱卫生院院长），会计周裕常（时任莲沱信用社会计），医生徐先珍，保管员黄家富，统计兼施工员吴安法，炊事员屈万珍。我是政工员，除协调全团各方面工作外，主要从事新闻报道，宣传好人好事，为工程建设加油鼓劲。当时指挥部办的工地简报，几乎每期都有我写的新闻稿。

团部设在幺棚子大队部。各连连长都是各管理区派来的国家行政干部，天柱山连连长周传锐、唐家坝连连长谭福远、瓦窑坪连连长朱新祥、沙坪连连长王友林，负责管理各连事务。各连民兵分散住在马鹿尾、幺棚子大队周围农户家中，生活大多是以排为单位开伙。

莲沱团在沙坪电站建设中，参加了"三大战役"，每个战役都完成得很出色。我在团部，又负责宣传报道，比较清楚情况。

第一大战役：修建二级电站的前池和厂房建设。唐家坝连、天柱山连负责开挖水轮发电机组基坑，瓦窑坪连、沙坪连负责开挖二级站前池至厂房的压力管道升压站平台，全团在这几百平方米的地段集中施工。当年的工作条件非常艰苦，几乎没有机械设备，仅有两台空压机送气，供风钻机打炮眼用。每个连分了四部手推车，除这些简陋的机械外，其余工作全靠肩挑背扛。钢钎、铁锤等工具，由团里造计划，指挥部审核后才能领，不够用再报计划，再审核再领。那时太困难了，指挥部也拿不出更多工具来供工地使用，很多工具就靠自己想办法做。如抬石头用的抬担，是团部派人进山砍树，回来自己加工的；抬石头用的麻辫，是民兵们自己筹钱去供销社买麻，回来加工的。

抬石头在工地是一项主要任务，有二人抬、四人抬、八人抬、十六人抬。不管是多少人抬，都有一个"头抬"人。以八人抬为例，首先把石头捆好，先穿1根"大麻辫"，再穿2根"四麻辫"，再穿4根"二麻辫"。准备就绪，"头抬"人喊一声："起哟！"担任头抬的人很稳桩，声音洪亮，是8人中的关键人物。"头抬"人话音刚落，后面7人立即响应："起哟！"根据号子确定步子的快慢。"头抬"人的号子感染着后面每一个人，号子分慢、中、快三种调子，震撼山河。拿脚也有讲究，前边的民兵拿右脚，后边的民兵拿左脚，这样跟摆手一样，步伐一致，很有感染力。不论是过路的百姓，还是其他民兵团的民兵，见到这个阵仗，都驻足观看。莲沱公社地处峡江，据说劳动号子是由船工号子演变而来的。

在二级站建设过程中，碎石是主要建筑材料。那时没有碎石设备，怎么办？土法上马，人工砸碎石。碎石的规格繁多，有0.5～1厘米、1～2厘米、2～4厘米多种，光二级站就要几千方碎石。指挥部搞了一个定额，0.5～1厘米的，碎40斤，记一个标工；1～2厘米的，碎150斤，记一个标工；2～4厘米的，碎400斤，记一个标工。每个标工，四角钱。谁砸得多，谁就多得标工。莲沱团在二级站砸了一千多方，石子来源多为炮渣。

因为人多，工作面小，就分日夜两班。民兵都能吃苦，也从不叫苦。那时的人觉悟都很高，有为国家作贡献的初心，不畏艰苦，不怕困难，因此施工进度非常快，提前完成了指挥部分给莲沱团的任务。

第二大战役：一级站基坑开挖，从一级宿舍预留地到厂房道路基础开挖，一级站导流洞上升压站平台开挖。转战一级站施工后，我们团部各连都搬到了沙坪。团部设在沙坪大队废弃的养猪场里，原班人马。团部人员也分成日夜两班在工地督战。沙坪管理区、沙坪大队和当地村民给予了大力支持，就像当年老百姓支前一样，他们把有限的住房让给了民兵团，有的还一灶两用。由于人多，有时住户老板要到半夜才吃晚饭，却没有怨言。正是有了当地老百姓的大力支持，我们才得以全力在工地上打拼，胜利完成任务。

第三大战役：35KV 输线路基础开挖、架设。1977 年 11 月，指挥部安排莲沱团承担 35KV 输线路电杆基础开挖。12 月，除瓦窑坪连仍留在沙坪一级站，开挖大坝基础工程外，天柱山、唐家坝、沙坪三个连的民兵开赴 35KV 线路工程工地。35KV 线路由开关站到夜明珠，工程分两期，第一期是基础开挖，抬杆。在起伏的山地上架设线路，人员少，线路长，怎么办？团部决定分段施工。从沙坪二级站到天柱山鲍家庄，有五十多基杆塔，分成两段施工。第一段从开关站到莲沱杨家坪，施工顺序是：挖电杆和拉线盘基础——修便道、抬电杆、搬运材料——抬电杆上山——协助技术人员焊接电杆——把电杆抬到坑边就位。

山路崎岖，抬电杆很辛苦，有的电杆最远要抬 8 公里，而且一天两趟。有很多人肩搭磨破了几个，还有受伤的，许多民兵肩膀磨破了几层皮，硬是咬牙坚持抬完了全部电杆。在这段工程期间，我们团部随线路工程进展不断变换住地，各连排也随工程延伸而搬迁。前后用了八个多月时间，完成了一期工程。第二期工程是立杆和架设线路。这项工程是从 1979 年初开始，由瓦窑坪连和沙坪连完成的。唐家坝连和天柱山连转入其他工程去了，我也随唐家坝连走了。据说瓦窑坪、沙坪两个连从线路立杆、组装、放线、拉线、紧线一直干到夜明珠终端。

　　我作为莲沱团政工员，虽然较少去锤石头、挖机坑、抬电杆，但我亲历了沙坪电站建设历程。这段经历，在我脑海中挥之不去，永驻心间。

作者简介

　　黄廷刚，男，1977 年 4 月以莲沱团民兵身份参加沙坪水电工程建设，时年 25 岁，任沙坪水电工程莲沱团政工员，后到唐家坝电站工作。

我当柏木坪团政工员

李华英

  我是柏木坪公社桐木坑管理区麻家溪大队（现为小溪塔街道廖家林村）人。1977年，国家恢复高考，当时我读高一，政策允许在校学生参加高考，桐木坑高中安排了4名成绩好的学生参加高考，我在其中。1978年我作为应届毕业生再次参加高考，以一分之差落选。虽然两次都没考上，但从此在学校有了名声。1978年7月高中毕业后，我的高中校长、时任柏木坪初中校长刘光珍老师要我去柏木坪初中担任民办教师，代课数学和化学。我家没有任何背景，父母都是本本分分的农民，比我关系硬的同学多了去了，按常理怎么也轮不到我，以至让很多人羡慕。

  1979年1月，我放寒假在家。适逢沙坪水电工地需要补充人，大队以此为由，通知我到沙坪工地当民工。公社教育组此前通知我去柏木坪小学代课，我只得放弃。如果继续做民办教师，以后转为公办教师的可能性也是有的。只不过没有发生的事，我预测不了结果，而到沙坪工地干活却是铁板钉钉的事。

  1979年春节刚过，我随大队十几个老乡前往沙坪工地。十几个人中就我年龄最小，才16岁多，还是一个半大孩子。若是城里的家庭，16岁还在父母跟前撒娇，穷人的孩子早当家，我已奔赴沙坪水电工地参加劳动了。

  新中国成立初期，柏木坪的石门属于莲沱区，因此，柏木坪距离莲沱公社沙坪工地说远不远，说近也不近，有好几十公里。当时虽通公路，但没通班车，全靠步行，我们一行人穿下牢溪，上天柱山，下莲沱，跋山涉水，到莲沱大桥时，天黑得伸手不见五指，大家又冷又饿，饥寒交迫，实在走不动了，就打开被子，在桥墩下休息了几个小时，然后继续赶路，可以说是真正的夜行军。到沙坪工地柏木坪团部所在地——白羊坪时，天快亮了。也就是说，我们从家里出发到抵达目的地，足足走了20多个小时。放到今天，从小溪塔我的老家开车前往沙坪，走三峡专用高速公路，不过40分钟车程。我从内心感叹国家的强大，时代的进步。

在白洋坪，我们住在民兵自建的干打垒房里，床铺非常简陋，全是松树棒棒，用铁丝连在一起，铺上稻草，几十个人睡通铺。吃饭主粮是红苕、土豆、苞谷，掺少量大米；吃菜，主要是小菜，汤汤水水，很少有肉吃。民兵们自己带有豆瓣酱、豆腐乳下饭，豆瓣酱、豆腐乳吃完了，就用酱油拌饭。那时的生活，没有最苦，只有更苦。

当时水利工地都是部队建制，柏木坪团下辖柏木坪连、桐木坑连等连队。我们不叫民工，官方文件叫民兵或战士。报到后，团部安排了为期十天左右的军训，项目有站军姿、正步走、匍匐前进、打靶等。那时文娱生活缺乏，看电影如同打牙祭，非常难得。记得军训期间，指挥部放电影，电影名字我忘了，现场全是密密麻麻的观众，有工地指战员，也有附近群众。我们在外围站岗放哨，荷枪实弹，维持秩序。虽然我们也很想看电影，但我们是"战士"，"军人"以服从命令为天职，我们硬是经受住了诱惑，经受住了考验，圆满完成了执勤任务。

我高中毕业，又代过课，军训时，领导安排我喊口令，我就喊口令，不怯场，用土话说就是"出得趟"。同时悟性好，人武部长教射击"三点一线"，我的手枪、步枪射击成绩都是优良，这样就给团领导留下了好印象。

军训结束，团领导让我们每个人写一份"决心书"。不知道做什么用，我并没有当一回事，反正叫写就写，叫交就交。后来才知道，要选人到团部，相当于"考试"。全团几百人，结果把我留在团部了，任政工员。我到团部工作后，团长跟我说，是因为我的决心书写得好，团里才决定选拔我到团部工作的。我从下学起，没种过一天田，直接到学校代课；在沙坪工地，我没锤过一颗石头，一直做政工员。到团部工作之前，我一个人都不认识，进入团部机关做政工员，全靠运气和领导赏识。当然，革命工作只有分工不同，没有贵贱之分。我一切行动听指挥，服从组织安排。

柏木坪团部机关共有8个人：团长、副团长、统计员、政工员、医生、会计、施工员、炊事员各1人。团长变动过几次，我去的时候，团长是刘德立同志，是沙坪工地为数不多的女团长，时任柏木坪公社党委副书记；副团长是黄廷科同志，任柏木坪公社人武部副部长；会计姓陈，是柏木坪公社财政所干部；医生姓黄，为柏木坪公社卫生院医生。按现在的话说，他们都是行政事业单位公职人员，拿国家工资的。施工员姓苏，统计员姓廖，炊事员温正秀，我们这几个是"民兵"。每餐吃桌席，8个人刚好坐一桌，虽然生活一般，但与连部食堂相比，要强不少。住宿条件也好多了，我跟炊事员温正秀住一间房。

我的岗位虽然叫"政工员"，实际上相当于办公室主任的角色，到指挥部领文件、送材料，上传下达，都是我的事，工作忙忙碌碌，跟指挥部机关的同志也比较熟悉。最初，指挥部在沙坪渡槽边的土房子里办公，后来，搬到了沙坪大坝办公。柏木坪团部在白洋坪，到指挥部新老办公地点都有一段距离，全靠步行，但和锤石头、运砂石比起来，简直是天壤之别，我也从不叫苦叫累。柏木坪团先是承担锤石头任务，那时十分注重宣传鼓动工作，指挥部成立有政工组、广播室，办有《沙坪战报》，还组织有文艺宣传队。工间休息时，就播送新闻。我是专职政工员，主要职责就是宣传报道，每天必须有新闻播出。不然，兄弟团新闻不断，本团没有"声音"，自己脸上无光，也无法向领导交差。加之柏木坪团是小团，新闻源有限，压力还是蛮大的。我每天到各连工地采访，将写的报道送给政工组戴先波同志，经他审查修改后，交广播室播出。播音员姓廖，我们未直接打交道，跟她不熟。

那时指挥部办的《沙坪战报》像模像样，我投送的稿件除了在广播室播出外，特别典型的稿子还在战报上发表。《沙坪战报》不大，是四开小报，稿件以简讯为主。既然是报纸，也发文艺作品。这期间，《沙坪战报》刊发了柏木坪团报道组报送的两首诗歌，署名"柏木坪团知识青年"：

其一
电灯不亮不回村

深夜灯下写决心，
颗颗红心向北京。
一个心眼修电站，
电灯不亮不回村。

其二
电灯不亮我不走

扁担闪悠悠，
汗水浑身流，
箩筐专挑特大号，
三步并作一步走。
号子一声吼，
群山抖三抖，
抱板拉破四五个，
绳子拉成两半头。
要问干劲哪里来，
华主席号召记心头。
大打电力翻身仗，
电灯不亮我不走。

1978 年 12 月，沙坪二级站顺利发电，只供乐天溪集镇周边企事业单位和居民用电，那时我还没有到工地。1979年四五月间，柏木坪团转战35千伏线路架设。该线路架设任务由县电力局承担，挖窝、立杆、拉线等基础工作由莲沱团、柏木坪团承担。莲沱团负责沙坪到南津关桃坪段，柏木坪团负责南津关桃坪到夜明珠段。我作为政工员，也随民兵到达架线工地，指挥部时不时有汽车送水泥、线路设施来，我写的报道稿用信封装好，请司机带到指挥部政工组，再由广播室播出或战报发表。

1979年底，线路架设完工后，民兵们回到白洋坪继续锤石头、运砂石、拖预制板，直到1980年10月，电站建设进入尾声，部分工程承包给浙江建筑队，民兵们就全部撤回家了。团部人员除一名团长、会计和我留下来处理善后外，也都撤退了。我也做好了回家的准备，把书籍、结余的粮食、部分行李都带回了家。

大约是1980年11月的一天，我到指挥部办事，县财办副主任、指挥部后勤组组长马孝先跟我说："小李，现在部队在一级站安装，指挥部食堂人手不够。你回去告诉团长，给指挥部安排一名炊事员来。"我说："马主任，柏木坪团都解散了，没有人了，就只有我和团长、会计三人在善后。"马孝先组长说："我不管，这是任务，也是命令！实在找不到人，你就到食堂来！"我说："我不会做饭。"马孝先组长说："不会可以学嘛。"

我回到团部跟团长汇报了此事，团长说："团里之前研究了，也跟公社汇报了，你回去后，安排到乡镇企业工作。你是到指挥部食堂工作，还是到乡镇企业工作，由你自己选择。"那时的人思想都比较单纯，我想到马孝先组长发话了，我不去就是对不起组织，我就选择到指挥部做炊事员，半年后又做招待员，直到转正招工。

柏木坪团解散后，有人通过了招干考试，考取了公务员。如果我离开沙坪，或许也有机会，我的人生履历就将改写，但留在沙坪我一点也不后悔。因为，工作有多个，沙坪只有一个。是沙坪成就了我，历练了我。我爱沙坪，感恩沙坪！

作者简介

　　李华英，女，1979年2月以柏木坪团民兵身份参加沙坪水电工程建设，时年16岁。历任沙坪水电工程柏木坪团政工员、沙坪水电工程指挥部招待员，宜昌光源公司财务科长、办公室主任、工会主席等职，后转入国网夷陵公司工作。

我在沙坪水电工地的从医经历

屈克义

我叫屈克义，是原县人民医院的一名内科医生，已退休 11 年，现居武汉。沙坪电站是当年宜昌县委、县革委会举全县之力建设的最大水电工程，县委、县革委会要求，全县各行各业都要抽调精兵强将，支援沙坪电站建设。县医院驻勤沙坪水电工地的医护人员实行轮换制，我是最后一批医生中的一员，也是最后一名医生。朱白丹同志约我写一篇回忆在沙坪电站医务室工作的文章，由于时间久远，加之县医院曾在沙坪电站医务室工作过的医护人员中，有的早已调离县医院，无联系或联系很少，有的早就退休，在外省居住，无联系方式，有的甚至已离世，给撰写文章带来一定困难。但编辑出版《青春的沙坪》是一件大好事，作为一名曾经在沙坪工地战斗过的医生，理当全力支持，我便在武汉通过人找人的办法，获取了一点点信息，现将我工作或打听到的情况介绍给大家。

一、县医院驻沙坪水电工程指挥部医务室医护人员

沙坪电站从开工到竣工，县医院派出多批次医护人员驻勤。外科医生有 7 位：邓庆涛，时任外科主任，号称县医院"一把刀"，曾兼任县人大副主任，现已 95 岁高龄；刘隆棠，后调任宜昌市第三人民医院任外科主任；

蔡宏清，曾任县医院院长，卫生局副局长，已故；林柏华，曾任脑外科主任，已故；郭达新，曾任县医院副院长；向永伏，曾任麻醉科主任；屈克春，曾任县妇幼保健院副院长。

内科医生有 5 位：黄建斌，先后调任县卫生局、县中医院、县红十字会工作，曾任县中医院院长、县红十字会会长；刘明琴，时任县医院副院长，后调任葛洲坝中心医院工作；贺克桃，女，后调任市疾控中心工作，任市结核病防治所所长；再就是我，曾任县医院内一科主任；王志富，系桥边卫生院医生，曾任卫生院副院长。

中医科有 1 位：胡安登，曾任科主任，已故。

护士有 6 位：李晓云，女，曾为县医院总护士长；卢玉桂，女；梁梅，女；刘季芬，女；董诗琴，女，已故；俞先智，女。

我了解到的分组情况是，第一批：1977 年 3 月进驻，邓庆涛，俞先智；第二批：黄建斌、屈克春、王志富。我是最后一批；中间的批次，因为年代久远，说法不一。其中，向永伏和梁梅、李晓云为一组，不清楚是第几批。

这是我知道或打听到的驻勤沙坪电站医护人员名单，由于年代久远，完全靠回忆取得，难免有遗漏或不准确的地方。

二、沙坪水电工程指挥部医务室及其职能

医务室最初借住在莲沱公社沙坪卫生所内，因场地有限，中途指挥部在卫生所旁边兴建了两间简易房子。后来，指挥部由沙坪大队大队部搬迁到沙坪大坝所在地，医务室随指挥部搬迁至指挥部办公大楼一楼。

医护人员由县医院委派，定期轮换，归指挥部后勤组领导。医务室的职责是以县医院为后盾，承担工程建设者、管理者，后勤人员的健康咨询，常见病、多发病诊疗，急危重症患者及外伤人员的现场处置或安全转运工

作等。例如，柏木坪团施工员陈凯，在三号洞爆破时炸破了肚子，就是由医护人员承担转运任务的。

三、我在医务室的工作情况

在我记忆中，头天接到医院的正式通知，次日便到沙坪水电工程指挥部医务室报到了，时间大约是 1981 年 3 月的某一天。我是县医院最后一批被派往电站医务室的医生，当到了换人期限时，县医院遇到了再抽人的困难，我只好延长在医务室的工作期限，多上了几个月的班，直到太平溪镇某卫生所医生郭安秀调入沙坪电站医务室后，我才返回县医院上班。

在我这批报到时，沙坪水电工程接近竣工，电站管理单位已经成立，与沙坪水电工程指挥部并存，指挥部人员和民兵陆续撤离，医务室人员减少到只剩我一个人。我既是医生，又是护士；既是负责人，又是员工；既是治病的，又是收费的，有时忙得团团转。工作内容是：从 75% 酒精、生理盐水的配置，缝合包与敷料准备与消毒、购药清单的拟订，到诊断、处方、打针、发药、换药、缝合、收费，包括每月向财会室报账，均由我一人完成，工作琐碎、繁杂。我自从医学院毕业后，一直在具有护士、药剂人员、检验人员等分科较明确的正规医院上班，完全无医务室工作经验。此外，工程虽然接近竣工，但施工收尾仍昼夜不停，电站运行、行政后勤人员增多，由于只有我一个人，我不敢松懈，时刻担心有人发病或受伤，因此，神经总处于紧绷状态。

四、我的感受

从县医院派出的医护人员阵容可以看出，县委、县革委会对建设沙坪电站的决心是很大的，县医院对建设沙坪电站的支持力度也是很大的。尤其是县医院在本就人员编制不足的情况下，将邓庆涛、刘明琴、黄建斌、刘隆棠等专家派往沙坪医务室工作，据我所知，这在县医院建院以来，绝无仅有。

那个年代的人可谓"革命一块砖，哪里需要哪里搬"，令人敬佩。县医院被派到沙坪电站医务室工作的医护人员，没有一个人与医院领导讨价还价。这并非他（她）们家庭中没有困难，像邓庆涛、刘明琴、黄建斌、刘隆棠、李晓云、卢玉桂、林柏华、蔡宏清等年龄大些的同志，都有两个或多个孩子正在读书，需要照护和辅导。其他年龄小点的同志，其子女正在上幼儿园，需要接送。但为了建设沙坪电站，他们都选择了自己克服困难，不给单位添麻烦。梁梅同志为了赴沙坪电站医务室工作，把儿子送到武汉的奶奶家。我则请来了岳母，帮我接送孩子上幼儿园。

我在沙坪电站医务室工作期间，马孝先、付禄科、余筱平等指挥部有关领导，经常到医务室坐一坐，关心我，嘘寒问暖。询问我的工作、生活情况，家里有什么困难需要组织解决和帮助的，让我提出来，组织上一定想法解决。指挥部领导对我的关心，让我至今难忘。可以说，我在沙坪电站医务室工作的这段时间，是我有生以来最幸福和温暖的时段。

作者简介

屈克义，男，1981 年 3 月以县人民医院内科医生身份到沙坪电站医务室工作，时年 29 岁。后兼任宜昌县政协副主席、县人大常委会副主任等职。

我在沙坪水电工地医务室当护士

李晓云

1977 年，县委、县革委会为解决全县五六十万人民用电难问题，决定在莲沱公社沙坪大队修建水电站，号召各行各业抽精兵强将大力支持。施工现场有 6000 多名民兵，还有各行各业的驻勤人员、三三〇工程局技术人员，这么大一支队伍，治病、疗伤、预防流行病，离不开医疗保障，离不开医务人员。县人民医院积极响应县委、县革委会号召，派出医疗小组驻勤工地，实行轮换制。

我是 1978 年上半年与向永伏医生、梁梅护士组成一个医疗小组，驻勤沙坪水电工地的，为期半年，我主要负责护理工作这一块。当时，我家里面临很大困难，儿子两岁多，爱人从事地质工作，长年不在家。那个年代的人，思想觉悟高，不仅不向组织提任何要求，反而觉得这是领导对自己的培养和信任。我接到通知后，马上让爱人把武汉的老爸老妈接到宜昌来照看小孩，自己提起背包就出发了。

到工地后，看见所谓的医务室就是一间简陋的工棚，窗户用报纸糊着，光线极差，对治疗、输液、换药极为不便，而且没有清洁、无菌的环境。作为救死扶伤的医务人员，条件虽然差，卫生要求可不能低。我们土法上马，把窗户上的报纸撕掉，换成透明塑料膜；搭架子上房顶，用装药的纸盒隔一层空间，用来隔热；把医院白色床单用铁丝穿着，拉一个屏风，里面注射输液，外面换药；用手提式高压锅消毒注射器、针头、输液管（那时没有一次性输液管）、纱布等各种医疗器械。经过一番"装修""改造"，医务室像模像样了。由于严格按照无菌操作，在那样简陋的条件下，没有发生一例交叉感染，这是非常了不起的。

沙坪水电工程是当时全县最大的县管水电工程，条件之差、人员之多、环境之艰苦，是现在的人无法想象的。若发生流行病，后果会很严重，从而影响工期。怎么办？我们就让老乡带路，在当地采鱼腥草和中药材板蓝根，用大锅煮水发给农民兵兄弟们喝，预防流行病。

那时机械缺乏，运输砂石料都是靠民兵肩挑背扛。民兵们的肩膀和背部都磨出大水泡，轻者擦紫药水、红药水；严重的，化脓切开后，用呋喃西林纱条包扎，再输液消炎。特别是打隧洞、爆破、锤石头，外伤时有发生，医务室人手有限，最忙最累最揪心的，就是抢救伤员。

记得有一次，一位雾渡河民兵打隧洞时，一块大石头掉下来，砸在他左大腿上，造成股骨和胫骨粉碎性骨折，病人剧烈疼痛引起休克。医务室条件有限，需要转院。而受伤的病人经不住折腾，需要固定大腿，我们马上砍了一棵树，劈成两半，用医用棉和纱布裹满，固定病人的左腿，一边输液抗炎治痛，一边用拖拉机在崎岖不平的路上护送病人。由于道路颠簸，病人剧烈疼痛，造成呼吸、脉搏、血压不稳定，在整个护送当中，我精神高度集中，密切观察病人生命体征，随时备好抢救药品，直到安全送到莲沱卫生院，我才松了一口气，病人最终得以治愈。在沙坪工地的几个月，是我从业以来遇到过的最艰苦的工作环境，没有之一。

我在沙坪驻勤时间虽然不长，仅与指挥部领导、工程技术人员和农民兄弟们朝夕相处半年，但他们那种朴实无华、吃苦耐劳、任劳任怨的精神时刻感动着我。在那个年代，特别是民兵们起早贪黑，每天只挣4角钱，有的负伤会造成终身残疾，却无怨无悔，有的甚至献出了宝贵的生命。他们是国家的脊梁，是最可爱的人！

今天的幸福生活来之不易。生活在当下的人们，请不要忘记这些为宜昌县水电事业作出重要贡献的各级领导、工程技术人员和民兵兄弟们。

作者简介

　　李晓云，女，1978年以宜昌县人民医院护士身份在沙坪水电工地医务室工作，时年28岁。后任宜昌县卫生职工中专副校长、副主任护师。

我在沙坪工地从事保卫工作

朱国保

　　我是莲沱公社瓦窑坪管理区马鹿尾大队人，我的老家马鹿尾距沙坪很近，只有几公里。1977 年 3 月沙坪水电站动工前，我任莲沱派出所所长兼宏建（八二七厂）派出所副所长。为修建沙坪电站，县里成立了沙坪水电工程指挥部，指挥部下设后勤组、政工组、工程组、保卫组。我是公安干警，自然分在保卫组。保卫组由我和县公安局的一名干警、人武部的一名干部组成，主要从事安全、保卫、协调等工作。

一

　　兵马未动，粮草先行。沙坪工地高峰有 6000 多名民工，工地战线长，下起幺棚子，上至六角垴沿河两岸。我协助后勤组负责安排各团团部民工住宿、用水、烧柴等事项。大多数农户顾全大局，主动腾出房屋，免费送来柴火，有的还出工出力从山上引来自来水，全力支持水电工程，为参战民兵提供热情周到的服务。

　　常言道："十个指头不是一般齐。"我们在工作中也遇到过困难和麻烦，少数农户有想法或者说不太愿意，这么多人入住、施工，给他们的生产生活、生存环境带来一定影响，有想法也属正常。由于我是乐天溪本地人，熟悉当地情况，我就跟他们讲道理、拉家常，做深入细致的思想工作，协调农户上百户。我还协助做了许多移民搬迁工作，移民积极搬迁，最终大家都顾全大局，为沙坪水电工程顺利开工、建设打下了良好基础。由此我也认识到，"只有落后的工作，没有落后的群众"，此话千真万确。

二

工地保卫工作，重点是防盗、防闹事和采购与保证机械设备完好及确保人身安全。那时文化生活缺乏，县文工团及电影队经常来工地开展慰问活动，方圆十里的人们一听说放电影、有演出，都前来观看。加上工地民工多、设备多，治安管理任务十分繁重。这么长的战线，这么多设备设施，安全保卫仅靠我们保卫组几个人是不够的，指挥部也安排各团民兵参加执勤。

工地民工绝大多数年龄在 20 岁至 30 岁左右，年轻人容易冲动，有小偷小摸的、打架闹事的、报复施工员的。有一次，两个民工团的民工因小事在工地打群架，致伤多人，指挥部领导派我去解决。我先找团部领导大致了解了一下情况，然后就赶到现场。到现场后，看到有几百人在围观、看热闹。我劝双方不要动手，给他们讲法治、讲道理，不要影响安定团结，不要影响工程施工。双方当事人都停下来了，但一个当事人不听劝，反而很凶恶。我如果不制服他，双方斗殴很可能再起，且可能升级，出现流血甚至人命案也未可知。我当机立断，把他按倒在地，带回保卫组。作为公安警察，身着警服，配备有手枪、手铐，代表国家执法，对当事人还是有震慑力的。这个当事人没有反抗，乖乖地跟我走了。双方人员见状，马上就散去了。

回保卫组后，我对这个当事人进行了严肃的批评教育，他也认识到了自己的错误，认识到了打架斗殴对工地造成的负面影响。我责令他写了几份检讨，张贴到各工地，震动很大，达到了惩治一个、教育一片的效果。工地治安明显好转了，我也受到领导和民工们的赞扬。我想的是，维护社会治安，保卫人民生命财产，是我们的职责。作为人民警察，不做好安全保卫，就对不起党和人民的重托。

针对战线长、居住分散、矛盾纠纷多的实际情况，我们三位保卫人员隔几天就到民工住的地方调查访问，巡查防火、防盗及住户关系情况，一直忙到深夜才回指挥部。在各团支持配合下，工地治安状况总体良好。

三

让沙坪电站早日发电，让群众摆脱煤油灯，是指挥部各组的工作目标。我们不分彼此，不分分内分外，协助水电技术人员，做好相关服务工作。

1977年冬至1978年，我先后三次到外地采购设备，住在北京水电部招待所。那时候是计划经济，由水电部下调拨计划，我到过辽宁沈阳、浙江杭州、广西柳州、湖南株洲、湖北武汉等地，协助有关人员采购回水轮机、电缆、闸门等各种机电设备，安全送回工地。指挥部领导还发挥我兼任八二七厂宏建派出所副所长、与八二七厂熟悉的优势，派我到厂物资供应处，购回了钢材、器材、垫肩、安全帽等物资。

四

习近平总书记指出："幸福都是奋斗出来的。"在艰难困苦的年代里，民工们肩挑背驮，把一个个石头运上工地，用石头、砂浆筑坝，日夜三班倒，凭标工领取几角钱生活补助，没有其他报酬和福利待遇。大家无论是在酷热的夏天，还是在冰天雪地里，不怕苦不怕累，用汗水、泪水、血水换来了今天的幸福生活。

　　沙坪水电工程,我既是建设者,又是管理者,更是受益者。沙坪电站发电,不仅照亮了我的家乡,也为宜昌县经济社会发展提供了电能。2023年我已年近八十岁了,在我的人生历程中,参加过上木坪水库、东风渠、沙坪电站建设。修东风渠时,我任莲沱民兵连连长。有一件扛石头用过的垫肩,快50年了,至今当宝物保存着。能参加这些工程建设,是党组织重托,是人民的信任,我感到十分欣慰。

作者简介

　　朱国保,男,中共党员。1977年3月,以莲沱派出所所长兼宏建(八二七厂)派出所副所长身份参加沙坪电站建设,时年30岁,任沙坪水电工程指挥部保卫组干部。

我在沙坪工地做后勤

龙德松

1977年3月3日,我乘坐宜昌县革委会解放牌大卡车,随县革委会副主任闫圣代同志奔赴莲沱公社沙坪管理区沙坪大队,参加沙坪电站建设。县委、县革委会决定举全县之力修建沙坪电站,各部门各单位要人给人,全力支持。因此同去的人不少,都是县直部办委局抽去的,我是县劳动局抽调的。

沙坪水电工程指挥部政委是县委副书记陈天赐同志,指挥长是县革委会副主任闫圣代同志,指挥部下设机构根据工程进展随时在调整。最开始,指挥部下设工程施工组、政工宣传组、安全保卫组、后勤保障组四个组,我分在后勤保障组。组长是县财贸办公室副主任马孝先,副组长是县粮食局副局长郭承道,还有县林业局一位姓傅的副局长。后勤保障组下设生活组、财务组、器材组和采购组。生活组组长是县百货纺织公司经理郭仁梅,财务组组长是县粮食局财务股长陈春科,器材组组长是县航运公司船舶修理厂厂长高汉章,采购组组长姓周,单位和名字我不记得了。

我分在后勤组的生活组,负责指挥部食堂生活物资采购供应,以及接待援建沙坪电站的葛洲坝工程局领导、专家、工程技术人员和运输队的汽车驾驶员。我在生活组工作了七个多月后,被安排到器材组擂口守炸药仓库。仓库保管员,看起来轻松,实则责任重大,压力巨大,炸药、雷管、导火索,属于高危物品，稍有疏忽，就会造成生命财产损失，后果不堪设想。我严格执行管理制度：一律不准外人进入；一律专人领取；一律凭团部证明、指挥部领料单领取。做到管理精细化，雷管按支发放，导火索用尺子量，炸药用秤称。管炸药仓库期间，我精神高度紧张，未出任何差错。有一次，一个团部领料员忘了带证明，我也认识他，但我仍然让他回去补办证明，手续不全不发货。他说来来回回要时间，工地等着用，求我高抬贵手。在制度面前，我是铁板一块，手续不全，再熟悉的人也不行。他非常不理解，认为我不近人情。

1978年5月，我从撂口炸药仓库调到器材组仓库，负责管理工程建设所需的3000多个品种器材，最贵重的是工程机电设备和配件。我在器材组，坚持做到凭工程组或相关领导签发的领料单发货，哪怕是一颗螺丝、一个螺帽，不多发、不少发、不漏发、不重发。既要保证工地需要，又不能让公家物资损失，器材仓库、炸药仓库、水泥仓库都做到日清月结，盘存无差错。

1978年8月，我又调回了生活组。在来沙坪之前，我的工作单位跟马孝先同志工作单位比较近，彼此熟悉，他对我的工作能力、态度也比较了解。我回到生活组后，他在会上说，指挥部食堂的日常管理和生活物资的采购供应以及接待工作还是由小龙同志负责。就这样，我又干起了老本行。做到了：一是亲力亲为。给指挥部食堂买菜，一般都是头天下午赶回小溪塔，晚上去红卫大队一、二、三生产队找蔬菜联络员询问蔬菜情况，把我需要的菜品、数量告诉他们。次日清晨去菜地选摘装袋、过秤、付款，借用生产队的木板车拖到采购组，等候运输队的车，赶在十一点钟前运回沙坪指挥部食堂交给炊事班，保证指挥部干部职工吃上新鲜时令蔬菜。二是注意节约。指挥部来往客人较多，客人身份各不相同，既有省厅级领导、县处级领导，也有机电专家和专业技术人员及司机。接待用烟、用酒，既要买相对好一点的，价钱又要便宜一点。我没在市场买，而是去找相关单位。那时最好的香烟是上海"大前门"，每包三角七分钱，我找副食品公司经理白亚洋批条；酒是宜昌县酒厂生产的53°黄陵大曲，我找厂长彭正灿批发，九毛钱一瓶。来客就餐一般是四菜一汤，两荤两素，用量视客人多少而定，不浪费，让客人吃好喝好，陪客都是指挥部与来客对口的相关领导和人员。三是工作严谨。要求食堂炊事员身在食堂，站在锅边不多吃，不乱拿，讲卫生，穿着整洁，公事公办，一视同仁。炒菜工艺上，粗菜细做，细菜精做，精菜优做，优菜新做，尽量做到就餐人员吃得爽口，保证一日三餐按时开饭。

1978年12月中旬的一天，领导通知我，为了庆贺通水发电，表彰先进单位、劳动模范、先进工作者，答谢葛洲坝工程局和其他援建沙坪电站的领导及工程技术人员，指挥部决定召开评功表模大会，设宴50多桌，由我全权负责后勤接待、生活安排。那时各方面条件有限，物资匮乏，这项任务还是很繁重的，我提前谋划，部署安排。12月20日晚9时，沙坪二级站顺利通水发电。12月25日，指挥部在二级站隆重召开"庆祝沙坪电站二级站通水发电和评功表模大会"，全体指战员喜气洋洋。后勤组从各团抽来了80多名美丽端庄、热情大方的女民兵参加帮厨和接待，庆功会和就餐做到了万无一失，所有参会领导和客人都非常满意。

1979年11月，因安置待业青年任务繁重，我回到劳动局，牵头组建宜昌县劳动服务公司，离开了沙坪水电工地。屈指算来，我在沙坪电站前前后后工作了两年零八个月。工作期间，我出过力、流过汗、熬过夜、受过累，但为了宜昌县经济发展，为子孙后代能过上幸福美满的生活，是值得的。

回顾过往，指挥部领导以身作则、率先垂范；各团民兵们，不怕困难，起五更，睡半夜，赶进度，比质量，革命加拼命、拼命干革命的奋斗精神、拼搏精神，至今还在我脑海里浮现。

作者简介

　　龙德松，1977年3月以宜昌县劳动局干部身份参加沙坪电站建设，时年30岁。历任沙坪水电工程指挥部后勤采购员、仓库保管员等职。

父子两代人保障沙坪电站物资供应

方祯昌

1977年上半年，我在莲沱读小学5年级，还是一个什么都不懂的伢子，没有出过门，不知道外面的大事。由于那时比较贫穷，县基础建设项目不多，大型建设项目就更少了。有一天，我们一个屋场的几个人在议论，说县里决定在沙坪修建水电站，需要很多建筑工人。我在旁边听，还不时地问他们，是个什么样的电站，要几千人去建设？

1977年7月，这几个议论的人都接到了去参加建设沙坪电站的通知，都在准备锄头、钢钎、铁锤、背篓等工具，还有被子、盆子、饭碗、杯子等生活用品。我清楚地记得，7月10日早上8点，莲沱片的全体建设人员都在莲沱小学操场集合，莲沱公社在这里召开建设沙坪电站誓师大会。会场彩旗飘扬，锣鼓喧天，群情激奋。领导动员报告结束后，鞭炮阵阵，各支建设队伍举着写了各自连队名的旗帜向沙坪工地进发。由于当时条件有限，有的乘坐八二七厂提供的解放牌汽车，有的乘坐东方红拖拉机，还有的是拉着板车载着生产工具和生活用品走去的。送行的人们喊着口号，欢送建设大军奔赴沙坪电站。现在一想起那时的场景，我还激动不已。

我的邻居有6个人参加了沙坪电站建设。由于交通不便，每次他们休假回来，几十里路程都是走着回来的，看上去很疲惫，有的还受了伤。在家短短的3天休息时间里，我和周围的人总是好奇地向他们打听建设工地上的人和事。虽然那时我没有去过工地，也没有亲身参加建设，但听他们讲述建设工地上的一些人和事，脑子里就能浮现出热火朝天的建设场景来。

沙坪电站建设初期，国家实行计划经济。作为电站所在地的沙坪供销社，为电站建设提供了一定物资保障。当时我父亲方庆明在沙坪供销社工作，据父亲同事、现已70岁的吉永东讲述，建设沙坪电站的民工有几千人，生产生活物资需求不仅数量大，而且供销社经营的品种也增加了。沙坪工地有空压机、拖拉机、汽车、照明用的小型发电机，这些都需要柴油，柴油属于管限物资，我父亲去乐天溪农机厂购置储油罐，又去宜昌县石油公司找有关领导申请柴油指标，然后用300斤和50斤的小桶分装好，找拖拉机运到工地，保障沙坪工地机械设备的正常运行。民工们用的手套、毛巾、解放鞋、瓷盆、口罩、口杯、被褥、大米、食用油、粉条、海带、食盐等生活用品，供销社都想尽一切办法组织货源满足供应。当时的运输条件有限，有些生活物资都是靠供销社的职工用背篓背去的，重一点的物资就用板车运输。

1977年10月下旬，往年这个时候，供销社会向农民收购农副产品，农业冬播生产所需的化肥、农药、种子、耕种器械也要组织进货，满足农民所需。天气越来越寒冷，供销社优先保障沙坪电站民工们上千套棉衣棉裤、棉鞋和其他保暖物资，我父亲在供销社负责人屈家海同志的安排下，放弃休假，到宜昌县服装厂和宜昌市百货公司组织货源。运回后，按班组、男女进行型号分类。由于数量大、品类多，有时顾不上吃饭，忙时连炊事员周本灿师傅也参与货物分类、运输工作。

我没有想到，我的人生旅程也会与沙坪电站有交集。1984年4月，我应招到沙坪供销社工作。上班的第一天，刚一下班，我迫不及待地去看了沙坪大坝，觉得特别壮观。我为沙坪辖区有沙坪电站、供销社为电站及其职工服务感到骄傲。沙坪电站无论是职工，还是建筑队工人来购物，我就有一种与生俱来的亲近感，总会想方设法满足他们的需求。

1984年6月12日，浙江建筑队队长张仁池来到供销社，着急地跟我说，工地上急需 80 双帆布手套，希望给予解决。我在店里找、仓库里找，结果都没有。要是一般人，就打发顾客走了。我则马上骑自行车到乐天溪供销社，来回 20 里路程，用时 40 分钟，终于将 80 双帆布手套用自行车托运到建设工地，解了工地燃眉之急。

1984 年 7 月 26 日，沙坪电站遭受特大洪水袭击，一级站厂房被淹，三三〇工程局师傅们参加抢修、维修机组。许多建筑工人在对泄洪道挑流鼻坎施工，有福建人、浙江人等外省工人。有一天，福建建筑队来沙坪供销社采购柴油、铁丝、板车、铁锤、钢钎、大米、食用油、海带、粉条等生产生活物资。由于缺少运输车辆，建筑队人手有限，工地又等着急用，他们向我提出，能否想办法帮忙将物资送去。按理说，供销社可以不送货上门，但我想的是，"一方有难，八方支援"，况且沙坪电站正在抢险，时间不等人，我当即答应下来。其实，我也十分为难，那时汽车比较少，但办法总比困难多。我走了 2 里多路，"求爹爹、告奶奶"，终于找了一个开手扶拖拉机的师傅，及时将生产生活物资送到了沙坪电站工地，保障了工地正常施工和人员生活。工人师傅很感动，对我表示感谢。

由于工作调动，我在沙坪供销社只工作了 2 年，就离开了沙坪。虽然时间短暂，也没有参加沙坪电站建设，但能为沙坪电站生产生活尽点微薄之力，我感到很光荣。

作者简介

方祯昌，男，1984 年 4 月到沙坪供销社工作，时年 20 岁。工作期间，为辖区沙坪电站及其职工、抢险工人、建设者提供生产生活物资供应。

辑 四

运行管理

从团长到站长

易行瑶

1974 年撤区并社后，我任晓峰公社党委副书记，分管组织宣传、文教卫生等工作，驻点孙家河大队。1977 年 3 月，我正在孙家河参加劳动，突然接到公社党政办公室通知：公社党委研究决定组建沙坪电站工程晓峰民兵团。由我任晓峰公社民兵团团长，武装部干事陈天道同志任副团长。我急忙从孙家河赶回公社，第二天就背着行李，徒步翻山越岭四五十里，上牛坪、下莲沱，到沙坪水电工程指挥部报到。

晓峰团下辖晓峰河连、牛坪连、张家口连、中岭连，共有民兵百余人，主要任务是建设沙坪指挥部到一级站的公路和一号隧洞。公路全长约 2000 米，其中有一段长约百米的隧道，由詹光源同志负责监理。一号隧洞长约 800 米，由田奠护同志负责监理。公路、隧洞都是开挖工程，百分之九十是坚石和次坚石。面对如此艰难的工程，我们一无挖掘机，二无风钻机，三无拖拉机，全靠一根钢钎、两把铁锤打炮眼，冒着生命危险点炮炸石，除渣全靠肩挑背扛、板车拖，特别是打洞子，最辛苦。为了赶工期，我们是一日三班倒，昼夜连轴转，为此还有两位民兵献出了宝贵的生命。经过全体指战员的艰苦奋斗和不懈努力，不到半年时间，我们顺利完成了公路建设和一号隧洞的开挖和浆砌任务，受到指挥部表彰。完成上述任务后，晓峰团转为大坝备料和基础浇灌工程。为保证大坝基础质量，我们六七十个人几天几夜不休息，保证了一台搅拌机的备料输送任务，得到指挥部领导的好评，在年终评比中，晓峰团再次受到指挥部嘉奖。

随着工程的推进，沙坪电站二级站即将发电，电站管理机构随即组建，配备电站领导班子纳入指挥部领导的议事日程。可能是指挥部领导考虑到我这个人有认真负责和艰苦朴素的精神吧，任命我为沙坪电站站长。大约1978年2月的某一天，县委副书记、指挥部政委陈天赐同志在工地上找我谈话，转达了指挥部的决定。为了解除我的后顾之忧，将我的妻子招为正式职工，还将我的三个子女由农业户口转为非农业户口，吃商品粮，这对我和我的家庭来说绝对是天大的好事。领导找我谈话时，我还是有顾虑的，我是一个基层行政干部，没有管理电站的经验，这样一个外行，突然负责专业性、技术性强的水电站，面临的困难肯定不少。但我想到自己是一名共产党员，是受党教育多年的国家干部，就是天大的困难，我也必须克服，于是我愉快地服从了组织安排。

1978年5月，指挥部通知我带队到罗田县天堂寨一级站学习水电站运行管理，从此结束了晓峰团团长的工作，进入沙坪电站站长角色，翻开了我人生新的一页。常言道：万事开头难。何况我是一个门外汉，对水电运行管理是擀面杖吹火——一窍不通，我决心抓住这次学习机会，认真钻研水电运行管理方面的技术问题。由于我的学历不高，对数理化的认知还停留在小学水平，学习难度很大，我必须加倍努力才不会落后。

我的学习方法：一是笨鸟先飞。去罗田学习之前，我到书店购买了一本《小水电站的运行与管理》提前阅读，使我对水电站有了一个初步认识，为后来的学习奠定了基础；二是不耻下问。比如电工基础学里的英文字母我不认得，我就向周兆林同志请教，有些化学分子式我搞不懂，我就问王邦仁同志，直到搞懂为止；三是死记硬背。在学习水电站运行操作规程时，为了熟记操作程序和方法，我把操作规程改编为七个字一句的顺口溜。这样，我经常是书不离手，曲不离口，反复念诵，死记硬背。许多重大操作步骤至今我还牢记在心。

光阴似箭，日月如梭，半年时间很快就过去了。在天堂寨电站领导和老师们的指导下，我们先后学习了电工理论知识，水电站主要机器设备如水轮机、发电机、调速器、变压器的作用和工作原理，水电站运行操作规程，还在老师的指导下进行了实际操作练习。为了掌握简易的设备维修技术，应付处理事故的能力，我对学员学习进行了分工：田汉文同志重点研究蓄电池的维护与保养，罗德国负责重点研究励磁系统和可控硅，王邦仁同志负责二次回路电器设备（自动控制系统、继电保护系统）的设备维护与修理，陈光华同志重点研究自动调速器的维护与修理，望金兰同志重点研究高压开关柜、变压器的维护与简单修理。大家根据自己的研究重点，都非常努力地学习，取得了很好成绩，为沙坪电站的运行管理储备了一批技术人才。

学习结束后，我们回到沙坪二级站，我正式担任沙坪电站站长。郑道南同志任党支部书记，周开金同志任副站长，熊仁义同志为技术负责人。当时，二级站引水渠已全面竣工通水，二级站已进入紧张的安装调试，指挥部要求二级站四台发电机组在 1978 年 12 月 26 日——毛主席诞辰纪念日前投入运行。

为了按时完成指挥部交给我们的任务，我主持做了以下几项准备工作：一是成立了三个运行班，一个检修班，田汉文同志为运行一班班长，王邦仁同志为运行二班班长，罗德国同志为运行三班班长，杨志学同志为检修班班长。各班都配备一名副班长，协助班长工作。每班配六名值班员，其中，中控室二名，水机房每台机组一名。值班员须经考试考核合格；二是组织各班人员轮流协助三三〇工程局派来的技术人员安装调试，尽快熟悉各种设备的型号、性能、操作方法等；三是参照天堂一级站的操作规程，尽快制定出沙坪二级站操作规程，人手一册，规定在半个月内背熟并熟悉操作的位置与方法；四是复印沙坪二级站一次回路图（即电气主接线图）和二次回路图，人手一册，要求人人能看懂图纸并说出工作原理；五是复印运行记录册发到各班，值班时每小时记录一次机组运行情况和各种仪表反映的数据，以保证机组在正常状态下运行；六是制定规章制度，主要是《交接班制度》。运行班实行轮流三班倒。第一班早八点至下午四点，第二班下午四点至午夜十二点，第三班午夜十二点至次日八点。交接班时由交接班双方班长签字。值班时不得打瞌睡、做私活，不得打牌、下棋、歌舞、喧哗，打闹、吵架，不得违规操作。若因违规操作导致严重事故，要追究当事人相应责任。《重要操作监督制度》：凡重要操作，如开停机，高压开关的合闸、拉闸都要填写操作程序和操作人、监督人姓名。操作完毕将操作票交当值班长存档。继电保护动作，系统甩负荷造成的紧急停机除外。进行重要设备的检修，需经当值班长同意并填写检修票，填明检修项目和检修人、监督人。检修完毕投入运行，将检修票交当值班长存档。

由于准备工作比较充分，指挥部领导有方，后勤保障得力，在全站职工和三三〇技术工人的共同努力下，在毛主席诞辰日之前，沙坪二级站四台机组全部投入试运行。1979年底沙坪二级站至夜明珠35千伏线路完工后，在监督人的监督下，由我按下同期屏上的合闸按钮，顺利地实现沙坪二级站与国家电网并网运行。

1982年下半年，指挥部通知我去上一级站参与机组安装调试和试运行准备工作，与我同去的有王邦仁、田汉文、许楷松、杨志学、陈光华、郭云光、韩敬东、谭光森等人。二级站运行管理由熊仁义同志负责，望开喜、赵长金、邓可义继任班长。

1983年，晓峰公社新坪电站进入土建工程煞尾、机组安装调试阶段。考虑到我有这方面的经验，上级调我回晓峰任新坪电站工程指挥部指挥长。要感谢沙坪电站的大力支持，帮新坪电站培训运行管理人员，还指派熊仁义、许楷松、杨志学、陈光华、杨行恩等人到新坪电站安装调试，使新坪电站得以顺利发电运行。

忆往昔，峥嵘岁月稠。如今沙坪电站已安全运行四十多年，当时一起开山创业的人，或垂垂老矣，或已故去。每当回忆起当年大家在一起劳动，一起学习，一起值班，一起打球，一起游泳，一起喝酒，一起唱歌的日子，总让人无比怀念。

作者简介

易行瑶，男，1977 年 3 月以晓峰团团长身份参加沙坪水电工程建设，时年 32 岁，系沙坪电站首任站长。

激情燃烧在沙坪

望开喜

我是宜昌县太平溪公社人，1976年12月毕业于"宜昌县共产主义劳动大学"，简称"共大"，现在的年轻人大多没听说过这所大学。我在"共大"水电班学习，毕业回家时，大人们正在忙过年。年后正月十五，接到太平溪公社端坊管理区通知，要我去县水利局报到。那年我18岁，城里的孩子还在大人跟前撒娇，我就要踏入社会了。

第二天，我简单收拾了一下行李，步行25里山路，来到太平溪码头，坐当时唯一的交通工具"向阳"轮到南津关下船，步行到小溪塔七里岗县水利局报到。时任县水利局办公室主任的周金根同志接待了我。他说："你们'共大'毕业的学生都到沙坪实习去，前面已有人去了，我给你写个条子，去沙坪报到。"当晚我在县茶叶公司工作的二爹家住了一晚，第二天坐"向阳"轮到乐天溪码头下船，再步行到沙坪。

我来到沙坪前期准备工程指挥部，向前期准备组负责人、县水利局局长付禄科同志报到，他把我领到负责施工测量的詹光源同志跟前，说："你以后就听从他的工作安排。"詹师傅亲切地对我说："小望，来了就要安心，不要想家。"说着，把我引到沙坪大队部二楼。我拿着行李跟着詹师傅上去一看，来了不少参加沙坪前期准备工作的同志，大家睡地铺，楼板上铺着稻草，我找了一个位置放下背包。至此，开始了我的沙坪水电工程职场生涯，正式成为了沙坪电站前期准备工程的一名施工员。

当时工程组总负责人是付禄科局长，下面设了四个小组：一组组长是田奠护同志；二组组长是詹光源同志；三组组长是熊仁义同志；四组是技术组，组长是张忠偶总工。我被分配在二组，每天跟着詹师傅翻山越岭，测量大坝到沙坪二级站之间的渠道，比选线路，优化走向。我的具体工作是翻断面图，拿标尺、花杆，听从詹师傅调遣。经过几个月努力，整个工程前期测量工作基本完成，方案报告给领导及技术部门审核。在前期准备的这段时间，指挥部成立了五个组：工程组、后勤组、采购组、政工组、安全保卫组。听詹师傅说，要举行开工庆典仪式了，准备大上人了。

1977 年 3 月 23 日，沙坪水电工程开工典礼在沙坪大队白洋坪河坝举行。县委副书记、沙坪水电工程指挥部政委陈天赐同志主持会议，县革委会副主任、沙坪水电工程指挥部指挥长闫圣代同志讲话，县委书记胡开梓同志宣布开工，水利电力部及葛洲坝工程局发来贺电。全县 6000 多名民兵参加了开工典礼。

开工典礼的举行，标志着沙坪水电工程全面开工建设。我们施工组的年轻同志按照指挥部要求，被分配到各团当施工员，我被分配在下堡坪团，团长叫赵德富，团部设在擂口板栗树湾杨姓村民家里。下堡坪团负责三号洞及下游明渠施工，赵团长带领几个连，每天几百人奋战在工地，我每天负责收方、验方和施工记录。团长开玩笑说："小望，不要把方量收少了，收少后民兵拿不到标工钱，肚子吃不饱。有机会，我在我们团给你介绍个女朋友。"我也开玩笑说："那好，看在您给我介绍女朋友的份上，我就多收点。"俩人都是打嘴仗，他未给我介绍女朋友，我也未弄虚作假。

我在该团工作了大约半年时间。为了储备发电人才，1977 年 8 月底，指挥部决定把表现好的施工员以及有贡献的青年民兵派到五峰县黄龙洞水电站培训学习，我有幸参加。听到这个消息，想到将要成为一名发电职工，我特别激动、特别兴奋，一晚上没有睡着。指挥部决定由县电力局胡兆明同志带队，我、刘环珍、韩永刚、邓秀坤、杨志学、赵长金一行七人到五峰县黄龙洞水电站参加培训。

培训期间，电站采取师傅带徒弟的办法，使我们很快就掌握了电站检修规程、运行规程、安全规程。我的师傅姓龚，他是一名武汉知青，在五峰安了家。他每天带我们学习电工学及运行管理知识。晚上我们就听电站技术负责人王老师讲课，大家学习非常认真、刻苦。

记得有一次上班期间，我巡视到水轮机自动屏背后，发现有两个按钮，我非常好奇，就把红色按钮按了一下，瞬间水轮机的声音就发生了变化，我赶紧又按了一下绿色按钮，水轮机声音才恢复正常。班长立刻过来问我动了什么，我说我按了一下红色按钮，又按了绿色按钮。班长严肃地批评了我，我才知道，红色按钮是前池的快速闸门紧急关闭按钮，如果当时我没有及时按绿色按钮，将会造成水锤压力下降，引起钢管振动，形成真空，严重时可能爆炸。这次教训深刻，想起来就后怕，我主动给师傅及站长写了保证书和检讨，保证以后不随意操作。从那以后，我时刻绷紧安全生产这根弦。

5个月后的一天，带队的胡兆明队长说，学习结束了，准备回沙坪，指挥部副指挥长、县电力局局长谭振树同志来接我们回去。我们很感动，领导对我们这批学员寄予厚望。学习期间，组织上把我们招为国家职工，在当时，对一个农村青年来说，这是天大的喜事。我对党、对沙坪电站，一辈子感激不尽。我在心中发誓，一定不辜负组织的期望。

分别的晚上，谭局长主持举办了隆重热烈的答谢会，答谢五峰县电力局及黄龙洞电站领导和师傅们。人逢喜事精神爽，那天晚上我喝了不少酒，是我人生中第一次醉酒，酒醒后同事告诉我，席间我说了酒话："喝遍全国无敌手！"我当晚实在是太高兴了。

从五峰回到沙坪二级站施工工地，职工宿舍未建设好，我们住在临时搭建的工棚里，四人一个房间。领导安排我们这批培训回来的学员为二级站设备安装做准备，我被分配到厂房及参与管道施工，给张忠偶总工和电力局胡茂林股长当助手。每天背着尺子、30米长卷尺、吊线锤、测量记录本到厂房放样。当时二级站不具备安装条件，设备没有进厂，厂房基础正在施工。基坑、机脚螺栓定位都是张工亲自放线，我负责按照张工的放线，指挥木工装模，再浇筑一期混凝土。如果机座孔偏了，安装就比较困难，不仅会造成损失，还影响工期，所以现场施工、监管责任重大。

真是怕什么来什么。有一次，胡茂林师傅复核厂房行车与"牛腿"之间的控制距离，检查装模质量。我把尺寸控偏了，混凝土拆模相差了5厘米，必须拆除重新装模浇筑，造成了损失。胡股长把这件事汇报给了负责二级站施工的谭振树副指挥长，谭振树副指挥长狠狠地批评了我。我从中吸取了教训，当施工员一定要仔细、认真、负责，特别是厂房基础施工，每个环节都要考虑周到。

经过两个月的努力，厂房基本建好，厂房基础和管道也安装得差不多了，基本具备机组设备安装条件。为了给厂房设备安装培训人才，指挥部领导派我和陈光华到三三〇工程局安装分局去培训，学习调速器安装与调试。两个月后，培训归来的我们投入了电站安装工作。沙坪二级站的机电设备安装，以三三〇安装分局的人员为主，我们这些从五峰和白莲河学习回来的同志，被分配到各个小组，跟班学习安装。我被分配在水机和调速器组。在大家的共同努力下，实现了1978年12月26日毛主席生日当天发电的目标。

二级站发电后，为了加强电站运行管理，县委、县革委会发文成立了沙坪水电站，负责二级电站以及未来一级电站运行日常管理工作，站部设在二级站，书记是郑道南同志，站长是易行瑶同志。沙坪水电工程指挥部则把工作重点转移到沙坪大坝建设和一级站厂房开挖。我时任沙坪二级站检修班长，也当运行班长。有一天值班时，有幸见到了前来沙坪电站调研的水利电力部部长钱正英同志，并与她亲切握手，她是我人生中见到的第一位正部级领导。

在电站进入正常的运行管理期间，我刻苦学习业务，钻研技术，很快掌握了电站运行规程、检修、调度规程。熟悉了电气主接线图和二次回路图，能够独立处理事故跳闸后开机、停机的问题，成了工作骨干。1979 年 5 月，经县劳动局批准，沙坪电站招收了一批工人。在新招的青工中，端庄、漂亮的李传兰一下"电"到了我。我第一次见到她，就被她的容貌、气质所打动，认定了她是我心中的"女神"。在后来的工作、学习中，两人不断加深了解，相互吸引，确定了恋爱关系，走进了婚姻殿堂。

我在沙坪电站工作期间，参与了 1984 年 7 月 26 日水淹一级站厂房的抢险。当时我在沙坪二级站工作，站里抽我到一级站参加抢险。我赶到一级电站时，看见厂房被洪水淹没，发电机组还在水下转动，冒出很大的气泡。作为电站建设者、管理者，我就像看到自己的孩子受了伤，心里很不是滋味。

抢险中，我差点丢掉性命。那是在抽排一级站尾水时，我下去把潜水泵从一号基坑转移到二号基坑，我的手刚触及水泵外壳，发现有电！我"啊"了一声，全身抽搐，很快就失去了意识。在上面监护的刘祖元站长发现后，来不及断开开关，就近使劲将电线一逮，切断了电源，短路冒出的火花把他的腿烧煳了一块。他和同事把我救上来，送到乐天溪卫生院检查，很幸运，没有大碍。我之所以逃过一劫，主要还是触电时间短暂，否则我就为沙坪电站光荣献身了。第二天，我又投入了紧张的抢险工作中。

时任县革委会副主任的孙斌同志下令，集中两个站的骨干力量，全力以赴参加抢险，40 天完成抢修任务，恢复一级站发电。在三三〇工程局师傅和沙坪电站干部职工的共同努力下，如期完成了抢修工作，恢复发电。由于我在抢险中表现突出，被提拔为沙坪电站副站长，之后又光荣地加入共产党，走上沙坪电站、县水电公司、湖北光源水利电力股份公司领导岗位。

难忘沙坪电站那段激情燃烧的岁月。我常常在想：我一个农村青年，从一名施工员，到担任湖北光源水利电力股份公司党委书记，是沙坪电站成就了我。没有沙坪电站，我什么都不是。沙坪电站于我，除了感恩，还是感恩。

作者简介

　　望开喜，男，1977 年 2 月以"共大"毕业生身份参加沙坪电站建设，时年 18 岁。历任沙坪水电工程指挥部施工员、沙坪电站运行班长、电力股长、副站长等职。后任湖北光源水利电力股份有限公司副总经理、党委书记。系湖北省摄影家协会会员、宜昌市摄影家协会理事、宜昌市老年摄影家协会副主席，夷陵区老年摄影家协会主席。

回忆我在罗田"黄埔军校"的日子

王邦仁

我是宜昌县土门区虎牙人民公社翟家田大队（现为宜昌市猇亭区虎牙办事处高湖村）人，1975 年土门高中毕业后，队里安排我当民办教师。

1977 年 3 月，儿时朋友黎祥福告诉我，县里组建水电工程团，正在招工。全县每个大队限招 1~2 人，条件是政治面貌好，有文化，贫下中农的子女。我闻讯后，非常高兴和向往，毅然决然地辞去民办教师工作，报名应选，经过激烈竞争，我被录取了，当晚激动得彻夜难眠。被录取的一共 5 人，除我之外，还有高湖大队的魏世楷，高家店大队的黄正军，磨盘溪大队的陈显亮，还有一人记不清楚了。

1977 年 7 月 7 日，我们一行五人背着行李，从虎牙公社驻地出发，步行几十里山路走到伍家岗，再乘公交汽车到"向阳"轮码头附近的工农兵旅社入住。次日早晨 5 点，我们准时登上"向阳"轮客船，10 点左右到达乐天溪码头，再步行十多公里来到县水电工程团临时驻地——沙坪。那年我 19 岁。

县水电工程团团部是一栋用土垒成的连排屋，与沙坪水电工程指挥部隔溪相望。团长由县水利局副局长黄廷榜兼任，我们找他报到，等待分配。

7 月 9 日晚上 8 点钟，黄团长接到县委通知，召集水电工程团所有人员，在土坯房前场地学习上级文件。学习内容很多，黄副局长读得口干舌燥。

他看了一眼坐在旁边的我，说："王邦仁，你接着读。"于是，我把余下的文件领学完。黄副局长夸了我一句："这个小青年不错，有文化。"

因为领导对我第一印象好，再加上我是高中毕业生，我被分配到了沙坪水电工程指挥部政工组，任政工员；魏世楷被分配到工程组任施工员；其他几位有的在机械组任机械员，有的在钢筋组做钢筋工。我们这些走进沙坪的年轻人，开启了新的人生。

1977年8月，沙坪水电工程指挥部成立了一个领导小组，组长由县委副书记陈天赐兼任，副组长由县财政局会计陈春科担任，成员有县公安局朱特派员、县建设银行樊哲荣和我。工作任务就是帮民兵讨回那份少得可怜的报酬。我记得当时下堡坪团平均每个月每个工可挣得0.38元，邓村团民兵平均每个工可挣得0.32元，最高的是莲沱大桥团，每个工可挣得0.45元。有的民兵很能吃苦，一天挣两个工。最高的一个是下堡坪团的，一天挣了三个工。

1978年5月，沙坪水电工程指挥部领导安排我到罗田天堂寨水电站学习水力发电运行技术。当我得知这个好消息，心情无比激动。我愿意放弃政工员工作，改行学习发电运行技术。

大别山崇山峻岭，常年雨水充沛，云雾缭绕，半截山就像擎在天里边，故名天堂寨。在天堂寨主峰脚下，罗田县人民修建的一座天堂寨水电站就坐落于此。

参加罗田学习的除了我之外，还有易行瑶、田汉文、陈光华、魏世楷、周兆林、张业风、胡大明、罗德国、望金兰、邓可义，共11人。由易行瑶带队，任学习班班长。

1978年8月12日，我们从宜昌出发途经武汉，于次日下午到达罗田县城关镇，受到了罗田县水利局领导的热情接待。

罗田县城关镇距天堂寨水电站还有40多公里。第二天一大早，县水利局领导带我们到了天堂一级水电站。随后就投入了紧张的学习之中。第一阶段，学习小型水电站的基础知识；第二阶段，学习电工学、机械学；第三阶段，学习水电站的运行与管理；第四阶段，侧重专业学习；第五阶段，理论考试。经考试合格后才能拜师跟班实践学习；第六阶段，运行值班，学习设备检修。跟师跟班值守运行发电，参与设备检修。

在第四阶段，易行瑶班长找我们谈话，商讨每个人学什么专业。我重点学习水电站二次电路专业，田汉文重点学习蓄电池专业，魏世楷重点学习高压电专业，罗德国重点学习半导体励磁充电专业，陈光华重点学习水控专业、机械液压调速器，其余人员学习发电运行专业。

在天堂寨水电站学习期间，我们白天听师傅讲课，晚上讨论学习心得，相互提问，互帮互学，每个人学习都很刻苦，学习氛围浓厚。有时候晚上也搞一些娱乐活动：陈光华拉二胡，罗德国吹口琴，易行瑶唱京剧。

经过一段时间的学习，大家进步很快。在分段考试中，都取得了好成绩，受到了授课师傅的好评。学习期间，我和田汉文、陈光华乘坐一艘小渔船前往天堂寨主峰游玩，我即兴作一首小诗：今日畅游天堂寨 / 乘坐小船观云彩 / 兄弟三人乐开怀 / 大别山下春常在。陈光华则唱样板戏《红灯记》中的选段……

半年的学习时间很快就结束了。参加集训的 11 人全部考试合格，圆满完成了学习任务。1978 年底，培训归来的我们投入了电站运行、检修、管理工作中。易行瑶任沙坪水电站站长；田汉文任运行一班班长，兼蓄电池技术负责人；我任运行二班班长，兼二次电路负责人；罗德国任运行三班班长，负责半导体可控硅电子技术；陈光华常驻葛洲坝工程局，继续学习调速器安装调试。我们这一批学员，为沙坪水电站发电运行、设备检修、行政管理工作发挥了重要作用。同时，也培训了多批后进电站的青年职工，以及太平溪百岁溪电站、莲沱唐家坝电站、晓峰新坪电站职工，他们一个个又成为电站的技术骨干，有的还走上了领导岗位。

罗田天堂寨水电站，确是沙坪人的"黄埔军校"；沙坪电站，确是宜昌县水电人的"黄埔军校"。

作者简介

　　王邦仁，男，1977 年 3 月，以沙坪水电工程指挥部基建连民兵身份参加沙坪电站建设，时年 19 岁。历任沙坪水电工程指挥部政工员、沙坪电站运行班班长、办公室主任、副站长等职。

沙坪电站成就我为调速器"土专家"

陈光华

1977 年 7 月 7 日下午，刚满 20 岁，担任罗家畈公社七大队第五生产队民兵排长的我，带着全队基干民兵，与老排长带着的普通民兵，分组挑柴烧火土，比生产进度。我刚拿起铁皮卷做的话筒，准备汇报两个组比赛情况，突然看见六大队王风义同志跑到田里来，跟我说："一个大队派一个人去沙坪，我看了名单，六大队是我，七大队是你，你不晓得啊？"我真不晓得，连忙放下话筒，一口气跑到生产队长那里，问是不是真的。队长连忙说是真的，很抱歉把这事给忘了。

我一心想去外面发展，生怕有变，次日就换好了"支拨"（粮食凭证）。第三天，也就是 7 月 9 日，我背着行囊，和六大队王风义同志结伴，踏上了去沙坪的路。在宜昌长途汽车站换乘的时候，我们遇到了一个干部模样的人，这人说他也去沙坪，就把我们带到了沙坪。后来才知道他是工程组组长胡茂林同志。

县里通知，东边六个公社每个大队派一个人参加沙坪水电工程建设，去的这些人，安排在沙坪水电工程指挥部基建连（也有人称基建团），负责人是黄廷榜。当时基建连的人都住在指挥部二楼楼板上，睡通铺。刚开始的主要工作是修建房子，解决基建连几十人的食宿问题。一群二十多岁的年轻人，挑土砌墙，伐木运木，搬木头运瓦。几个月后，建成了一间土木结构的房屋，并建立了食堂，成立了炊事班。基建连的人与指挥部食堂分离出来，相当于是指挥部的分食堂，条件相对较好。分乡的闫圣武同志任炊事班长，我是炊事员，跟炊事班长学做饭、做馒头。大家凭票吃饭，小菜五分钱一个，荤菜两毛钱一个，小菜多半是汤汤水水、"锁边"土豆，一个月内可以打两三次牙祭。屈定武事务长对我们六个炊事员说，每人每月6块钱包干，可以敞开肚子吃，但不能送人情，不能浪费，不能打包。

1978年某月，具体时间我不记得了，基建连要下人，走一半留一半。所有人都惶惶不安，不知道谁走谁留，大家情绪低落，无心做事。有人说明天开会，宣布去留人员名单。第二天天刚亮，我们都起床了，闷闷不乐地把被子打包、用品收好，做了两手准备。但真到了开会宣布时，大伙心情反而很平静，只能面对现实，听天由命。大家都是这样想的，正常减人比那些犯错误遣退回去的人光荣。

9点多钟会议开始，黄挺榜团长做动员讲话，宣布回去人员名单，直到念完最后一个人，也没有听到我的名字，我心中窃喜，又怕听错了。接下来宣布留下来的人员名单，没想到第一个名字竟然是我，当时的我极度兴奋，意识到这是人生重大转折！接下来的会议内容，我不记得说了什么。会议很快结束了，有人高兴，有人忧伤，很多人号啕大哭。

后来我听说了解散基建连的原因，当时宜昌县准备效仿黄柏河工程团成立宜昌县工程团，因条件不成熟才解散。留下来的人合并到指挥部工程组，我和鸦鹊岭的万书林同志一起转到指挥部食堂继续做饭，大厨是县委办食堂来的，易仁银任炊事班班长。毕竟是指挥部机关食堂，物资相对丰富，生活标准相对较高，天天有肉吃，两毛钱一个。易班长掌勺打菜，我们只卖饭、洗碗，收拾卫生。别小瞧掌勺师傅，他决定打菜多少，"权力"很大，吃饭的人都害怕他的手摇几下。"土专家"何万政开玩笑说："指挥部我哪个都不怕，就怕易伢子摇勺子。"

宜昌县鸦鹊岭、龙泉、张家场、分乡等东边六个公社来的人，除李元军学习电工外，大部分人都分在各团负责工程测量、施工和开各种机械（水泥搅拌机、柴油发电机、空压机等）。因工程需要，我和万师傅离开了食堂，同时分到三斗坪团开空压机。

开空压机操作流程较为繁琐，先是用汽油机引燃柴油机，柴油机运行稳定后，操作离合器带动空压机，把压缩气体输送到工地，启动风鏊。我们的任务是开挖二级站厂房和机窝，万师傅之前有这方面基础，我跟着他从零开始学习空压机和柴油机技术，很快就掌握了启动、运行维护、停机等最基本的技术。随着工程进展，后来转到大坝雾渡河团开水泥砂浆搅拌机，浇筑大坝基础。

工地上都是年轻人，团里面有很多漂亮姑娘、帅小伙，胆大的，就谈上了恋爱。那时候不敢公开谈恋爱，有些领导见到一男一女在一起时间较长，不问青红皂白，开会就批评，所以大家只能偷偷摸摸谈恋爱。那时看电影都是露天的，天黑之前，不敢坐在一起，怕影响不好。天黑放映后，再悄悄坐到一起。我也接到过姑娘们的示好，收到过手工做的鞋垫和其他小礼物。借用一个歌曲名，工地有个姑娘叫"小芳"，帮我洗过衣服、被子。帮我套被子时，虽然不能关门，但在屋里小声说话别人听不见。"小芳"胆小，我也胆小，都不敢多说话，我就希望套被子的时间长点、再长点。其实，这不算谈恋爱，只是年轻人芳心萌动，互生好感。工地上，有的因谈情说爱受到领导批评，差点被开除回家了。我时刻警醒自己，牢记前车之鉴，好好工作，将来有个好前程。

没想到，改变命运的机会真的来了，来得太突然。1978 年 8 月上旬，领导通知我到沙坪卫生所体检，不知道做什么。紧接着又通知我参加黄冈地区罗田县天堂电站学习，本批次是第二批，第一批是望开喜他们六人。

我们这批共 11 人，除我之外，还有易行瑶、王邦仁、田汉文、魏世楷、张业风、望金兰、邓可义、胡大明、周兆林、罗德国，由已谈话、未正式上任的沙坪电站站长易行瑶同志带队。8 月 11 日下午，参加黄冈培训的人员在指挥部开会，冼世能同志代表指挥部领导讲话，给我们提出了很多要求和外出注意事项。8 月 12 日，我们乘坐专车到宜昌火车站，第二天到达武汉，后转乘长途汽车，夜晚到罗田县招待所住宿。8月14日中午，到达目的地——天堂水电一级站。这里的气候、土质和沙坪一样，沙地，盛产板栗。当天，易行瑶队长为了犒劳我们，买了几斤板栗，在食堂煮熟了，11个人围坐一起分享。

培训期间，听了水电行业各个不同专业技术员、工程师给我们上课，讲小型水电站概况、高低压电工原理、水轮发电机安装运行、水动控制等，我都感到有趣和好奇，同时又无比自豪，感觉身上的责任和使命巨大。易行瑶队长和我们一样，从零开始听课学习，白天学习，晚上复习。易队长列出了学习问答题，三天一小考，七天一大考。经常找我们谈心聊天，鼓励我们好好学习，给我们分工了各个专业（我分的是调速器），希望我们各自侧重学习，深研原理，精通专业，硬是把我们这些什么都不懂的小青年，变成了后来沙坪水电站的骨干。

1978年10月下旬培训结束。回到电站，二级站基础浇筑和预埋管件已基本结束，发电设备已陆续进厂。我们这批同志与第一批参加五峰黄龙洞电站培训的望开喜、杨志学、刘环珍、赵长金、韩永刚、邓秀坤6人，一起参加二级站一号机组安装，边工作边学习，在实践和设备认知方面不断积累知识。这期间，易站长主持，王邦仁协同，完成了《沙坪电站运行规程》编写。参加罗田和五峰培训的这些人，在运行管理、检修维护、培训等方面发挥了重要作用。县水利局把沙坪二级站定为培训基地，接待过系统内外许多新入职职工培训，包括新坪、唐家坝、兴山矿务局郭家坝水电站、猇亭变电站新职工，以及水校、技校学生等。

水轮机调速器是水轮机发电厂重要设备之一，调速器性能好与不好，直接影响电能质量和水电站的安全运行。领导安排我参加三三〇工程局水轮机调速器班学习深造，常驻安装分局一年多，参加了二级站四台调速器安装前的解体、清洗、调试。白天我与师傅们一起工作，晚上则住黄师傅宿舍，黄师傅去沙坪有安装任务，他的宿舍空出来了。我在昏暗的灯光下看图，读调速器书籍。学习资料看完了，我自加强度，跑遍了宜昌市新华书店，但买不到调速器方面的书。

怎么办？为了不辜负领导的期望，我多学知识；为了电站安全经济运行，我想了很多办法。我趁周末休息时回乡下，弄了一些花生之类的农副产品，送给调速器班上的师傅们，希望他们给我开小灶，多讲些知识；因设备问题到天津厂家协调和更换配件，我就请教厂家师傅。每次去之前，我找指挥部管后勤的马孝先主任批条子，带点香菌、木耳、绿茶之类的干货，这些东西在北方是稀罕之物，将其送给厂家生技科、供应科和装配车间、总装调试车间的师傅们，联络感情，借此索要资料。

那时是计划经济年代，很多东西买不到，比如回力鞋、尼龙内衣、床单被罩、真丝产品。我每次出差，电站职工请我带这带那。这样就形成去的时候，给厂家师傅们带一大包物资，回来的时候又是一大包，给山旮旯电站职工带来了时尚，也带来了自信。

1980年4月，天津厂家举办YT型调速器培训，天津调速器厂给我来信，通知电站派人参加，易站长满口答应，于是我参加了为期三个月的培训。学习期间，结识了通城县电站冷术奇师傅，在他那里获得了YT型调速器有关设计参数，使我能更快更准地排除故障。还认识了湖南省水电学校调速器专家黄邵山老师，黄老师编写调速器教材，手里有很多珍贵资料，我请他吃饭，并把带去的旧部件给他做讲课样本，加深了两人友谊，他经常给我邮寄小水电站调速器检修、调试方面的资料。

经过上述培训，我终于把调速器缓冲器、飞摆等几个核心部件的结构原理弄懂弄通了，熟练掌握了YT型调速器检修与调试基本技术，并运用到沙坪电站实践中，保证了电站持续安全运行。最有成就感的是，一级站设备安装由解放军某化工部队承担，领导把我调到一级站，以"土专家"身份参与安装调试四台调速器。我和解放军战士配合默契，顺利完成了任务，也进一步提高了我的业务技术。

从1977年7月参加工作到2017年7月退休的40年间的电站经历，让我由一个农村青年，成长为一个小水电调速器"土专家"。虽然我没有取得惊天动地的成绩，但为沙坪电站安全运行、培训人员作出了一定贡献，此生足矣。

作者简介

　　陈光华，男，1977 年 7 月以沙坪水电工程指挥部基建连民兵身份参加沙坪电站建设，时年 20 岁，历任沙坪水电工程炊事员、施工员，沙坪电站检修班班长、车间主任、站长等职。

打造全国标准化变电站

周兆林

1976年2月，双合大队通知我小队安排一名年轻人去参加鸦鹊岭公社新场管理区农田基本建设及河道改造建设，大队安排我参加。该工程成立了一个12人的工作班子，有施工组、工程组、后勤组、办公室，我被分在施工组。初中未毕业的我，基础较差，但我爱学习、爱钻研。在施工组，我学会了量尺寸、翻断面、看水准仪，年后就能独立工作了。正是这一经历，让我走进了沙坪电站。

1977年6月的一天，双合大队党支部书记跟我说："新场管理区分配我们大队一个名额参加沙坪水电工程建设。你有一定的水利工作基础，大队研究确定让你去。"随后，我到大队开了一个介绍信，就辗转搭车船，到沙坪水电工程指挥部报到。接待人员安排我到指挥部二楼住，睡通铺。当晚工程组组长刘国俊同志说，我被分在施工一组，组长是田奠护。

第二天，我扛着水准仪架，跟田奠护、冼世能、刘国俊一起，到沙坪大坝下侧至杜家咀河口处进行勘测，时间近一个月，主要是勘测河道的高程、宽度、河道流失情况等。这项工作完成后，组长田奠护叫我到1号隧道出口、2号隧道进口段担任施工员，配合三三〇风钻组工人师傅施工。我的主要工作是测量进度和安全管理，每天填写四个班组的进度牌及安全情况。近半年时间里，因工程进度快、无安全事故，我受到指挥部领导的表扬。

有一天，工程组组长刘国俊同志来检查工作时，问我能否承担工程统计工作。我说以前在农村搞过统计，有点儿基础。过了几天，组长田奠护通知我到指挥部担任统计工作。住宿和指挥部副指挥长、电力局局长谭振树一间房，办公和黄定成同志一间办公室。我的主要工作任务：一是与各团部统计员联系，统计施工进度情况，一月一次制成表格式数据，向指挥部办公室、政委、指挥长各报 1 份，各团部各 1 份，县水利局、县电力局，宜昌地区水利局、电力局，省水利厅、电力局各 1 份；二是每月不少于 5 次随同指挥部领导下团部检查工程质量及统计工程完成情况；三是每月 26 号步行到乐天溪集镇信用社取钱，负责指挥部工作人员每月 7.50 元补助的发放；四是每月 28 日负责召集各团部统计员开会，商讨统计工作、汇总工程进度表，邀请谭振树副指挥长、刘国俊组长到会指导。

那个年代用钢板刻字、油印机印刷，我在农村时，有点刻钢板字基础，但印刷技术不太行。我就向黄定成同志请教，他教了我几招，我反复刻、反复印，练了两三整夜，印的表格终于合格，达到要求了。我有一个特点，做事要么不做，要做就做好，追求完美。进度表经领导审查同意后，寄发各单位。统计工作是一个细活儿，看起来轻松，实则责任重大，工程数据很容易让人挑出毛病来，但我在担任统计员期间，未出任何差错。这样工作了一段时间，领导们对我的工作态度、工作作风、工作能力有了了解，工程组组长刘国俊同志多次表扬我，说："小周工作刻苦，一天忙到黑，晚上经常加班到 12 点多。"

有一次，詹光源、黄定成等技术人员在石洞坪测沙坪水库库容，急等重要资料，刘国俊同志派我送去。为了快速送到，我带上电筒，走了一段隧洞，及时送到他们手中。当时詹光源、黄定成同志留我吃中饭，我想到还有工作等着处理，就拒绝了，然后往回赶。快出 2 号洞时，洞口放了几具死者遗体。当时我进也不是，退也不是。实话说，一开始我心里比较害怕，但我想到退回去要耽误很长时间，影响工作，同时想到这些英勇的战士，献出了年轻的生命，值得我们敬仰、学习，我就直接走出了洞口。经过死者身边时，我向他们鞠躬致哀。

还有一次，指挥部副指挥长、县电力局局长谭振树和工程组组长刘国俊考虑水轮发电机大型设备能否通过木鱼槽隧洞，安排我去测高度、宽度。我带着皮尺、钢卷尺，搭拖水泥的车来到木鱼槽隧洞洞口，站在车顶上测量。测完后，拖水泥的车就到小溪塔去了。我在路边拦车，去沙坪工地的司机不认识我，不停车，我从木鱼槽隧洞走了十几公里才回到指挥部。

我在工作中的良好表现，得到刘国俊同志、谭振树同志认可，他们向指挥部主要领导汇报了。有一天，指挥部政委陈天赐下班后，跟我闲谈，说："小周，我们准备把你的户口转到这里来。"我说："这里是山区，吃苞谷饭，我们鸦鹊岭吃大米饭。刚来时我吃苞谷饭不习惯，肚子痛了十几天，户口就不转到这里来了。"陈政委笑了一下，什么话也没说了。

过了十几天我回家休假，大队书记看见我，说："你在沙坪工作不错，指挥部一个姓王的同志来给你转户口，小队不给你签字，说你成分是中农。我知道后，让小队签了。"休假后我回到指挥部，工程组长刘国俊找我说："指挥部政委陈天赐对你印象很好，说你能吃苦，加班加点，领导安排的事能按时完成。指挥部有 8 个农转非指标，领导定了，有你。"我回想起陈政委说转户口一事，才知道是农转非户口，而且还招工。

不久，工程不需要专职统计员了。1978 年 4 月，刘国俊同志跟我说："指挥部领导决定，安排你到罗田县天堂一级水电站学习，由晓峰团团长易行瑶同志带队，共 11 人。"真是喜从天降，双喜临门，我没有一点思想准备。我做本职工作，只不过做到了件件有着落、事事有回音而已，而这正是认真负责、爱岗敬业的表现，受到了指挥部领导的认可。不仅工作转正，还被派出参与培训学习，作为优秀青年重点培养。我们一同去培训的，还有易行瑶、田汉文、陈光华、魏世楷、张业风、胡大明、罗德国、望金兰、邓可义、王邦仁同志。

在学习期间，罗田县天堂水电站的工程师给我们上课，讲小水电站概况，水能转为机械能再变为电能的原理，水轮机、发电机、调速器、变压器工作原理及作用。与数理化有关的内容听不懂，我就问王邦仁同志，其他不懂的技术性问题，就请教别的同志，一直到搞懂为止，有的靠死记硬背。在老师和其他同志的帮助下，我学到了许多业务知识。

学习结束，我们学成归来，回到沙坪二级站上班。领导安排我们跟着三三〇工人师傅安装调试设备，边学习，边上班。有些技术问题，我不懂就问，三三〇师傅们仔细讲解，一直到弄懂为止。

沙坪二级站四台机组安装调试完成后，即投入运行。电站成立了运行一班、运行二班、运行三班。田汉文为运行一班班长，我为副班长，协助班长工作，班员有：刘环珍、胡大明、雷世珍、陈英、黄代华、刘玉梅、罗来芳。我和班长强调，严格执行站规站纪，不准做私活、打瞌睡、喧哗，不得违章操作，要按时上下班，值班时每小时记录一次仪表数据和设备运行情况，如有异常，及时报告。班里还利用业余时间组织学习，人手一册操作规程，要求看懂电气一次主接线图和二次回路图，并说出图纸的工作原理，熟悉各种设备的型号、性能、操作方法等。随着沙坪一级站设备的安装调试，即将投入运行，班上人员有所调整，田汉文同志调任一级站负责安装，我接任一班班长。

1982年6月，根据工作需要，领导调我到乐天溪开关站工作。因为我在罗田县学习的不是变电运行专业，所以对站内一切都感到新奇，对变电设备运行管理知识掌握得非常有限。在站长刘祖元同志、值长魏世楷同志、杨泽锐同志的帮助下，我学到了很多新知识。为尽快提高自己的业务技能，我利用业余时间找来相关资料学习，在短短的时间里，我对变电站设备有了大致了解，参加了35千伏变电站的检修及缺陷处理等工作。为了更好地提升业务能力，领导派我到省电力局在襄樊变电工区举办的变电运行培训班学习了一年，对隔离开关、接地刀闸、断路器的调试和维护进行系统培训学习，个人业务技术得到显著提升，被提拔为副站长。

1984年3月，站长刘祖元同志调任沙坪电站站长，我接任站长职务。

乐天溪开关站主要承担宜昌县西部乡镇小水电站上网及一个乡镇的企事业单位、24个自然村供电任务。我接任站长后，主要抓了以下工作：

一是搞好运行方式和计划检修。每年初，变电站和水电公司分管领导熊经理根据小水电站、电网的发展规划及检修计划提前编制年度运行方式，在县、地区调度部门的指导下，编制了月底、周、日运行方式，为小水电站上网供需精心安排；对10千伏用电量大的企业加装无功补偿，及时地投退无功补偿电容器，确保用电大户电能质量合格；冬季检修，做好每月检修工作，公司生产技术科和变电站召集小水电站负责人召开检修停电平衡会议，合理安排停电时间，杜绝使用大网的反送电，减少小水电站平衡停电时间，提高了供电用电可靠率。

二是严格执行调度命令与倒闸操作任务。坚持执行"两票""四制"制度，坚持开展"安全隐患"的消除工作，把好"倒闸操作"关，严格执行调度操作指令票制度，杜绝无票操作，杜绝人为误操作的发生。每年县调度室填写的调度操作指令票受理第一种工作票和第二种工作票，合格率达100%。

三是迎峰度夏和防风防汛工作。在枯水季节无水的情况下，抓紧对设备的检修和维护工作，迎峰时对无库的小水电站与有水库的小水电站均衡安排，确保小水电站多发电。每年迎峰时，为小水电多发电、发满电，我到县调、地调汇报：乐天溪开关站辖区为革命老区，经济欠发达，希望给予小水电满发、多供照顾。并请调度员来革命老区、小水电站检查指导工作，争取到上级调度部门的大力支持；抓好防风防汛工作，每年防风防汛前，我们对10千伏线路下的两边线外5米内的清除树障、竹障、果树障进行清除，同时对0.4千伏线路也进行清除，在清除前用宣传车宣传安全用电，同时在电杆、农村的墙上喷："要用电时先申请，安装修理找电工，如果有人触了电，赶快拉闸断电源；安装电灯三尺高，湿手不能摸电器"等宣传标语，并检查站内的住宿、开关室、值班室屋前屋后的排水沟是否畅通，是否有滑坡等现象；重要工程及节假日电网保供电任务的完成。做好三峡工程的施工备用电源电网的保供电工作，与三峡电力分局共同编制完成了"三峡工程施工电源电网保电运行方案""元旦、春节保供电方案""清明节、五一期间、中秋节期间、国庆节期间供电运行方案"。

四是农网改造，建设标准化台区。1984年，上级对农网的10千伏、0.4千伏线路及用电设备进行更新改造，建设"标准化台区"。我们供电低压（0.4千伏）线路电网坚强程度不够，老旧线路较多，部分线路超寿命运行，特别是入农户的220V线路，大部分是木电杆，撒股线、单股线、挂钩线等，这对用户的安全用电、用电质量造成不利的影响。经过3年多的整改，多方（农户、村委会、政府）集资，变电站出技术，在变电站的供区内，98%以上建立了"标准化台区"，经上级部门验收合格。1986年，乐天溪变电站荣获水利部"标准化变电站"称号；1987年9月，路溪坪村电工朱应发荣获水利部"全国农村优秀电工"称号。

我在担任站长期间，带领全站人员较好地完成了各项指标和领导交办的各项任务，保证了大网及小水电的设备和人身安全，确保了包括沙坪电站在内的小水电站上网安全运行，为水利事业发展作出了一定贡献。

作者简介

周兆林，男。1977年6月，以沙坪水电工程指挥部基建连民兵身份参加沙坪水电工程建设，时年22岁。历任沙坪水电工程指挥部施工员、统计员，沙坪二级站运行一班副班长、班长，乐天溪开关站副站长、站长等职。

我在沙坪处理的几次险情

李爱斌

我是黄陂人，1981年10月毕业于湖北省水利学校水力发电专业。接到分配通知后，我先到宜昌地区人事局报到，接受再分配。我带着学校派分函件，来到桃花岭大中专毕业生分配办公室，工作人员说："宜昌县和五峰、长阳、兴山、远安、秭归，这几个地方要人，你想去哪里？"我是第一次踏上宜昌土地，不知道哪个地方好，想当然地认为，宜昌县与宜昌市都叫宜昌，可能距宜昌市近些，就说，我到宜昌县吧。工作人员说："你真会选！"后来其他同学分到宜昌，就没我幸运了，他们由工作人员指定地方，分到了边远山区县。

第二天，我到宜昌县人事局报到。人事局工作人员问我："你学的什么专业？"我说："水力发电。"工作人员说："那你到电力局。"我说我是水校毕业的，他说好吧，那你去水利局。说着就给我开了去水利局报到的介绍信。如果当时我不多嘴，百分之百就在电力部门工作了，我的工作履历就要改写，就要与沙坪电站失之交臂。

到县水利局报到后，在局水电股工作了10天左右，我就被冼世能站长要到了沙坪电站。我和同学杨行恩一起乘坐水电公司120单排车到沙坪二级站报到，接待我们的是分管后勤的副站长周开金。他给我们一人一合木铺板，安排在一楼办公室旁边的房间。休整了一两天，我就在运行班上班了，班长是邓可义，副班长是李传兰。半个月后，我就回老家过年了。春节后我准备返站上班时，冼世能站长通知我到天津调速器设备厂学习。学习一个多月回来，我被调到了一级站运行二班，班长郭云光、副班长孙丽华，同班同事有袁启双、张世菊、曾云等人。

我比较爱学习，爱钻研业务。两个多月后的一天，我获悉新坪电站请求沙坪电站支援安装，于是就向冼站长申请参加，冼站长同意了。同去的有熊仁义、望开喜、杨志学、许开松、郭云光、杨行恩，及负责采购的谢平洋师傅。在新坪电站安装过程中，我系统地学习和进一步加深了对调速器杠杆原理、水轮机效率特性、主接线、二次接线、直流回路、高压开关设备，以及励磁系统、同期原理的理解和把握，业务知识得到了升华，同事间的友谊得到了加深。新坪电站为我们安装队专门请了炊事员，每餐吃饭围着一张小桌子坐，吃的是当地老百姓种的小菜，节节根、腌制的香菜等，还有黄柏河小麻鱼。那时没有禁酒令，不知是谁提议：不喝酒不许上座吃饭。本来杨志学、许开松不喝酒，最后也学会喝酒了。

新坪电站安装完成后，站领导安排我在一级站办公室工作，同时被选为站团支部书记。为了丰富职工业余娱乐活动，我查找有关资料，在一级站建设了灯光篮球场，每年的3月9日必组织一场篮球比赛活动。还利用工程剩余木材自制乒乓球桌。冼站长十分关心电站青年的婚姻、职工出行问题。我向他建议，在县城小溪塔沙坪采运组建职工宿舍和商场，男职工在电站上班，女职工在商场上班，用站内班车接送职工。当时站里购买了中巴车，每星期职工可免费到小溪塔两次。限于条件，那时不可能实现，现在实现了。

我在办公室主要是管理一级站职工考勤、收发文件，还有代发一级站职工工资。有一次看到冼站长每天亲自将水库水位、库容发布在办公室门前的黑板上，我就主动到水库观测水位，并在黑板上公示，从此这项工作就成了我的任务。

1983年大坝基本建成，但指挥部与电站并存。大坝泄洪闸门在调试阶段，水库还未交给电站管理，水库运行也没有制定操作规程及控制运用调度方案，水库防汛也没安排专人值班，电站以发电为主。有一天晚上放电影，天气是晴天，但比较闷热，我感觉会出问题。于是一个人到水库前看看，发现水库水位到了 168.52 米，超正常水位 0.52 米，我赶紧报告冼站长。冼站长立即叫停了放映，利用放映设备通知参加闸门调试工作的张祥平、冯文新上坝开闸泄洪，避免了一场事故发生。如果不是我及时警示，大家都在看电影，很有可能出现洪水漫坝、厂房淹没事故，后果不堪设想。事后，站里给了我奖励。

此后，电站就进入了正常管理，成立了电力股、工管股、后勤股。朱白丹同志任电力股副股长，实际从事办公室工作；我任工管股副股长；韩永明同志任后勤股副股长。没设股长，副股长主持工作。

在工管股工作期间，我抓了几件事：一是对水库水位库容和闸门开闸泄水水位开度流量进行了表格细化处理，方便了水库调度运用，这个表格电站至今还在应用；二是对大坝廊道进行了维修处理，整理了上下台步，疏通了廊道排水，增设了水量观测，并在廊道内增设了照明电源，可进出口双向控制；三是制作了水库大坝管理条例宣传牌；四是对水库泄洪安装了警报器，同时制定了警报预警方式。由于成效显著，多次被评为全市水库综合管理优秀单位。

1984 年因人员工作调整，我离开了工管股工作岗位。7 月 26 日，那天我在休息，早上起来习惯性地到大坝上看看水库水位情况，上坝时水库水位只有 165 米左右，但增长速度很快。根据我多年管理水库的经验，感觉来水不小。我走进值班室，发现值班室没人，寻找上坝开闸钥匙也没找到，后来听说是发电渠道上出了问题，值班人员随同站领导到渠道上去了。

我经过简单的心算，感觉来水流量不小，需尽快开闸泄洪，预留防洪库容，给县防办打电话又打不通。那时没有手机，与站领导更联系不上。强烈的责任感和事业心促使我必须果断采取措施避险。

我想从启闭台检修吊轨上爬上开闸，由于吊篮离地有十几米高，无法翻过，只有放弃。在翻越中，我的小腿被钢筋戳了个洞，至今还留有疤痕。我又回到坝头前，聚集的同事越来越多，我将水库水位增长情况给大家进行了简单的讲解，强调不开闸放水的危险性，及时开闸的重要性，同时声明出了事我负责，得到了孙丽华、陈有章等同事的响应。于是，我请孙丽华同志到值班室拉警报，并与县四防指挥部联系，陈有章和我负责砸锁开闸泄洪，泄流量为 600 立方米 / 秒。

一个小时后，站领导才回站，水库水位已到 168 米，质问我为什么不经请示就泄洪？看那架势还要处分我。我简单说明了情况，并说从这时起，此前有什么事我负责，以后的事由你们处理。我就每隔 5 分钟记录着水库水位，并以此推算入库流量。

后经站领导多次与县防办取得联系，得到了"原则上来多少泄多少"的指令。当下泄 800 立方米 / 秒洪水时，洪水灌进一级站厂房，厂房被淹。如果不是我果断采取泄洪措施，腾空库容，淹没厂房这件事会提前到来。那时的人，真是主人翁责任感强，按说我已不在工管股岗位，就是天塌下来也跟我没任何关系，但我宁愿冒着受处分，甚至追究刑事责任的风险，也要撬门泄洪。也主要是因我受党教育多年，不希望发生人员伤亡事故和国家财产损失。

沙坪大坝于 1983 年 7 月建成后，由于枢纽工程的总体布置（溢洪道与电站厂房相对位置）不合理，也没有明确的调度方案，施工中在厂房大门外平台上又堆放了大量砂石料，使平台上的积水外排受阻，形成 1 米多高的水头冲破抢险堤及大门，进入厂房，造成 18 万多元的经济损失，在当时 18 万元是一笔巨款。

事故发生后，为了印证我提前泄洪的正确性，我将本次洪水过程进行了整理，上游发生了相当 40 年一遇的洪水，入库洪峰流量 1442 立方米 / 秒。通过对时段的洪水总量列表分析，如果不提前泄洪，等到站领导回来后再泄洪，洪水总量早翻过了坝顶，将会导致大坝泄洪闸门不能启闭（洪水翻过闸顶后，闸门启闭条件不满足启闭要求，会发生闸门支角不能正常运行的情况），沙坪电站就会发生灭顶之灾。我将带着泥水的记录资料交给事故调查组，受到事故调查组组长、县革委会副主任孙斌的肯定，认为我的做法是对的，是有贡献的。党和人民没有忘记我，当年我被评为县劳动模范，还加了一级工资。

1992年因工作调动我离开了沙坪，调到官庄水库工作。1998年后，又调到设计室和水利局工作，负责全区水库除险加固工程管理。2012年进行大米山水库除险加固工程时，我途经沙坪水库上游河道，看见有人在河道内施工。经了解，是当地引进的项目，拟利用河道兴建鱼塘，从事休闲娱乐，河水拟从废弃的山垭隧洞排洪。

我到实地进一步了解，发现兴建有三个堰塘，库容约15万方。堰堤用河道内沙土筑成，迎水面有薄薄的混凝土护坡，根本经不起洪水冲刷。按此堰堤高度，山垭隧洞过洪流量不足200立方米/秒。沙坪水库承雨面积大，每年度洪峰流量超过600立方米/秒就有多次，因此这些堰塘经不住一年的洪水冲击。

按说这不属于我的职责范围，我完全可以不管不问。但我想到自己是一名共产党员，也不愿意看到当事人蒙受损失。我告诉业主不要劳民伤财，一旦上游下大雨，堰塘必将溃堤，你的设备和现场照管人员将有被洪水冲走的风险，将有成千上万，甚至几万个流量流向沙坪水库，会造成洪水翻坝事件。

回单位后我不放心，向有关领导反映，并与沙坪电站管理单位光源公司技术科联系，要他们重视，并要求他们以正式文件报区防汛指挥部。区防汛指挥部接到报告后，副区长黄光学带队，组织人员对三个堰塘进行了强拆。没过几天，一场洪水将堤基及施工便道冲没了。当地政府领导说，感谢区里及时强拆，不然我们将成为历史的罪人。

自1981年11月到沙坪电站工作以来，我的单位不断在变，职责不断在变，职务不断在变，但我对沙坪电站的感情永远不会变。因为，我爱沙坪！

作者简介

李爱斌，男，1981 年 11 月分配到沙坪电站工作，历任电站工管股副股长、团支部书记、沙坪水电一级站副站长等职。1992 年调离沙坪，任官庄水库管理处处长、区水利局高级工程师。

我负责沙坪大坝挑流鼻坎改建施工

王帘章

沙坪水库位于宜昌县莲沱公社沙坪大队、石洞坪大队，控制承雨面积365 平方公里，蓄水 3924 万立方米，是宜昌县县管蓄水最多、技术最先进的中型水库。沙坪电站一级站是坝后式水力发电站，装机 1250 千瓦水轮发电机 4 台，总装机 5000 千瓦，加梯级开发沙坪二级电站 3200 千瓦，合计8200 千瓦，年发电量达 3414 万千瓦。为宜昌县西北偏远的乐天溪、太平溪、下堡坪、邓村等地通过 10 千伏高压电网输电，奠定了农村电气化的基础。

1984 年汛期，全县西北山区普降暴雨，7 月 26 日水库上游洪峰流量达1400 多立方米，库内蓄水已达正常水位。经宜昌县防汛抗旱指挥部研究决定，开启右侧弧形闸门宣泄洪水。当下泄流量为 624 立方米时，下泄洪水经鼻坎射流，距离发电厂房太近，致使洪水淹没发电厂房，水深达 2.8 米，站外变电站及辅助设备都泡入水中，惨不忍睹。沙坪电站遭受了自竣工以来最严重的灾难，一切陷入瘫痪状态。

灾害发生后，各级领导及上级专家赶赴现场查看、分析原因，研究解决途径。一致认为原下泄洪水槽过短，挑流角度偏大，射流落点在右岸发电厂房不安全距离内，致使事故发生。因此，原泄洪挑流鼻坎必须改建。

怎么改建？

经专家讨论决定，请武汉水利电力学院（宜昌）水工试验室模拟实物模型放水实验，取得安全挑流射距及角度数据后，再做水工结构设计。

1984 年 8 月下旬，我在宜昌东风渠总干渠搞干渠建筑物整修加固施工，住在黄花郭家冲，负责加固郭家湾渡槽。在该工地接局里电话通知，要我迅速回局，另有重要任务安排。当时我的行政职务是水利股副股长，技术职称是工程师。当月我安排好工地施工，告别工地领导——宜昌县副县长王学京回到局里。副局长冼世能告诉我，沙坪电站副站长田奠护建议，局领导决定要我负责沙坪水库大坝泄洪挑流鼻坎施工。他之所以向局领导推荐我，是因为我在鸦鹊岭公社任水利站长时，他是跟着我学习水利工程技术的，知道我的技术过硬。就这样，我于 1984 年 10 月中旬进驻了沙坪电站。

沙坪电站遭遇洪灾，我深知这次挑流鼻坎改建施工任务的紧迫性、艰巨性与重要性。为避免 1984 年 "7·26" 事故重演，领导要求，工程必须在明年 5 月 1 日前完成（5 月就进入了汛期）。施工现场经溢洪冲击，既混乱又狭窄。沙坪电站恢复供发供电，乐天溪等四乡镇广大农村才有电可用。因此，我白天到现场及沿河约三公里范围勘察，晚上在宿舍搞内业。有三项必做的工作，第一件：熟悉设计图纸及施工要求；第二件：撰写设计施工方案；第三件：编制物资、设备、砂石计划。

挑流鼻坎改建，主要结构为两部分：下部是矢高三分之一，弦长 30 米的圆弧拱，拱上是浆砌及钢筋砼溢流面板，加高加厚两边翼墙。主拱设计为三节预制构件拼装。据水工模型试验，把原挑流鼻坎接长 42.6 米溢流段，去掉原鼻坎，在新建溢流槽末端重建挑流鼻坎。

据我近几天现场查勘，感到原设计主拱预制拼接吊装施工方案不适合，其原因：一是预制场地在 2 公里外才有，且没有道路可运输预制件；二是预制钢筋砼件需一个多月养护才能达到设计强度；三是吊装现场有大坑、乱石，且狭窄，容不下吊装设备进场。鉴于客观环境的现实条件受限，我提出改变预制吊装为实地现浇实拱的施工方案，请局领导决策并重新设计主拱。经武汉水利电力学院（宜昌）与局领导审定，同意设计现浇 0.9 米厚主拱，其他结构按原图纸施工。

我们接到批复后，就加快组织施工。首先是施工队伍的落实，建筑主体是钢筋混凝土主拱和溢流槽面板，质量与设计尺寸精度要求高，由具备专业水平的福建省平潭县中楼公社建筑队施工；场地清理平整、施工运输道路、砂石备料、浆砌工程等，由本地民工担任。福建队 38 名工人，本地约 150 名民工。由于现浇主拱有 30 米宽、44 米长，拱下脚手架搭建任务重，沙坪电站从鸦鹊岭、小溪塔及乐天溪等地请来富有经验的 8 名木工师傅承担这一重任。

1984 年 11 月中旬，开始主体工程施工。首先是搭建主拱下 1320 平方米内满堂红的脚手架，由 8 名木工师傅带领 40 多个小工，日夜突击，脚手架上铺装约 1680 平方米平面模板。其后开始主拱混凝土浇筑，长 42.6 米主拱分 5 段浇筑。施工队从早上 6 点至下午 6 点，两班不停。主拱浇筑混凝土完达到一定强度后，开始拱上支墩浆砌及溢流槽面板双层钢筋安装及混凝土浇筑。经过全体施工人员的日夜奋战，终于在 1985 年 4 月初，一座质量优良、外形美丽壮观的沙坪水库溢流鼻坎在汛期到来之前建成，后经受了多次特大洪水考验。沙坪水库挑流鼻坎改建工程之所以能按要求顺利完成，是因为各级领导高度重视，特别是沙坪电站领导密切配合，每天下工地检查、协调安排，保证了工地物料需要，加快了工程进展。

我从 1984 年 10 月到工地，至 1985 年 5 月工程竣工验收，绘制竣工图纸后，就离开了沙坪。这半年多时间里，虽每天上下百多米的工地多次，施工安排、质量检验监督、测量放线等由我一人承担，但我精神十分饱满，为彻底消除水淹厂房隐患而高兴，很有成就感。1984 年度沙坪电站年终总结时，我被评为先进工作者。

作者简介

王帘章，男，中共党员。1984 年以宜昌县水利局水利股副股长身份，参加沙坪电站挑流鼻坎改建施工，时年 47 岁。

夷陵小水电的历练让我终生受用

杨行恩

1981 年 10 月，我和同学李爱斌从湖北水利学校毕业，分配到宜昌县沙坪电站工作，赶上了轰轰烈烈的水电开发。我从沙坪电站起步，参与了宜昌县一些水电工程的运行管理、工程建设、水电规划，见证了全县水电事业的蓬勃发展，结识了许多领导和同事。宜昌水电事业锻炼了我，也成就了我。

一

去沙坪电站报到，坐的是水电公司的一辆工程车，车上还有水利系统其他同事。车过莲沱八二七厂后，路况开始变差，一路尘土飞扬，下车后满身灰尘。办完报到手续，领导安排我在二级站运行值班。从此，我对水电站运行管理流程、方法、实务有了一个清晰的认识，对水利枢纽工程系统的认识也加深了，也开始了和电站各位领导和同事的结缘。大家当年的音容笑貌，至今还不时在我脑海里浮现。

我最开始在邓可义班上班，副班长是韩永刚。两位班长工作认真负责，乐意传帮带。同班同事有胡群、阚建华、罗来芳，大家和睦相处，愉快地完成每天的值班任务。当时的站领导是：站长冼世能，副站长熊仁义、周开金、田奠护；团干部有团支部书记孙丽华，副书记李爱斌；二级站运行班长还有程秀华、赵长金，检修班班长罗德国等。程秀华班长是一位和蔼可亲的大姐，非常关心我的生活，她老公谢平洋师傅也是一位心地善良的好人。同事朱白丹对文学创作的执着追求让人敬佩，除了上班，就是在寝室里埋头创作。正是这份执着，成就了他今天的文学成就。那时没有电脑，全靠手写，我还为他誊写过电影剧本。因为爱好文学，我和朱白丹私谊很好，也很敬佩同样爱好文学的冼世能站长。

有一次，冼世能站长和我在二级站办公室聊天，他在公文纸上写下周恩来同志的名言"与有肝胆人共事，从无字句处读书"。至今被我奉为处世为人的座右铭。我对冼世能的印象是：他既是一位有能力的领导，又是一位工作严谨的工程师。有官话无官腔，平实接地气。然而天妒英才，他英年早逝，实为憾事。2004年，我去过他在梅林水库的家，看望慰问他的遗孀李伟玉工程师，尽一个同事之谊。她很伤心，为不触及她内心的伤痛，我尽量和她聊些宜昌这边的事。

到电站后，我和熊仁义站长接触较多一些，他是一个实在的人，他送给我一份手写本"水电站运行规程"学习。有两点我印象深刻：一是，他是从水利工程施工转换到水电运行管理的，算是跨专业转换，转换得很成功。他也是一个乐意传授经验的人，包括我在内的很多同事都得到了他的指导；二是，熊站长告诉我，"水电站运行规程"是前任站长易行瑶编写的，一个非科班出身的基层行政干部，能写出这样的运行规程实属不易，足见其专业领悟能力，我们都很佩服他，易站长的行政处事风格也给我留下了深刻的印象。

说起这二人，让我想起新坪电站安装的事。那时易行瑶已调任新坪电站站长，熊仁义带领望开喜、许楷松、杨志学、郭云光、李爱斌和我去支援设备安装。我们来沙坪电站的时候，电站已处于运行状态，在新坪电站我见识和参与了机电安装全过程。在这里，我看到了熊仁义抢大锤，他最娴熟、最卖力，是一个实干家；看到了同事们把沙坪电装安装经验复制到新坪电站并完善提高；看到了同事发现水轮机飞轮轴制造短 10 厘米，广西柳州水轮发电机厂工程师处理飞轮轴制造错误，通过切割轴承支座来调整的方法；看到了易行瑶站长热情关心我们的生活；看到了新坪电站职工对水电事业的热爱和积极向上的敬业精神。我也第一次积累了一些安装经验。

二

1984 年春节，我在老家休假，电站发来电报，通知我去福建永春亚洲小水电培训班学习。由于年少轻狂，意气用事，我没把培训当回事，居然节后回了电站上班。回站后熊仁义站长对我讲，梅荣波局长要找我谈话，要我明天就去一级站找他。熊仁义站长批评了我，说我不珍惜机会，不把培训当回事，别人想都想不到。我自知理亏，他劝我好好接受批评。

第二天，我带着忐忑不安的心情去见梅局长。可以想象，梅局长是相当恼火的，当即批评了我一顿，告诉我，这次培训，宜昌地区只有两个指标，宜昌县争取到一个指标很不容易，却让我给废了。安排我去学习的目的，是宜昌县水电事业要充实技术人才。我当时十分懊悔和自责，有愧于局领导的一番好意，更有愧于宜昌县的水电事业，我诚恳接受批评。梅局长见我认识到错误、态度诚恳，口气放软了，安慰我说："年轻人要积极进步，以事业为重。"让我明天来一级站参加大坝施工。后来我在深圳工作的时候，听说梅局长调回老家了，我两次出差路过梅州，本想顺道去看望一下他。又想到年代久远，不知他是否还记得我，就打消了这个念头。但是对当年耽误培训这件事一直有愧于心，辜负了他的一番好意。

在大坝施工阶段，我认识了水利系统几位工程师，跟他们共事，受益良多。我先是在大坝灌浆，兼管施工水电。当时灌浆工程师是何万成，打下手的是陈维林。陈维林已经干过很长时间，有经验。我就跟着他们学习灌浆机械使用，钻孔进尺计量，钻孔分布，钻孔清洗，压力灌浆，水泥标号要求等。看了两天，知道了基本操作，就和陈维林轮班工作了。

后来我调到大坝溢洪道加长施工，在这里认识了陈有模、王帘章、黄遵伟工程师。当初溢洪道是预制拱梁吊装施工方案，后来王帘章工程师提出现浇。从现场勘测看，场地狭窄，施工道路清理困难，吊车进场及旋转吊装不容易，工期还长。而当地木材多，适合现浇，最后采用的是现浇方案。当初两边导流墙有的因为有水，需要水下浇筑砼。陈有模工程师告诉我，这种情况砼浇要采用挤压法。即从一边倒入砼，逐渐向水中推挤，不使水混入砼内来，并迅速振捣，他在现场监督施工。当拱梁浇筑砼时，两边同时浇筑，防止单边浇筑砼不对称受力压塌支撑。当溢洪道与大坝结合面浇筑时，黄遵伟工程师拿一些水泥纸袋贴在墙上，介绍这是留施工缝。现在看似简单的工艺方法，在当初都很实用，顺利地完成了大坝溢洪道加长施工任务。

再后来我调去大米山电站参加前期工程，在这里我结识了黄定成、杜支焱、陈德清工程师，文汇柏站长、邹家新副局长以及张学兵、赵华、张大明等同事。我跟黄定成、杜支焱工程师搞地形图测绘、渠道段面翻测、放样和工程量计算，渠道马道开挖，巩固了经纬仪、水准仪和小平板等仪器用法的知识。黄工、杜工他们都是踏踏实实干活的人，白天和我们一道在现场干活，晚上回来完成内业。

施工之余，看的是青山绿水，袅袅炊烟，吃的是农家饭菜，喝的是天然溪水。远听鸟语，近看花香，放飞的是美好心情。

三

1985年我调到县水电公司工作，当时，水电公司与沙坪电站是两个单位，同属于县水利局二级单位。在这里我接触到了很多新工作，认识了新领导和新同事。时任水电公司经理的易仁贵正备考武汉水院，那时他已是三十五六的人了，是进修年龄的最后一班车了。为了备考，他每天刷数学、物理习题，不懂就问，我真佩服他锲而不舍的学习精神。功夫不负有心人，当年他成功地到武汉水院进修了。

在水电公司，我跟邹正明、朱应明、吴西陵、严华绪、冯德全、刘运洋、祁宇东、宋爱民共事，先后干过樟村坪镇变电站设备安装、线路架设，樟村坪电站、官庄水库电站设备维修，雾渡河电站灾后维修，樟村坪、分乡线路架设，大老岭水电站施工等。每一项工作都是一次历练，是一次工作经验的积累，既苦在其中，亦乐在其中。

我调入水电公司后不久，就和祁宇东一起抽调到水利局参加黄柏河流域西支、太平溪流域水电规划勘察。先是黄柏河流域，冼世能局长带队，谢玉鸣股长，何万成、江永富工程师，祁宇东和我参加。我和祁宇东最初就是个拿工具跑腿的，但跟着他们长见识了，大有收获。

规划勘察是一个辛苦活儿。翻山越岭，蹚水过河。一路从樟村坪林场走到两河口，用了几天时间。中间要踏勘地形地貌和选择坝址，对着地形图查找等高线和复测标高，饿了就在沿路村庄找饭馆吃饭，晚了就在当地找地方住。记得有一次住坦荡河乡，到乡政府已经很晚了，其他人都走了，只有乡长在。坦荡河乡政府有几间破旧的土屋，当晚乡长亲自给我们做饭，我记得有一大盘蒸鸡蛋。我们住在乡政府工作人员房间里，洗漱就在河里，也算方便。第二天一大早吃了乡长做的早饭，道声谢又匆匆上路了。随后住雾渡河，条件相对较好一些。有招待所、食堂，镇领导出面接待了我们，自然是冼世能副局长出面对接。后在太平溪流域勘察，由何万成带队，江永富、祁宇东和我参加。有一次，在一个村长家吃饭，那天算是有口福，村长在河边抓了两只甲鱼，用甲鱼、腊肉炖香菌给我们吃了。有一天到下堡坪乡，也是吃住在乡政府。乡长接待了我们，他希望我们开发水电资源，带领当地脱贫致富。

勘察回来就是内业。需要绘制各流域纵向及大坝形象剖面图，坝高、装机容量估算表等。这个工作主要由冼世能和江永富完成。雾渡河电站断面处径流皮尔逊Ⅲ型曲线由李伟玉工程师完成，这也是一个枯燥的活儿，要查找、插补70年以上水文数据和排序。记得有一次，李伟玉把绘制好的曲线图拿给农电股杨洪兰股长审查，我也在场，加深了我对曲线图绘制的印象。不久，两部水电规划勘察报告出来了，我在其中做了一些协助性的工作。

接着，我继续借调农电股，在杨洪兰股长领导下主持编写《宜昌县农村电气化规划计划任务书》。当时借鉴的资料是福建永春县等电气化县已编资料。这个工作也是冼世能布置的，目的是希望宜昌县入选第二批全国一百个电气化县，争取获得水利部支持。其中，前不久完成的黄柏河西支流域、太平溪流域等规划成果和其他流域规划成果悉数被采用。宜昌县工农业生产生活用电高峰负荷统计和用电缺口估算由我编制，为此我还去县化肥厂、铁合金厂等用电大户实地调查，编制了宜昌县中长期电力供需增长平衡曲线，规划各水电站、变电站布点、线路走向，与国家电网联结点及电力电量平衡入口，电力系统潮流计算等。历时半年编写完成，获宜昌县科学技术进步三等奖。当然这个奖不是我个人的，是水利局组织编写的，是集体成果。

沙坪流域大米山电站竣工后，水利局水电学会组织召开了一场学术讨论会，冼世能局长动员我就电气化规划方面写一篇论文，我应命写了一篇《关于宜昌县农村电气化规划中的电力负荷预测及电力电量平衡》。这篇论文后来推荐给地区水电学会、省水电学会，并连连获奖。在这篇论文中，我提出应用计算机监测各级电网电力电量的构想，借以解决人为统计数据不准确，使用计算机调整负荷等问题。当时也仅仅只是一个设想，对其监控系统及其软件开发仅仅停留在模糊的设想阶段。现在市面上应用的各级电力监视系统具备电流、电压、负荷、功率因素、电量监视、统计、故障检测、报警、远程、组网等功能，与我当初的构想不谋而合。现在看来，我当时的设想，算是比较超前的。

结语

1987 年 7 月，我离开了工作五年半的宜昌，调回武穴水利系统。在武穴，我几乎把在宜昌的工作经验重新复制了一遍。庆幸有当年在沙坪电站和宜昌县水电系统的历练，使我现在工作起来得心应手，得到单位领导的好评。我参加了彭河水电站 4×1000kW 运行管理，新建马口电排站 3×800kW 水泵机组及变电站安装，泵站运行管理，武穴开关厂高低压成套电气设备制造，武穴市田镇果园场二十多平方公里地形图测绘，武穴电排站 5×2000kW 泵站流域规划和初步设计等。有当年宜昌工作经验的支撑，所做的每项工作都完成较好。2000 年，我南下深圳，过往的工作经验使我求职相对容易，每到一个公司或项目都能独当一面。感谢沙坪，感谢宜昌，当初的工作时间虽短，却让我打下了坚实的成长基础。

时光荏苒，弹指一挥间。沙坪过往，永驻心田。

作者简介

杨行恩，男，1981 年毕业于湖北省水利学校，分配沙坪电站工作，时年 20 岁。后调入宜昌县水电公司、县水利局工作，1987 年调回家乡武穴市。

大坝上的坚守

陈维林

一

我是宜昌县小溪塔公社梅子垭大队人，第一学历是宜昌地区水电学校。学水电专业的我，在上学时就听说了沙坪电站，自己也没想到，我的人生、青春会与沙坪电站有交集。

1982年8月，那时的大学生、中专生，国家还包分配，我和卢益祥、张大明、赵华等6名同学被分配到沙坪电站工作。当时，沙坪水电工程指挥部与沙坪电站并存。我最开始跟着何万成工程师从事帷幕灌浆，跟班作业。1983年10月，何工带着部分灌浆队员参加大米山电站大坝地质勘探，我接手负责沙坪大坝帷幕灌浆。1985年8月，我参加成人高考，被录取到水利部丹江水利工程职工大学水利工程管理专业，学习了三年。1989年9月毕业回站，在沙坪总站办公室工作。1991年抽调到县水利局参加农村初级电气化规划，结束后就一直在沙坪电站从事工程管理，直到2011年。

为了做好防汛预报，准确、及时地提供水情数据，确保大坝安全防汛度汛，水利部门在乐天溪上游设了4个水文站。主站设在沙坪大坝左岸山上，其他3个分站设在邓村、古城坪、粟子坪。当时通信条件、交通条件落后，古城坪到沙坪大坝相距也才18公里，放到今天，开车送信也比当年发电报快捷。上游古城坪若是下雨了，聘请的雨量站测量人员要先用量杯量降雨量，记录数据，再编电报码，跑步到邓村乡古城坪办事处，通过手摇电话，报到邓村乡水利站。邓村乡水利站再到乡邮电所发电报到乐天溪镇邮电所，乐天溪镇邮电所再通过手摇电话告知沙坪水库值班人员。由于转接太烦琐、时间太长，有时还未接到上游电报，洪水就已经入库了。沙坪水库更是要将时间、站名雨量、水位流量，特别是涨大洪水时的水位、流量等情况，编码后通过手摇电话，打到乐天溪镇邮局，通过邮局再发电报，报给上级防汛部门。

为确保安全，水库排好了班，保证24小时有人值守，通过望远镜24小时盯住水位标尺、观测水位变化，来反推入库洪水，不敢有丝毫懈怠。但凡汛期，特别是雨天，我没睡过一个完整觉，做梦都会梦见水位警报报警。每当下雨时，我不论是否当班，都会到值班室与值班人员一起值守。不论是否下雨，我都要到大坝上走一走、看一看，生怕出现闪失，给国家和下游人民生命财产带来损失。那个时期的水利人，就是在这样艰苦的条件下从事防汛工作的。现在方便多了，在电脑、手机上就能查看水情、雨情。

1998年夏天，长江流域暴发特大洪水，当时三峡大坝尚未竣工，上中游的水库蓄水能力相对有限，削减来水量的空间不大。8月16日17时第6次特大洪峰即将进入长江三峡段。此时，乐天溪流域也因长时间降雨，发生了长时间全流域大洪水。久雨必有干旱，如预腾库容过多，后期涨不到防汛限制水位，将影响水库发电兴利；如预腾库容过少，长江特大洪峰未过，沙坪又要泄洪，起不到错峰作用。当时，我"压力山大"。"九八抗洪"震撼人心，长期战斗在防洪一线的我，对洪水有一个基本研判，在请示区防汛指挥部同意后，我决定提前泄洪预腾库容，在长江洪峰经过三峡西陵峡段时停止泄洪，紧锁滚滚洪流，减少了400个流量进入长江，发挥了沙坪水库错峰调节作用，为"九八抗洪"贡献了一份力量。

二

2007年7月7日10时,正在沙坪1号渡槽抢险的总站站长雷仕梅接到"大网停电了"的报告。前一天,乐天溪强降雨已将电站尾水渠道冲毁,正在组织人员抢修。电站不能发电,大坝启闭机主电源不能工作。接到报告后,局势一下子紧张了起来。"屋漏偏遇连阴雨",坝址处电闪雷鸣、狂风大作,突降沱子雨。"沙坪水库是乐天溪流域的中型水库,坝高70.5米,是顶在下游群众头顶的'大水缸',绝不能有任何闪失。"雷仕梅一边向上级报告,一边安排人员启动备用电源。

厂房陈万华报告,龙卷风将暴风雨吹到发电机组上,启动机组发电,绝缘损坏可能造成更大损失。我向雷仕梅报告,刚才的大暴雨引起的泥石流将电缆冲断,柴油发电机组不能发电,大网1万伏供电线路多处倒杆断线,早上就没有电了。即是说,泄洪所有电源停摆了。她来不及细想,转身奔向大坝。放眼望去,瓢泼大雨笼罩着沙坪水库。坝面的积水淹到了她的膝关节,大风把雨衣吹得鼓鼓的,她只能艰难地向坝中间启闭台移去。当时水位虽然没有到正常蓄水位,但洪水来势凶猛,她与自觉到坝顶的杨春林、刘建平等人立即手动操作卷扬机。与渠道抢险赶来的20多人,两人一组,每组摇50圈轮换,每个人都累得满头大汗。15分钟后才将52吨重的巨大弧形闸门缓缓提起一丝缝隙,洪水沿挑流鼻坎奔涌而出。同时,公司总经理助理刘铭调度倒闸操作,将第四套备用电源——水库上游大米山电站电源通过35千伏线路送到了坝顶,顺利开启了三扇弧形闸门,将泄流量加大了300立方米/秒。看到正常泄洪了,雷仕梅还感到有些后怕。如果没有完善的汛前预案,如果处置不果断、及时,洪水就有可能漫坝,后果不堪设想。

三

进入 21 世纪后，沙坪水库采用水位、雨量自记系统，配备了计算机，能上网实时查看上游气象、水文雨量数据，工作条件有了较大改善，我每日每时非常关注沙坪周边水雨情。

2007 年 7 月 26 日，我在防汛值班室查看气象局雨量信息时，突然发现水库周边的太平溪镇韩家湾 1 小时降雨量已达 185 毫米，我第一时间向区防办和乐天溪镇、水电公司防办进行了汇报。区防办罗奇问我是在哪里得到的消息，他怎么没看到。我告诉他，是在气象局网站上看到的，并请示按防汛预案泄洪。当晚乐天溪镇委书记田红实地查看，看到沙坪水库泄洪流量少于入库流量 300 多个，水位在泄洪的情况下仍在上涨时，充分肯定了沙坪水库调峰错峰作用巨大，并赞扬我们比其他单位通报汛情至少提前了 5 分钟。当年，由于我防汛工作做得好，被公司授予特殊贡献奖，被评为区劳动模范。

2010 年 7 月 16 日，我在浏览宜昌水文信息网时，注意到雾渡河站降雨量突增到 180 毫米，这是一次罕见汛情。虽不属于我的职责范围，但想到自己是一名老水利人，我迅速向水电公司、区防办汇报，同时打电话告知晓峰水电公司经理陈勇。当时陈勇询问流量有多大时，我说比前两年"7·19"晓峰河受灾时的水量更大、洪峰更猛，建议易家坝、新坪厂房做好防洪措施。陈勇在通知电站时也给宜巴高速标段打了电话。那次宜巴高速因洪灾损失严重，但下游标段由于得到预警，无人员伤亡。

沙坪电站是我工作了三十多年的地方，在大山深处，巡坝、巡库、检查闸门、维修卷扬机，观测水位、雨量，从事水库调度，岁月流逝，青春不再，我无怨无悔。水文数字码、手摇电话机、插拔式交换机以及洪水在我们的调度下奔流而下的声音，永远铭刻在我的记忆深处。回首往事，我对沙坪电站有着一种特殊的情怀，我为之骄傲、自豪。这段经历，是我人生中最珍贵的财富。

作者简介

陈维林，1982 年 8 月从宜昌地区水电学校毕业，分配到沙坪电站工作，时年 18 岁。历任沙坪水电一级站和沙坪总站办公室主任、工管股长等职。2011 年 7 月转入区供电公司工作。

多彩生活

"红星照我去战斗"

牟君莲

一

我是莲沱公社瓦窑坪管理区人，父母都是教师，父亲曾任乐天溪中小学校长。莲沱是革命老区，著名的"九四暴动"就发生在莲沱及周边乡镇。上学时，学校经常组织我们为革命烈士扫墓，还组织我们到乐天溪、邓村、下堡坪三地交界的郑家洞拉练，缅怀革命先烈。作为生在红旗下、长在红旗下的青少年，我每次都积极参加。

据《杨继平等革命烈士纪念碑记》，我知晓了"九四暴动"的大致情况：

1927 年，蒋介石匪帮背叛国民革命，制造惨绝人寰的白色恐怖。值此，贺龙、周逸群同志的部下李殿卿和郑炽昌奉鄂西特委的指示赴西陵峡内的莲沱、下堡坪、邓村、太平溪等地建立革命据点，发展杨继平、赵德昌、万成安、朴光全、曹光年、周学祥等一百多名共产党员，并于第二年秋成立中共莲沱区委员会，由杨继平任书记。该区委积极组织和训练赤卫队，继 1929 年年关斗争胜利后，又于这年秋举行威震峡江的"九四暴动"，打垮了地主武装团匪，处决土豪，开仓济贫，后因国民党匪军疯狂镇压和内奸破坏，参加暴动的党员和赤卫队员三百六十余人全部壮烈牺牲。起义失败了，革命烈士的精神却光耀千秋。

1977年3月，为促进全县工农业发展，县委、县革委会决定在革命老区乐天溪流域的沙坪兴建一座装机容量8200千瓦的小型水力发电站，得到了三三〇工程局大力支持。兴建此站，对改变宜昌县老区面貌，为三三〇工程施工提供电源，实现毛主席"高峡出平湖"的宏伟遗愿，都具有重要作用。经水电部同意，由宜昌县革委会负责，三三〇工程局支持，水电部安排解决机电设备，一座雄伟壮观的沙坪大坝正在一天天长高。

我没想到，我的人生履历，会与沙坪电站连在一起。

1979年7月，我从莲沱高中毕业。这年夏天，县水利局、劳动局组织沙坪电站招工考试。我通过了文化考试并体检合格，成为沙坪电站的一员，得以走进沙坪这片革命沃土。去电站报到前，父亲语重心长地对我说："一定不要忘记无数革命先烈，是他们抛头颅、洒热血，才换来今天的幸福生活。要珍惜当下，安心工作，奉献才智。"正是有了父亲的殷殷嘱托，我自参加工作起，一直到退休止，都在沙坪电站工作，奉献了自己的青春年华。

1979年12月，我到沙坪电站二级站报到，领导安排我从事发电运行工作。作为土生土长的乐天溪人，这里我十分熟悉，杨继平烈士墓就在旁边的山坡上，学校组织扫墓活动，就是在二级站旁的河滩举行。二级站对面不远，是共青团莲沱区委书记杨定友牺牲的地方——总溪方。

当年的赤卫队员介绍：

1929年10月的一天，总溪方高家屋场围了一大群人，共青团北乡（莲沱）区委书记杨定友被五花大绑在一棵柚子树上。莲沱团防头目望洲伯挂着文明棍来到现场，假惺惺地吩咐手下："松绑！快松绑，怎么能这样对待乡亲呢！"

杨定友道："望洲伯，老子落到你手里就没想活！别黄鼠狼给鸡拜年，要杀要剐随你便！"

望洲伯规劝道："美不美乡中水，亲不亲故乡人。好歹我们都是北乡长大的，你才二十多岁，茅草尖才出土，就不怕死吗？"

杨定友道："怕死我就不是共产党员！"

望洲伯道："你想过父母没有？你造反，可是死罪，你父母跟着受牵连，你不在了谁来照顾二老？我向你保证，只要你交出共产党员和赤卫队员名单，我保你不死，保你升官发财，享受荣华富贵。"

杨定友道："别做梦了！要杀要剐给老子痛快点！老子要是眨一下眼就不是娘养的！"

望洲伯咬牙切齿地道："好！敬酒你不吃，偏要吃罚酒。老子要让你晓得锅儿是铁打的！来人！"

团丁们齐声答道："在！"

望洲伯恶狠狠地说："上刑！"

一个团丁拿起皮鞭，狠狠地朝杨定友身上抽去，杨定友咬紧牙关一声不吭。几十鞭后，杨定友皮开肉绽，耷下了头。

"停！"望洲伯用文明棍抵住杨定友的头，"最后问你一遍，说不说？"

杨定友抬起头，怒目而视道："想从你爷爷我口中得到名单，等下辈子吧！"

望洲伯大声喊道："上'火背篓'！"

团丁们弄来早已燃烧好的木炭，放进洋铁桶中，是为"火背篓"。团丁们将"火背篓"绑在杨定友背上，一股肉体烧焦的煳臭味顿时弥漫开来，他背部油烟直冒。

望洲伯捂住鼻子，问："说不说？"

"呸！"杨定友一口唾沫吐在望洲伯脸上，骂道，"你们这帮畜生！老子选择了革命，就没想过苟且偷生！"

望洲伯气急败坏，命令道："点天灯！"

团丁们架住杨定友，用凿子凿开他的头盖骨，倒入桐油，插引、点火。杨定友努力地想保持站姿，但在天灯和火背篓的多重折磨下，倒地身亡。

敌人的残暴，让少先队员们一个个义愤填膺。

…………

二

跟我在学校读书时一样，我在电站工作期间，站团支部也在清明节这天组织给革命烈士扫墓活动。作为青年团员，我也积极参加。1981年下半年，根据工作需要，我调到沙坪一级站工作。这里正是莲沱区委书记杨继平英勇牺牲的地方。

杨继平领导的"九四暴动"，打土豪、分田地，开仓放粮，人民群众欢欣鼓舞。国民党宜昌县党部和驻军却恨得咬牙切齿，闻讯后，调一个营到乐天溪与地方团防联合"清乡"，革命形势陡然吃紧。杨继平率领第一路赤卫队，朴光全同志率领第二路赤卫队取得了胜利，赵德昌同志率领第三路赤卫队去攻打九山，途经孙家河时遭到了团防埋伏，朴光全同志闻讯后率队增援才击退团防。没过几天，土豪劣绅联合国民党部队向赤卫队发起反攻，敌强我弱，队伍被打散了。

莲沱团防头目望洲伯在"清乡"中，实施了两大毒计：一是疑兵计。1929年10月10日夜，望洲伯安排手下在乐天溪杜家咀柳树林码头，用五条挂了罩子灯的木船从杜家咀划到三斗坪黄陵庙，全程熄灯。到黄陵庙后，再亮灯划回来。来来往往划了一夜，假装接兴山下来的国军，让赤卫队误认为国民党大部队到了，把赤卫队逼退；二是实施连坐法。望洲伯安排手下在集镇、码头、村庄张贴布告：凡是窝藏赤卫队、传递信息、资助赤卫队的，一经发现，全家老小格杀勿论。

莲沱区委书记杨继平带领赤卫队员被迫撤到乐天溪云雾山中，由于缺衣少食，许多同志都病倒了，国民党和地方团防封锁了所有路口，形势越来越危急。杨继平把赤卫队员叫拢来，说道："同志们，目前的形势非常严峻，几十人聚在一起目标太大，区委决定将队伍化整为零，分头突围。

如果谁被抓了，希望大家一定要保守党的秘密，绝不叛党！"

赤卫队员大声说道："请党组织放心，绝不叛党！"

"如有逃出去的同志，要想办法去找县委，汇报莲沱暴动情况，为革命烈士报仇！大家听清楚了吗？"

"听清楚了！"

"行动！"

大家三三两两地朝不同方向散去。

乐天溪云雾山是长江北岸最高的山，山高林密，茅草丛生。为防止落入敌手，杨继平和几个赤卫队员不敢走大路，专挑茂密的树林穿行。夜色已晚，他们躲进了一个小山洞，还是被持续搜山的团丁们发现了，洞中的赤卫队员悉数被抓，被关到沙坪天井屋。

次日，在沙坪天井屋马俊卿商铺前的场地上，望洲伯让人搬来一条长凳，假惺惺地要杨继平坐下，想策反杨继平。杨继平也不客气，一屁股坐到凳子上。

望洲伯吩咐道："给杨兄装烟倒茶。"

杨继平平静地说："烟就免了，茶水本人离不得，就是死，水还是要喝的。"

望洲伯挨着杨继平坐下，规劝道："杨兄，你有文化，家里又富足，我不明白，你放着好好的日子不过，为什么要造反？"

杨继平道："为什么造反？我不是为自己造反！凭什么就该地主享福，老百姓受苦？我们就是要推翻这剥削人、不平等的社会！"

望洲伯说："历朝历代不都是这样，你们共产党有这个能力扭转吗？"

杨继平道："有，总有一天我们会胜利，让全体人民共同富裕！"

望洲伯站起来说道："我不跟你争了，你只要交出莲沱共产党员、赤卫队员名单，解散队伍，洗心革面，写下悔过书，以前的恩怨就一笔勾销。我保你不死，并且这些跟着你的人也一并放了。"

杨继平也站起来，正色道："我生是共产党的人，死是共产党的鬼，我选择了革命，就没想过苟且偷生！"

望洲伯怒道："你不要猪脑壳煮熟了，牙巴骨是硬的，你就不为你的手下想想？！"

杨继平道："我手下没有软蛋，是软蛋的就不是我的手下！你有什么毒招就使出来吧！要杀要剐请便！"

望洲伯气急败坏，大声喊道："给老子把'共匪'头子绑起来！"在场的地主乡绅跟着说："不跟他啰唆了，绑起来！"

手下立即用绳子把杨继平捆绑得结结实实。

望洲伯问在场的地主乡绅道："我已给这帮穷小子机会了，一个个不听劝！我看他们是不见棺材不落泪！大家说怎么办？"在场的地主乡绅都被赤卫队分过粮、分过田，异口同声地说："砍了！"

沙坪店铺掌柜马俊清家的粮食、土地也被赤卫队分了，对共产党怀恨在心，咬牙切齿地说道："都杀了！杀一个我赏两吊钱！"

望洲伯命令道："把他们拉到柳树沟砍了！"

手下们一拥而上，把杨继平和六十多名赤卫队员押到沙坪河滩柳树沟大石板上，抡刀砍死。刽子手望作卿一口气砍了十八个，杀红了眼，问掌柜马俊清道："还有没有赏钱？"

马俊清道："有！"

望作卿又抡刀挥砍，沙坪被杀的 60 多个赤卫队员，死在望作卿刀下的最多。

60 多名烈士的鲜血，染红了大石板，沁入大石板。

望洲伯大声命令："开膛破肚！把'共匪'杨继平的心肝肚肺扒回去炒了下酒！割下脑壳，游街示众！"

多日后，杨继平的尸体被革命群众埋在杨家祠堂附近的山坡上，现乐天溪开关站院内。

三

光阴荏苒，岁月如梭。多年后，电站年轻人一个个结婚生子，我也不例外。我的孩子，电站第二代也长大成人，结婚生子。英烈是一个国家、一个民族的脊梁，缅怀烈士是为了铭记历史、崇敬英雄，更是为了传承精神、赓续血脉。为了让革命薪火代代相传，我带领儿孙来到沙坪等地，追寻先烈足迹，培养爱国之情，砥砺强国之志，实践报国之行。现今，在以习近平同志为核心的党中央坚强领导下，烈士的家乡旧貌换新颜，百姓生活富足，进入全面小康。

我们正沉醉在青山绿水间，一首耳熟能详的《红星照我去战斗》电影《闪闪的红星》主题歌）从农户家传来：

小小竹排江中游
巍巍青山两岸走
雄鹰展翅飞
哪怕风雨骤
革命重担挑肩上
党的教导记心头

小小竹排江中游
滔滔江水向东流
红星闪闪亮
照我去战斗
革命代代如潮涌
前赴后继跟党走
砸碎万恶的旧世界
万里江山披锦绣

歌唱家李双江满含深情地演绎出了这首歌曲的激情和力量，让我，让我们全家，让每一个中国人深受感动。

作者简介

牟君莲，女，1979年12月招工到沙坪电站工作，时年17岁。历任沙坪电站值班员、副班长等职。

我任队长的女子篮球队勇夺全县冠军

胡 群

1979 年 7 月，我高中毕业，结束了九年半的学生生活（小学 5 年半、初中 2 年、高中 2 年），就像笼中的小鸟得到了自由。有一天，公社管知识青年的肖主任告诉我："小胡，沙坪电站要招工，你们毕业的几个学生赶快报名，抓紧复习，过几天就要考试了。"我心想，刚毕业还复习什么？我根本就没把复习当回事，直到考试前也没翻一下书。记得沙坪电站招工考试是在莲沱小学两个教室考的，有 90 多人参加考试，最后只录取了 30 多人，我成了其中的幸运者。

体检合格后，县劳动局通知，12 月 15 日前到沙坪二级站报到。由于我姐姐结婚，我要送妈妈去宜昌参加婚礼，12 月 18 日，我才和同学吴西陵一起，搭莲沱区公所搬迁幺棚子的货车去报到。我们坐在没有篷子的车厢里，公路坑坑洼洼，一路上摇摇晃晃，总算到了沙坪二级站。报到后，管后勤的周开金副站长发给我两合铺板、两条凳子，就到三楼门上写有名字的房间，把床铺好了。我和吴春庐、林静芬三个人住一间，三张床一放，空间所剩无几。但在新的环境里，过集体生活，我还是有点激动和好奇的。

接下来开始了三个月的理论学习、考试。通过对各个设备位置、各种设备参数的了解和熟悉操作，我慢慢地成了一名合格的运行值班人员。刚开始上班，我分在赵长金班长的班里，我们新来的几个班员加上原来老班

241

员，组成了一个小集体。上班除了学习实际操作技能外，还聊天讲笑话，下夜班后一起去食堂吃夜宵，整天快快乐乐，觉得有使不完的劲儿，说不完的话。那时我们都才 17 岁左右，风华正茂，对未来充满憧憬。

1980 年沙坪一级站已开始安装，即将运行，电站调了一部分人员上去，二级站一个班 6 ~ 7 个人员，基本能保证正常运转。4 台机组，水机房 4 人，中控室 2 人，1 人轮休。印象最深的还是冬季限负荷，晚上机组一停，溪水急退，一些鱼虾就搁浅了，我们赶忙跑去捡鱼。捡上一大碗，不仅可以美餐一顿，还很享受捡鱼的过程，让人兴奋不已。离开电站多年后，我还梦到过捡鱼。

由于那个年代条件有限，物质文化生活匮乏，刚去的时候，站里只有一张乒乓球桌，职工们休息就轮流上台打一局，直打到汗流浃背。记得在四楼，我和曾云双打，打下去一对又一对男同事，他们打不赢我俩。那时是 21 分制，感觉特别有趣。

我从小就是一个文体爱好者，非常喜欢运动，每天的球赛必定少不了我。后来站里建了一个篮球场、一个电视室。有了篮球场，每天晚上不是全场赛，就是半场赛，球场上从未断人。电站远离城市，生活单调，青年人多，局领导考虑很周全，每两年举办一次全系统篮球、乒乓球运动会，在沙坪二级站、一级站各举行了几届。每次乒乓球比赛，我没掉过一次，都赢得了冠军。

阵容最大的还是篮球比赛，水利系统官庄水库、王家坝水库、水土保持办公室、水电专业公司、水利工程队、沙坪一级站、沙坪二级站、大米山电站、猴儿窝电站等单位都组队参赛，各单位健儿各显神通，既锻炼身体，丰富职工业余文化生活，也为参加全县职工球赛、选拔运动员打下了良好基础。第一届运动会组织了女子篮球队，后几届由于人员缺乏，只有男队，领导安排我当记录员，在主席台做记录，报犯规记录和队员得分情况。

县水利系统男子、女子篮球队，在县里比赛中，都多次获得过冠军、亚军。我还代表宜昌市水利系统，参加过全省水利系统乒乓球团体赛，代表县里参加过大宜昌市的篮球赛，这是我一生的荣幸。

记得 1986 年参加宜昌县第二届职工篮球赛时，我们水利系统女子队是第一次参赛，运动员有我和浦明秀、李红、曾云、易卫红、望开芹、宋远娥等人，教练是邹局长、魏世楷，领队是周金根。我们住在水利局招待所，食堂张国兰大姐和蔼可亲，热情周到，每天做可口的饭菜，为我们提供了无微不至的服务。

局领导如此重视，全局干部职工这么热情，我们女子篮球队更要争气，一路过五关斩六将，打入决赛，与烟厂女队争夺冠军。决赛在县体育馆灯光球场举行，两边一排排水泥长条凳子上坐满了观众，呐喊助威声不绝于耳。与烟厂女队相比，无论是体力，还是整体素质，水利队略差一些。我们想的是，打赢了是冠军，打输了也是亚军，不丢人。因此我们没有包袱，轻装上阵。当然，我们内心里还是渴望拿冠军的，局领导和全局干部职工也是希望我们拿冠军的，只是没表露出来，怕增加我们的压力。正是因为有良好的心态，我们打得顽强，发挥出了超常水平。

比赛中，有一位队员发烧，一个队员脚崴了，三个人换一位置，剩余四个人全场拼搏。作为队长的我，中途腿抽筋，已走不动了，请求换人。当时邹家新副局长坐镇指挥，他说不能换，你是主力队员，你一下来，军心就散了。你在场上不快跑，偷偷休息一下，熬过这一会儿就好了。领导说得很有道理，我只有咬牙坚持。在下半场比赛中，对方远距离投篮进了一个球，我也回敬了一个，比分交替上升，形势万分紧张，观众们把心都提到了嗓子眼。当然，两队旗鼓相当，比赛十分精彩。到结束时，我们以一分之差险胜！虽然赢得艰苦，只多一分，但终究还是赢了，现场掌声雷动，观众、运动员都很激动，水利局有一个职工点响事先准备好的一挂鞭炮，庆贺胜利。而烟厂运动员和观众懊悔万分，听调到烟厂的沙坪电站同事说，运动员们气得吃不下饭，泪流满面。那次运动会，我还获得了女子乒乓球单打亚军，双喜临门。

比赛结束，回到水利局招待所，局领导和水利系统干部职工把我们当成凯旋的英雄，热情为我们服务。记得冼局长爱人李伟玉亲自为我提来热水，当时招待所条件差，没有淋浴；有的职工为我们打开水，都沉浸在胜利的喜悦之中。局里专门安排全体运动员第二天到宜昌市游玩了一天，还专门召开总结大会，表彰运动员。梅荣波局长在会上激动地说："我在赛前以为大家打不过烟厂，没想到你们凭着顽强的意志和拼搏精神战胜了她们，为我们水利系统争得了荣誉！祝贺你们！"

1987 年，水利系统还获得过全县女子乒乓球团体亚军，男子篮球队在 1987 年、1988 年连获几届冠军。女子篮球队在 1988 年又获得亚军，这些成绩都是局领导关怀、重视的结果，还特批水电公司专门招了几名拥有体育特长的职工。

1992 年，因工作调动，我离开了沙坪电站，心中却依依不舍。我在沙坪电站虽然只工作了 13 年，但我奉献了最好的青春年华，在各级领导的关心支持下，我在篮球、乒乓球比赛中获得了好成绩，成就感油然而生！沙坪电站是全县优秀儿女艰苦奋斗建设起来的英雄电站，我为曾是她的一分子而感到骄傲、自豪！

作者简介

胡群，女，1979 年 12 月招工到沙坪电站工作，时年 17 岁。曾任沙坪电站值班员、运行班长等职，后转入国网夷陵公司工作。

我在沙坪"扣好人生第一颗扣子"

赵春华

1979 年 12 月，经考试合格，我被招到沙坪电站工作，开启了我从业的第一站，在这里度过了难忘的七百多天。时间虽短，但收获颇丰，奠定了我后来成长的基石，留下了终生难忘的成长记忆。

发电运行在当时是技术含量较高的工种，没有一定的专业素养难以胜任，岗前培训就显得特别重要。报到后，我们接受了为期三个月的业务培训，内容涉及电工学、机械原理、可控硅电子元件，一次二次控制电路图、水轮机工作原理等，由熊仁义、许国璋、望开喜、田汉文、王邦仁、陈光华等师傅主讲，每周一考，大家学习热情高涨。此次培训，我较好地掌握了电站运行的基础理论，并以优秀的成绩结业。

在开始学习时，由于我物理基础较好，所以上课常开小差，多次受到老师批评。遵守培训纪律，认真听讲，既是对老师的尊重，也能提高个人从业的看家本领。正是这些善意的批评，帮我"扣好人生第一颗扣子"，树立了正确的世界观、人生观、价值观。从此，我虚心学习，比较全面地掌握了一个运行工所必备的基本素质。现在回想起来倍感惭愧，但更多的是发自内心的感激。没有当初的批评，就没有我后来的成长。

培训完后，我被分到二级站运行二班，正式开启电站运行工之旅。二班班长是王邦仁，副班长是邓可义，同班有望开芹、浦明兰、朱白丹、曾云、张世菊、朱应菊、林静芬等同事。在二级站运行期间，我最喜欢的操作就是看着周波表指针接近 50 赫兹时，瞬间扭动开关，"澎"的一声并网成功，满满的成就感充斥着大脑；最不喜欢的是在水机房值班，那里阴冷潮湿，噪声巨大。俗话说："男女搭配，干活不累。"那时一个班有八九个人，不像现在无人值守或少人值守，大家在一起谈天说地、切磋技术，偶尔也叙家长里短，讲奇闻逸事，几个小时一晃就过去了。

1981 年 3 月，沙坪一级站进入了安装调试阶段。为方便一级站后续的运行管理，站委会决定在二级站抽调一批人员参加一级站安装调试，以便后期运行管理，同时也从实践中培养技术队伍，我随这批人到了沙坪一级站。在配合部队安装调试三个月后，一级电站进入了试运行阶段，我留在了沙坪一级站，也是运行二班，班长是郭云光，我是副班长，班员有曾云等。

记得是 1981 年 10 月的一天，沙坪水电工程指挥部放映电影《405 谋杀案》，刚好轮到我们值中班，中班时间是下午四点到夜晚十二点，这个时间段与看电影冲突。那时文化生活匮乏，看一场电影如同吃肉喝汤。我心急如焚，去找冼世能站长请假，理由是我要看电影。

冼站长觉得我的请假理由不可思议，看了我几眼，说："看电影比工作还重要吗？"我说："我不管，我要请假。"冼站长一脸严肃地对我说："请假看电影是不可能的，但你如果能在电影放映前，解决了集水井抽水问题，我替你上班，你去看电影。"

按照职责分工，处理设备故障应该由检修班承担。当时，一级站还在试运行阶段，检修班还未组建，检修人员还未到位。集水井不能抽水，必须尽快解决。冼站长用解决集水井抽水问题作为我看电影的条件，有一箭双雕之效。如果不能排除故障，就打消了我请假看电影的念头；如果处理好了故障，不仅锻炼了技术队伍，又堵住别人的嘴。否则，今后大家上班时间都请假看电影，不乱套了吗？

我说："一言为定！"说完转身直奔厂房。经过我和同伴三个多小时的努力，终于在电影放映前解决了抽水问题。其实问题并不复杂，就是吸水管前逆止阀关闭不严，漏引水，导致无法抽水。我马上给冼站长打电话说搞好了，过了一会儿冼站长来到现场，对我说："我检查一下看是否合格，合格了你就去看电影。"他合闸试了一下，抽水机运转正常，笑着对我说："你去吧。"我如愿以偿地看了电影。后来我看电影的次数数不胜数，唯独这一次，让我终生难忘。

多年后回想起此事感触颇多：我要看电影，难道冼站长就不看电影吗？当时我太年轻，没想到这一层。冼站长看似简单的一招，让我对他高超的领导艺术佩服得五体投地。如果冼站长说话不算话，仍然不同意我去看电影，我拿他也没办法。但事实是，冼站长讲诚信，一个电站"一把手"对职工上班时间看电影的"无理"要求不仅未批评，还代替职工值班，满足职工看电影的愿望，这看似不可能的事，竟变成了事实。冼站长以他的人格魅力打动了我，打动了全站职工，把我这个不服管的人改变成了积极分子。后来我也成了单位的领导，我常想，如果我的手下在上班时间请假看电影，我一定不会同意，还会斥责他荒唐。这件事埋藏在我心里几十年，一直激励着我向冼站长看齐。

1981年底，局领导找我谈话，要调我去宜昌县太平溪水土保持试验站工作。我不太愿意去，领导说必须服从组织决定。1982年2月，我怀着万分不舍的心情，离开了我工作的第一站——沙坪电站，开启了我长达32年的水土保持生态环境建设之路。在从事水保工作期间，组织上安排我去江西水利水电专科学校脱产学习3年，取得了大专文凭和高级工程师职称，在《中国水土保持》《水土保持通报》等刊物发表论文多篇，作为全省水土保持专家，为水土保持事业发展献计献策，贡献了自己的一份力量。

这一切，得益于我在沙坪电站的锤炼。是沙坪电站领导、同事的鼓励、支持，帮我扣好了人生第一颗扣子，我才有了今天的成就。对于沙坪电站，我除了感激，还是感激！

作者简介

赵春华，男，1979 年 12 月招工到沙坪电站工作，时年 17 岁。历任运行班副班长、班长，后调任夷陵区水土保持局副局长，高级工程师。

我与沙坪电站的缘分

李传兰

我是分乡人，家住分乡集镇，属非农业户口，也称商品粮户口。我于1978年6月高中毕业，那时的政策是，非农业户口的应届毕业生要到农村锻炼，名曰"知识青年上山下乡"。到我毕业时政策松动了，家里只要有一个子女下乡了，其他子女就不用下乡。因我姐姐是下乡知识青年，我得以在家待业。

那个年代没有网络，没有电话，信息闭塞，好的是我住在集镇上，家长、同学之间有来往，但凡有招工信息，基本能第一时间知道。最主要的是，那时国家还有一个政策，即非农业户口居民，国家优先安排工作。这样，我就业的机会相对较多，有几次招工机会，因种种原因我都放弃了：一是县里招计划生育工作人员。那时计划生育是国策，抓得非常紧，不像现在鼓励生育。计划外怀孕、生育都要采取严厉措施，工作难度非常大。我倒不怕吃苦，也不怕挨骂。主要是我才高中毕业，一个女儿家，给别人宣传计划生育政策，只生一个娃好，要别人晚婚晚育，特别是避孕、引产，我怎么也开不了口，就没有去。二是银行招人。我不是怕钱多了咬手，主要是觉得和钱打交道不安全，怕出错，怕赔钱，也没有去。

1979年过完春节，有的同学在复读，有的当了兵，有的当了民办教师。我有些着急了，跟母亲说我也要去复读。母亲同意了，这样我进入了分乡高中学习。

4月，宜昌县劳动局杨干事和沙坪电站的师傅王邦仁来分乡镇招工，说是招技术工人，需要考试。我想的是，电站工作环境好，又是铁饭碗。同时，我得为家里考虑。我在家排行老二，下面还有妹妹、弟弟三个，不如早些参加工作，减轻家里负担。这样，我和几个同学一起报了名，结果我和孙丽华、吴飞、韩敬东顺利被录取。当时那个高兴劲儿别提了，终于可以上班了，可以挣钱养家了。那时，我觉得自己是世界上最幸福的人！

不久就接到了通知书，要求我们5月4日之前去沙坪电站报到。我们才十几岁，又是女孩子，都没出过远门，也不知道沙坪电站在哪儿。家长们都不放心，最后商定由孙丽华的爸爸带领我们去。我们坐"向阳"号客船逆江而上，中午11点左右到达乐天溪。

下了船，我对一切都感到很新奇，乐天溪的水好清澈。那时要过小河，经过乐天溪老集镇。一路上，我发现居民门前都种有各种花，十分鲜艳。路面都是自然生成的砂石，走在路上鞋不沾泥巴，很干净，不像我们家乡下雨全是泥。总之，乐天溪给我的印象非常好，一路上遇见的都是我喜欢的，就是感觉山高了些。后来我才知道，这里属于长江三峡西陵峡，具体点说，是西陵峡中的黄牛峡，难怪山这么雄壮。

到了沙坪二级站，站领导给我们一一做了介绍。当时的站长是易行瑶，副站长是周开金，熊仁义是工程师。我和孙丽华、吴飞、韩敬东四人被安排在一楼大房子里。虽然有些挤，但心里很开心，特别兴奋，长这么大第一次住集体宿舍，第一次过集体生活。到了晚上，我们四人引吭高歌，唱着那个时代的流行歌曲《我们的生活充满阳光》《军港之夜》《牡丹之歌》，一直唱到夜晚十一二点。直到管后勤的周站长来提醒"该关灯休息了"，我们才停下来。

刚到电站，厂房前的场子还是土路，堆放着大磙轮电缆。我们同时应招到电站的有6个人，除了我们分乡4人，还有太平溪的浦明兰，乐天溪的望开芹。我们6个人在厂房前合了影，现在翻出来看，当年的我们十分青涩，像初中生。

那时设备安装试验虽接近尾声，但为了赶进度，经常加班加点。厂房发电机高低压设备都已安装完毕，二次回路还在做试验，师傅是三三〇工程局派来的。我被分配到三三〇工程局刘建民组，帮师傅递钳子、起子。虽然只是打下手，但也学到了一些知识。从那时开始，我认识了万用表，知道了对线灯是怎么做的，哪是高压设备，哪是低压设备。

学习是永恒的主题，电站一直注重业务学习。尊师重教，是中华民族的传统美德。我们对授课的望开喜、王邦仁、杨志学等师傅十分敬重，有问题就虚心请教。面对水力发电，我们知道自己在学校学的知识远远不够，就买来《电工学》上中下册，每天做作业做笔记，师傅也毫不吝啬地把知识传授给我们。通过努力学习，我积累了不少运行方面的知识，能熟练背诵运行规程、查阅线路图。通过考试后，我被分配到运行一班，班长是老大姐程秀华。那时她已是三个孩子的母亲，但她工作学习一点都不含糊，做家务活更是一把好手，工作胆大心细。遇到打雷天，我最怕的就是线路跳闸，发电机过速，这样就要拿木头杠子来别着转轮帮忙减速，生怕转轮一下飞出去，酿成事故。每次遇到这种情况，她都镇定自若，有条不紊地命令减调速器、关蝴蝶阀。她当班，我心里就感到特别踏实。

那时的运行班是三班四倒，即上一个白班、一个中班，休息一天，晚上 12 点上夜班。趁夜班休息，我和吴飞就跟着周兆林师傅帮附近农村大队接电表、装电灯，用现在的话说就是当志愿者，开展公益活动，不计报酬。那时农村很落后，偏远农村更落后，部分农户还在点煤油灯。我们在单位没学过装电表、接电线、装电灯，当时就想多学点知识，对一切事物都很感兴趣。

记得有一次去瓦窑坪村的一个大队，大概是 9 月份的样子，天气炎热，我们翻山越岭去装灯。一路上，周兆林师傅在前面走得飞快，我们在后面累得直喘气，就问快到了没，还有多远。周兆林师傅忽悠我们，说快了，就在前面。现在想来只怕有十数里山路，好在总算到了目的地。

当地老百姓非常热情，接待我们的是生产队队长。花生、板栗是那里的出产之物，队长撮了一筲箕招待我们，就像对自家亲人一样，我觉得好亲切。装灯的主力当然是周兆林，我和吴飞只起帮手作用，拉拉线而已。通过那次帮农村装灯，我觉得周兆林师傅好了不起，不顾上班辛苦，还跑那么远的路帮老百姓做好事、做实事。我们沙坪人，个个都是好样的。这让我想到，老百姓是淳朴的，你真心对待他们，为他们办实事，他们就真心对待你。这情景让我想起革命战争年代，军民鱼水情深。

大约是1981年，由于我工作认真负责，虚心好学，被单位选派到广州华南工学院培训学习四个月，使我在运行技术上更上一层楼。后来，我成了电站一名合格的运行工，当上了副班长。我在沙坪电站工作三十余年，直至退休，没干出什么惊天动地的壮举，也没取得轰轰烈烈的业绩。但我觉得，平平淡淡才是真，简简单单才幸福。

回忆过去，我想了许多，如果那年当了计划生育干部，就成了国家公务员；如果去了银行，央企收入也很可观，待遇并不比沙坪电站差，我的人生肯定又是另一种活法。正所谓缘分天注定，有缘来相会。我在沙坪电站生活、工作、学习、成家，丈夫、亲家都是沙坪电站职工，儿子、媳妇也都在水利电力系统工作。不管什么时候，我对当初的选择都不后悔！

作者简介

李传兰，女，1979年5月招工到沙坪电站工作，时年17岁。曾被单位选派到广州华南工学院培训学习，历任运行值班员、副班长等职。

回忆沙坪电站二三事

吴　飞

1979 年春天，我正在分乡高中复习备考。有一天放学回到家中，看到一个陌生人（后来知道是王邦仁师傅）在和我爸爸、妈妈交谈，不知道他们谈了些什么。陌生人走后，爸爸、妈妈告诉我，他是沙坪水电站的，来分乡招工，让我复习一下物理、电气方面的课程，迎接考试。我自己也想早点参加工作，就报了名。我物理课程基础较好，考试成绩就比较好，当然，这是后来参加工作后，王邦仁师傅告诉我的。

没过多久，我和李传兰、孙丽华、韩敬东几个同学都被录取了，随后就去沙坪电站报到。"向阳"轮驶进长江三峡西陵峡，逆江而上，一路上，绝壁千仞，层峦叠嶂。懵懵懂懂的我们，从来没见过这么高的山。前面的路途未知，在忐忑不安中，终于到达了沙坪二级站。

报到时，易行瑶站长、程秀华师傅非常热情，把我们安排到一楼的一个宿舍里。我们都是第一次远离父母，第一次来到一个陌生的环境，非常兴奋。过了两天，站里分别安排我们跟三三〇工程局的师傅们学习电气安装。那时，全社会学习风气浓厚，我们年轻好学，学到了很多技术知识，得到了师傅们的肯定。

一开始，二级站只有两台机组运行。我们四个人被分到了各运行班，我被分在罗德国（后任二级站站长）班里。在上班的时候，每个小时要记录一次水轮发电机组运行情况。记忆最深的是巡视抽水泵，我经常上夜班在那里值守。我的责任心较强，生怕出什么事，时刻担心水坑里的水超过警戒线，现在想起来还心有余悸。

那时条件艰苦，吃饭要定量。不过，三三〇工程局的师傅们在站里安装时，生活还算可以，晚上加班还有肉丝面吃。后来，三三〇工程局的师傅们走了，生活就不如以前了。我们就想到附近农村去吃一吃农家饭，站里开展"学雷锋、做好事"活动，让我们如愿以偿。

当时附近农民没有通电，都是点煤油灯，罗德国师傅和周兆林师傅带我和李传兰翻山越岭给乐天溪农民朋友走电线、安装电灯，全是义务劳动，不计报酬。当地农民非常淳朴，想方设法弄一些自家养的猪肉、溪河鱼、土鸡蛋和不施农药的青菜来招待我们，主食是"金裹银"饭。虽然说不上丰盛，但现在回忆起来，觉得那是我吃过的最香、最爽口的农家饭。

1982年四五月间，宜昌乍暖还寒。站领导安排我和王邦仁、孙丽华、李传兰、郑毅到广州华南工学院学习，由王邦仁带队。我们一个个穿着厚厚的棉衣，远赴广州。到了广州后，气温骤然升高，真是冰火两重天。大家褪去棉袄，只穿单衣。我们的学习热情比天气更热。在广州，我们培训学习了3个月，时间虽短，但受益匪浅，毕竟是著名高等学府。

学成归来后，站里安排我给电站新进人员讲课，讲课内容是变压器知识，我完全是照本宣科。这一经历对我后来从事教育工作有很大的启发，即打铁还需自身硬。培训结束后，站里安排我到沙坪一级站运行四班担任副班长。后来，为解决夫妻两地分居问题，我依依不舍地离开了沙坪电站。

在沙坪电站工作的6年里，有泪水有汗水，有青春的梦想和徘徊，更有我一生中抹不去的一段青春记忆！

作者简介

吴飞，女，1979年5月参加沙坪电站工作，时年17岁。曾被单位选派到广州华南工学院培训学习，曾任沙坪一级电站运行四班副班长。

我在沙坪的青春岁月

黎　萌

1979 年 6 月，16 岁的我高中毕业。按惯例，非农业户口人员要"上山下乡"，到农村锻炼，接受贫下中农再教育。1979 年政策却变了，不再"上山下乡"。刚高中毕业的我接到通知，让参加县里组织的沙坪电站招工考试。这次招工对象，主要是来自莲沱、乐天溪、三斗坪、太平溪镇上的待业青年和还未回城的知识青年。经过考试，我被录取了，我们成了未上山下乡就顺利参加工作的"幸运儿"。

一

说起来，我和沙坪电站也算有缘。我父亲是一名供销社职工，曾经几十年奔波在沙坪、乐天溪一带，为当地百姓服务。我对这里的环境也有一定了解，莲沱、乐天溪、太平溪、下堡坪、邓村是革命老区，莲沱区委书记杨继平领导的"九四暴动"就发生在这里。我们参加工作时，这里叫莲沱公社，沙坪是莲沱公社的辖区。二级电站坐落在绿水青山之间，映入眼帘的是职工食堂、宿舍、厂房。厂房前是一个篮球场，旁边建有花坛，环境优美。

接到入职通知后，我带着简单的行李和同伴一起到单位报到，接待我们的是易行瑶站长和熊仁义等技术人员。就这样，小小的沙坪二级电站一下子涌进了几十个年轻人，叽叽喳喳，好不热闹。一栋三层楼的房子被安排得满满当当。到了吃饭的时候，食堂更是早早地排起了长长的队伍。

随后，站领导带我们参观厂房。巨大的水流流经管道，水轮发电机发出略带刺耳的轰鸣声在耳边响起，让我们感到特别新奇。初步熟悉环境后，我们这批学员就投入了紧张的培训中，培训老师有熊仁义、王邦仁、望开喜、杨志学、陈光华、田汉文等。我们系统地学习了电力方面的基础知识，以及发电机、水轮机、调速器的工作原理，学习了查看电气图纸，背操作规程，三天两头考试，以巩固所学知识。

经过一段时间的培训，我们很快就上岗了，成了一名名发电运行工。学员们被分配到各个班组，分白班、中班、夜班来回轮倒。由班里的师傅带着学习开机、并网，具体工作就是抄表，监视各种仪表，巡视设备，每隔一个小时做好记录。过去我们这些连一盆水都端不起的人，一个个都成了开停机能手。特别是停机的时候，当发电机渐渐快停下来时，我们扛着木棒塞进发电机轮子，木棒冒着青烟，终于将发电机硬停下来。我们深知安全生产责任重大，在工作中必须做到一丝不苟，避免发生重大安全责任事故。

我知道，这一份工作弥足珍贵，来之不易。虽然工作时间长了难免枯燥，日复一日也有些厌倦，但我学会了坚守。通过努力，我拿到了运行资格证书，后来还当上了班长。

刚开始上班，我们的月工资是22块钱。上中班补助3角，上夜班补助5角。现在的年轻人会觉得不可思议，认为是在编故事，但这确实是真实的。因为，当时收入低，物价也低。食堂的饭菜很便宜，小菜5分钱一份，荤菜2角5分钱一份。食堂到夜晚十一二点还灯火通明，上班、下班的职工三三两两去吃夜宵，有面条、水饺。俗话说："人是铁，饭是钢，一顿不吃饿得慌。"那时没有减肥这个概念，人年轻，吃饱了才睡得着。

我把一部分钱存起来，一部分交给父母，剩下的用作日常开销。不久，我用上班挣到的钱，买了一辆属于自己的自行车和一块手表。单位逢年过节会发些福利，比如分发一些肉、鱼给职工。倒班的时候，我和同事骑上自行车，把分到的东西带回家，给父母一份惊喜，家里的生活也有所改善。

二

电站文体生活较丰富，二级站设有图书室，电站职工可以经常去借阅图书。工作之余，我也喜欢上了看书，常阅读各种小说、杂志，偶尔写点感想，权作练笔。

空闲的时候，年轻人都爱到操场上打篮球，熊仁义站长篮球打得好，经常组织篮球比赛，县水利局也曾在电站组织全县水利系统篮球比赛。我的同学、好友胡群到了篮球场上更是英姿飒爽，带球过人、上篮、投球一气呵成，技术一流，还经常男女混战。女队中曾云、浦明秀个个身手不凡。

宿舍的二楼有乒乓球室，爱好打乒乓球的胡群、赵春华、李爱斌等同事常常在那里切磋技艺。小小的电站到处都充满欢声笑语，充满朝气和活力。

篮球场又是露天电影放映场，县、公社隔三岔五组织慰问放映。后来，宜昌县电影发行放映公司部分职工被安排到电站，"陪嫁"了一套电影放映设备，职工看电影就更方便了。那时文化生活匮乏，附近的居民听说要放电影，都不约而同地涌来。整个球场人山人海，热闹非凡，跟过节一样。

节假日出游，电站年轻职工提着录音机，穿着喇叭裤，跳起摇摆舞，还有最早流行的集体舞十六步。当音乐响起时，就会有很多人跟着节拍翩翩起舞。

夏天，职工们会下河游泳。当停机的时候，溪水突然断流，石头缝里大大小小的鱼会冒出来，同事们抓鱼、捞鱼，拿回家煎煮，野生小鱼味道十分鲜美。还有一次，一群人在追赶一只受伤的麂子。那时还没有野生动物保护法，河边的职工听到喊声就包抄过去，麂子逃到水中无路可逃，被电站职工抓个正着。职工们捡起"战利品"扬长而去，成了他们晚餐的下酒菜。

三

我们那批同事，有不少在电站成家立业。一有空闲的时候，就开辟菜园子，种上各种蔬菜，自产各种绿色食品。有的同事甚至喂猪、养鱼，自给自足，小日子过得滋润惬意。

一晃我在沙坪电站工作了十个年头。当夜色悄悄来临，我有时会望着溪边翻滚的浪花、远处农舍飘起的袅袅炊烟和弯弯曲曲的山路发呆。外面的世界日新月异，而在这荒山野岭，小路曾被多少代人踏过，山里的人们仍沿着山路前行。一个水电站建成，给当地带来一些改变、一些希望。在这片土地上，曾经千军万马，热火朝天。此时，那些肩挑背扛的民兵们，身在何方？

我们的人生何尝不是这样，曾经生活工作在这里的人们，为了追求心中的梦想，一个个离开了这里。过去的景象不复存在了，这片土地如此熟悉，又如此陌生。

青春是一首歌，我们有过梦想，有过迷茫。如今我们追寻远去的足迹，愿青春的沙坪在心中永久珍藏！

作者简介

黎萌，女，1979年12月招工到沙坪电站工作，时年16岁。历任运行班长等职，后调至深圳机场工作。

感恩电站的那段时光

望西专

1981 年 10 月，我响应祖国号召应征入伍，从老家乐天溪镇陈家冲村走进山西大同市服役。1983 年，部队改编为地方企业"山西大同矿务局"，从此我与大山结缘，就一直在山里摸爬滚打。1985 年 8 月，我从山西大同调回宜昌县大米山电站工作，没想到我的人生会与水电交汇。

大米山电站离集镇四五十里，电站周围少有人家，特别偏僻。当时条件很艰苦，不通公汽，外出只能坐船到沙坪一级站后，再步行或者骑车。那时，摩托车一般人买不起，多数人是骑自行车。当我再次走进深山时，心里多少有点不情愿。我不时在心里自问：这就是我工作的地方吗？我的人生难道注定要与大山联系在一起吗？

但既来之则安之，别人能干下去我也能干下去，何况我是退伍军人，退伍不褪色。大米山电站于 1985 年 5 月投产发电，职工多数是刚招工进站的年轻人，平日里不乏欢声笑语，大家在一起打球、散步、聊天，生活虽然清苦，但也乐在其中。球场和小卖部是人们常去的地方，人们三三两两聚在一起聊天，聊一些生活中的往事、趣事。我不上班时，只要没骑车外出，也会参与进去，用消遣驱散寂寞。

当时的站长是文汇柏同志，副站长是何士炼同志，车间主任是郭云光同志，他们人到中年，个个风华正茂，风流倜傥。为了培养技术力量，专门从沙坪电站抽调来了八位技术骨干，担任四个运行班的正副班长，分别是陈振荣、赵长金、魏世楷、刘智道、袁启双、彭定清等人。我被安排在陈振荣的班里，陈师傅让我从最基础的开停机学起，先熟悉厂房设备，再学习运行规程。我一般待在中控室，偶尔也下水机房、到升压站看看，看师傅们如何操作，看设备的外观构造和铭牌参数，了解设备的具体位置。上运行班，一般是呆坐看书，时不时地扫一扫仪表和光字牌，遇到感兴趣的话题就聊聊天。一般一小时一抄表，随机进行巡回检查。当出现故障时，就通知值班人员处理，或是溢流段溢水光字牌亮了，就通知水机房值班员增加负荷。陈班长显得很严肃，除抄表外都是他亲力亲为，偶尔也会安排我上手操作。比如，在中控室用调速把手调节导叶开度、增减励磁电流等事宜。通过向师傅们询问，认真学习操作规程，几个月后，我顺利通过了正值班员考试，可以独立工作。

为丰富职工文化生活，电站购买了乒乓球桌，兴建了娱乐室和电视房。没事儿的时候，大家就在一起打球、看电视，乒乓球台上总是你来我往，轮番上阵。电视机房鸦雀无声，有的端着饭碗也要进去观看。最热闹的属篮球场。刘智道、魏世楷、赵长金、陈振荣等人和几个年轻职工经常在晚上挥汗如雨，分组进行篮球比赛，是那种半场三人篮球赛，一方打到10分，另一方就下场，另三个人再上。偶尔人多时，他们也会打全场。那个时候，几个篮球打得好的年轻人是熊作虎、屈定璋、朱应强、郑启忠等人，我的篮球水平一般，偶尔也上去打一阵，在拼抢和奔跑中渐渐找回了昔日在大同矿务局工作的感觉，充分融入了电站的生活和工作中。

大米山电站地质条件很差，多数地段是混合着石头的沙土，极易造成塌方。1986年冬，电站刚运行几个月，有一天前池忽然垮了，电站不能发电了。女同事们值保卫班，男同事们就上渠道、上前池帮忙。我被安排到六角垴当施工员，负责照看水泥。第一次当施工员，我感觉很兴奋。我是个闲不住的人，在施工现场总比待在水机房强。既可以和村民接触，又可以锻炼自己，提高处事能力。但站委会的领导们就忙多了，压力也大多了。

由于不能发电，他们把焦急挂在脸上，每日忙前忙后，忙上忙下，里里外外奔走操劳。直到半年后，才恢复了发电。

　　有青年的地方就会有爱情，情窦初开的年龄总是伴随着对幸福的追求和渴望。我们在电站工作和生活，也在规划和经营着自己的人生。很多青年当时都恋爱了，有的相互追逐，彼此示好；有的大大方方，成天厮守在一起；还有的从沙坪一级站跑来，与自己心仪的人约会。我的年龄比他们大，也在心中盘算，该如何按下我的"爱情键"呢？我把电站的单身女职工在脑海中过滤了一遍，心中渐渐有了眉目。一天下午，我睡午觉起来，站在四楼的过道上观看着乡村风景，一个熟悉的身影出现在河边。他就是朱光华，他特别爱垂钓，此时正挥舞着竹竿儿起起落落。我决定找他问问，于是慢慢走下河，到他身边问道："光华，你觉得杨立新怎样啊？"朱光华是聪明人，后来成了一名作家，他猜到了我的心思，回答说："她人很好啊，很文静的，你对她有意思，就主动去追。"聊了一会儿，我就离开了。不几天，我就向心中的"女神"表露了心迹，没想到她爽快地同意了。

　　1987年下半年，我被沙坪总站选送到四川成都学习财务知识，从此告别了大米山电站。1989年，沙坪总站与水电专业公司合并，我幸运地被安排到合并后的县水电公司从事财务工作。2011年，我的人生再次转变，我进入了国网宜昌市夷陵区供电公司，一直从事安全稽查工作至今。

　　回首过去的时光，我特别感恩电站的那段岁月。是水电丰富了我的智慧人生，是山村的寂寥和那段时间的坚守磨炼了我的意志，是电站的师傅们给予了我丰富的水电知识，让我在从事安监工作时能得心应手、游刃有余。如今，我即将退休，告别自己心爱的单位，心中感悟很多。我在想，大米山电站和沙坪电站一样凝聚了前辈们的心血，那些大坝、渠道、厂房，乃至一草一木、一砖一瓦，无不闪耀着时代的光辉。这些举全县之力聚集的光辉映照出青春的沙坪，也激励着更多人爱岗敬业、无私奉献，用青春抒写出沙坪美好的明天！

作者简介

望西专，男，1985 年 8 月调入大米山电站工作，时年 21 岁，任运行值班员。2011 年转入国网夷陵区供电公司工作，任安监部副主任等职。

平平淡淡才是真

罗来芳

我是三斗坪集镇人。1978 年 6 月高中毕业后，响应上级"知识青年到农村去，接受贫下中农再教育"号召，在三斗坪公社黄陵庙柑橘总场下乡。我属于最后一批下乡知识青年。一年后政策变了，知识青年从此就不用下乡了。

1979 年下半年，沙坪水电工程即将完工，全面发电在即，县水利局、劳动局组织招工考试。招工对象是邓村、太平溪、三斗坪、莲沱四个公社的非农业户口初高中毕业生、待业青年和下乡知识青年。三斗坪公社考试地点在居委会主任龚安秀家里，考试内容记得有语文、数学、物理，虽然不算太难，但我毕竟毕业一年多了，与刚毕业的学生还是有差距的。好在我喜欢看书，复习了一下功课，学校所学的知识还没完全还给老师，稀里糊涂地考上了。当时四个公社参加考试的人不少，有一些人没有考取，我算是比较幸运的。我们那一批，邓村公社有易新、易红，太平溪公社有赵春华、谭光森，三斗坪公社有我、杨春林，莲沱公社有黎萌、朱白丹等几十人。

听说工作地点在大山深处，我不太想去。镇领导说："小罗，你不去电站，我们安排你到公社文化站工作。"正当我犹豫不决时，二哥放假从武汉回来，对我说："小妹，电站是个好单位，建议你还是去沙坪电站工作。"就这样,我和家乡的伙伴雷土珍坐"向阳"轮到小溪塔县医院体检,检查结果合格。我要感谢二哥,若不是他的劝导,我就可能与沙坪电站失之交臂。

1979年12月,我背上行囊,来到沙坪二级站报到。时任书记是郑道南,站长是易行瑶,副站长是周开金、易仁国,熊仁义是技术员。站领导和相关人员给我们办理了入职手续,安排了宿舍,我和雷土珍住一间房。房间十几平方米,有点小,有点挤。好在都是单身职工,东西不多,勉强能住。况且,还有3个人住一间房的。

此后,我们开始了为期三个月的培训学习。授课老师有田汉文、望开喜、王邦仁、陈光华、罗德国、杨志学等人。在他们的辅导下,我学会了看电路图,掌握了一定的发电知识。还学会了安装电炉,就是在炉盘上装一根钨丝,接上电源线。使用一段时间后,钨丝就烧断了,需要再搭接上。接通电源后接头处格外发亮,很容易再次烧断。烧断后,就把钨丝拉长,越拉越细,继续使用。断了几截的钨丝舍不得扔,主要是没钱买新的。在电站工作过的老同事,都有这个体会。这活儿看似简单,但搞不好容易短路,甚至触电,有点吓人。一个什么都不懂的女孩子,能动手装好、接好,我还是有点成就感的。电炉主要用来烤火、烧开水,有时也烤馒头。

培训结束后,我们就跟班运行了。每班八小时,四班三运转。所谓"四班三运转",就是第一天白班:早上八点接班,下午四点交班;第二天中班:下午四点接班,夜晚十二点交班;第三天夜班:夜晚十二点接班,早上八点交班。隔一天后,再早上八点接班。如此循环往复。"四班三运转"有人喜欢,有人不喜欢。喜欢的人,认为玩的时间多;不喜欢的人,认为打乱了生物钟,休息不好。

平时上班还是蛮轻松的,每小时记录一次设备运行情况。但发电运行是技术活,开机、停机一步都不能错。记得有一次甩负荷了,调速器为自动挡,必须调整为手动挡,否则机组会拉瓦,损坏机组,我很顺利地操作完4号机组。而3号机组的值班人员不会操作,我得去帮她。待操作结束时,油快漏完了，想想都后怕。如果机组拉瓦的话，将造成很大的经济损失。

　　每年大修，是检修班师傅们最忙的时候，而我们运行人员就更轻松了，只负责值保卫班。下班后，我和外线班班长邹正明、胡群、张祥菊等同事经常在一起唱歌，还学会了打花牌。

　　那时，站领导很重视职工福利和文体生活，小小电站配备有医务室、理发室、图书室、食堂、电影队。几年后，同事们一个个恋爱、结婚、生子，兴办幼儿园便纳入了站领导的议事日程中。一天，冼世能站长征求我的意见，说："你喜欢唱歌，调你到幼儿园教小朋友去不去？"我一直喜欢小孩子，电站职工子女简容、金花、刘义，我下班常常抱他们玩。我说："我愿意去。"

　　就这样，在1983年3月，站领导安排我去县机关幼儿园学习培训了三个月。回来后，我的角色发生了转变，在电站幼儿园上班了，由一名发电工人变成了幼师。幼儿园先办在职工食堂旁，后搬到开关站院内。一年后，站里调来一个新职工，由于她不会发电，领导就安排她到幼儿园工作，我就回去发电了。孩子们舍不得我走，张丽小朋友说："你还是当我们的老师！"我也舍不得孩子们，他们聪明可爱，但我必须服从安排。不过，只要有空，我就给小朋友们讲故事，教他们唱歌、跳舞。

　　就在我与小朋友们愉快地玩乐时，爱情也悄然而至。

　　有一天，开关站的一个载波器坏了，请了三三〇工程局的师傅和宜昌地区电力局的师傅来修都没有修好，却被柏木坪民兵高德忠师傅修好了。他曾帮望开喜组装了一个音箱，这在当时是一件了不起的大事。我一直对有才华的人十分敬佩。师傅刘环珍说："这小伙子在部队学的通信，有技术，长得又帅，不好的就是农村户口，可他会有发展前途的。"那时的居民，分农业户口、非农业（商品粮）户口，附加在商品粮户口上的福利较多，人们比较在意户口性质，好在子女可以随母亲上户口。就是说，只要母亲是非农业户口，子女也可以是非农业户口，对子女吃商品粮、安排工作都没有影响。

于是，我和高德忠师傅有了交往。我们都住在二级站职工宿舍楼的二楼，他经常帮我去食堂打饭。打着打着，感情一天天加深。后来，她成了我孩子的爹。

作者简介

罗来芳，女，1979 年 12 月招工到沙坪电站工作，时年 17 岁。从事发电运行。1987 年 1 月调入宜昌县自来水公司工作。

我在沙坪沃土上茁壮成长

张 明

20 世纪 70 年代末 80 年代初，国家出台了一项政策，父辈提前退休或病退，子女可以进父母单位工作，名曰"顶职"。我是一个"幸运儿"，享受了这份政策红利。如果不是这个政策，我的人生履历就要改写。

1980 年 9 月 13 日，父亲张仁廉办了离休手续，我顶替他到沙坪电站工作。那天天不亮，我在父亲的带领下踏上了沙坪之旅，我一手提着小木箱，一手提着一床被褥走到南津关，乘坐"向阳轮"客船。到乐天溪码头后，我和众多旅客下了船，沿着沙丘路来到了乐天溪镇上。我无暇观看古镇风貌，径直步行到二级站报到。接待我们的是电站工会主席陈祖喜，他安排我和王邦仁师傅住一间房。

我父亲和熊仁义是多年的同事，熊师傅热情招待我们在他家吃中饭。饭间，熊师傅嘱咐我一定要好好工作，继承父亲艰苦奋斗、勇于进取的光荣传统。我不知道说什么好，点了点头。父亲吃过午饭，向老熟人谢平洋、程秀华师傅引荐了我，嘱咐他们今后多多关照我，就坐"向阳轮"回家了。

第二天，易行瑶站长把我安排到运行一班程秀华的班组。当程班长把我带到厂房，看到一排排继电器、一路路闪烁的指示灯、一台台运转的发电机时，我的心情特别激动，当时就暗暗发誓，一定要珍惜这份工作，好好学习，尽快熟悉发电业务技术，早一天胜任工作。

程班长递给我两本书，一本是《运行规程》，一本是《安全规程》，要我把它们背下来。接下来，我就开始上班了，每天利用上班时间学习"安规"，跟着师傅们熟悉设备，晚上就看《安全规程》。虽然我很努力，但月底考试却只考了 59 分，易站长专门在我的名字后面备注是工作才 15 天考的，算是安慰我吧。我感觉很没面子，对不起父亲，也对不起程班长。从这以后，我更加努力刻苦了，从一次设备到二次设备，从水轮机到发电机，从继电保护到励磁系统，对着图纸和书本反复学习，不懂就向师傅请教，力争掌握设备作用和基本原理。三个月后，我顺利通过了考试，当上了值班员。

有一天，周兆林班长带我到沙坪村一户人家家里帮忙装电表，他手把手教我安装。我按照他教的办法，把电表、刀闸、保险盒装在一块木板上，先接负荷侧，再接电源，合上刀闸后电灯立即亮了。我高兴极了，这是我第一次装电度表，要特别感谢周班长，如果不是他的指点，我不可能一次性安装成功。

1981 年，我被调到沙坪一级站工作，当时电站处于试运行阶段，我一边上班一边观看部队师傅组装各种设备。有什么看不懂的就向师傅们请教，真正弄清楚设备的各部件是怎样工作的，一直干到试运行结束。这期间，我学到了很多知识。1983 年夏天，电站分期分批安排职工到官庄水库进行文化学习，我们班只留下三个人值班。当时正是汛期，四台机组满发，又赶上一名值班员生病不能上班，人手十分紧缺。记得有一天上中班，刚一接班，一个炸雷就把四台满负荷运行的机组给打跳闸了，四台机组全部变成甩负荷运行。当时，班长易新在中控室值班，我在水机房把 4 台机组恢复到空载运行。用一台机组带厂用电，大网来电后，刚把 4 台机组并网加满负荷，又是一个炸雷甩了负荷。就这样，先后 6 次甩负荷，把我忙得汗流浃背，衣服全部汗湿了。虽然很辛苦，但在缺人上班的情况下，保障了电站的安全运行，我感到很充实，很欣慰。

1984 年夏天的一个白班，电站处于满负荷运行，由于气温高，主变高压侧接线柱的油封绝缘老化破裂，变压器向外冒油，接线柱螺丝松动发热起火，我巡视检查时发现后，立即报告了班长郭云光。他当机立断，进行解列停机，跳开高、低压侧油开关，立即用干粉灭火器把明火灭了，避免了一次重大事故。还有一次上夜班，因下了一天的大雨，厂房外面堆的砂石料把下水道堵塞了，污水倒灌到厂房来，我们赶紧关上大门，用沙袋堵住缝隙，又到外面疏通下水道，保障了厂房的安全，也是保住了国家财产安全。忙了一晚上，大家的衣服全打湿了，但每个人都挺兴奋，丝毫不觉得苦，问题解决后，成功的喜悦都挂在了脸上。

时光荏苒，几十年的光阴过得很快，转眼我已满六十岁，告别了我热爱的工作岗位。回首沙坪电站的工作经历，感触颇多。要特别感谢我的同事们，几十年里，我和他们建立了深厚的友谊，他们有的把我当亲弟弟一样看待，有的把我当自己的孩子，朱白丹师傅教我和谢程学会了骑自行车。班长程秀华既是我的师傅，也像我的长辈，家里有啥好吃的，总是少不了我；工作中她手把手地教我开机、并列、停机，并把她在工作中的经验毫无保留地传授给我，告诫我在运行值班中要勤看、勤听、勤闻，做到脚勤、手勤、脑勤，充分调动自己的感官和积极性，提高工作责任心。我按照她的教导，及时开展设备巡视，随时观察设备颜色，勤看仪表指示，及时感知设备异味，时常以手触试电机温度，排除了一个又一个设备潜在故障。

我还要感谢地处乡村的电站文化。电站人甘于清贫、乐于付出的坚守，无私奉献、不计名利的执着，还有像大家庭一样的和谐、友爱和互助，都对我的人生产生了积极的影响，让我这个"小不点儿"，在沙坪这块沃土上茁壮成长。

作者简介 ➢

张明，男，1980年9月顶职到沙坪电站工作，时年17岁。历任运行班值班员、副班长。2011年转入国网夷陵区供电公司工作。

我们的生活充满阳光

熊　芳

一

1994 年 6 月 18 日，我去单位报到。车辆沿着崎岖不平的山路前行，穿过一个小隧道，远远地就看见大米山电站了。它矗立在群山之间，一条小溪将其环绕，显得雄伟壮观。到电站后，一切对我来说都很新鲜，单位将我安排在一楼的小套间，我住里间，外间是理发室。由于地处偏僻，电站每月安排两天时间请理发师为大家理发。当时电站大概有 50 多人，车间按四班三倒上班，每班有近 10 人。

第一个班是夜班，班长带我到厂房转了转，简要介绍了一下设备，就算正式上班了。听着发电机的轰鸣声，徜徉在满是仪表、指示灯的世界里，我一夜没合眼。早上 5 点多，天色渐明，我朝外走去。初夏的早上，大山似还在昏睡，发电机尾水冲出的水汽弥漫在山间，它们与溪水交相辉映，给了山村一种温润淡雅的美。

工作那年我刚满二十岁，二十岁有二十岁的青春与靓丽，也有二十岁的激情与梦想。第一个月工资到手后，我立马回城买了双溜冰鞋，想利用业余时间在操场上溜旱冰，舞动我的青春，给生活增添朝气与惊喜。回到单位后，我天天在走廊里扶着栏杆溜来溜去，很快就学会了溜旱冰。从此，我时常在傍晚穿上溜冰鞋，在操场和乡村公路上穿梭，尽情挥洒闲暇时光，不再感觉到大山的寂寥。

电站前面是一条小溪，七八月间天气更热了，很多职工到河里游泳。他们健美的身影在水中畅游，令我十分羡慕，我暗暗发誓一定要学会游泳。这一年，溪水清澈见底，水势极好，正是学游泳的好时节，我每天上班之余就泡在河里。浅水区下面全是沙，踩在上面舒适惬意，站在齐肩的水中，任溪水扑打我的身体，有一种飘飘欲仙的感觉。刚开始比较害怕，我在心里给自己打气："不怕！从深水处往浅水处游没危险，脚一蹬就能着地，大不了喝几口水！"秉着这样坚定的信念，我在水中胡乱折腾，第一天基本就可以漂起来了。就这样，我对游泳有了兴趣，每天盼着下午时光早点到来，常常是别人还没下水，我就下去了，别人都回去了，我还泡在水里，一玩就是一两个小时。那时我最不喜欢上中班，上班时看着河里嬉戏打闹的同事们，心里跟猫抓似的。

大山总是与植物、动物联系在一起。春天适合挖野菜、竹笋、节节根，夏天可以下河摸鱼捞虾。也是在山里我才知道了"摸秋"的意思——农历八月十五可以正大光明地去别人田里偷菜，美其名曰"摸秋"。有一年，我和同事在深夜里向石洞坪进发，在农户菜园里摸回了南瓜、茄子和青椒。由于南瓜很大，大伙轮流扛到我屋里。老鼠放不得隔夜食，那时我们都很馋，连夜找出腊肉，切片、炼油，将切好的南瓜和花椒、盐一起放锅里爆炒，再加水煮。一直煮到半夜，硬是把它煮熟了。我房间里灯火通明，烟雾缭绕，满是南瓜、腊肉的清香，人们进进出出，好不热闹。时光过去30年了，我依然记得那时的肉香。平常的日子我们也会去周边农田薅菜。5月，土豆正长，小小的土豆如李子、桃子般大小，嫩嫩的，炒时加点新鲜木姜子最是好吃。

二

在大米山电站我还学会了吹口琴，师从赵小鸣。她和我同龄，我们十分要好。

师傅是这么教我的：阿拉伯数字奇数就是"吹"，偶数就是"吸"。好！吹起！从《月亮代表我的心》开始学。这个歌曲调简单，音调和风细雨，音域跨度不大，比较好合拍。没多久我就吹得像模像样、有曲有调了，这大大增强了我吹口琴的信心。后来经常吹《外面的世界》《驼铃》《军港之夜》《牧羊曲》《希望》等，《外面的世界》应该是我吹得最多的曲子。有一天夜里，在月光下的三楼走廊里，我躺在躺椅上吹口琴，那夜兴致特别高，状态也好，从8点多吹到10点多，很喜欢那种感觉——月光下，曲调中，尽情感受曲中意。琴声悠扬婉转，让人心灵触动，仿佛一个个音符都在讲述一个个美妙的故事。月下吹口琴是幸福的一种，心灵被优美的旋律填满。后续却是，第二天起床上嘴皮起了两个泡，吃饭都痛。

做菜是我的爱好，在大米山电站，有好多时间我都是在琢磨做啥好吃的。摊鸡蛋饼、土豆饼，包饺子都玩得溜熟，高难度的还是自己洗肥肠做火锅。洗肥肠是个技术活儿，一般在食堂进行，食堂盆大、水大、宽敞，清洗起来方便。用苞谷面加菜油搓洗肥肠，洗掉所有污秽，将肠内壁多余的油脂统统扯掉，然后一遍遍翻来覆去地冲洗。洗好的标准是没有气味，光滑圆润、粉白粉白。做时先焯水，再加姜、葱、蒜、豆瓣酱等多种佐料炒上一炒，最后加水慢炖，直到煮出一大锅鲜艳艳、油汪汪的肥肠来。邀上左邻右舍三五好友，吃罢肥肠再下白菜、香菜、菠菜、豆腐、粉条，不是一般的爽！开心又热闹。

夏天的时候，我会在农户家买来红辣椒做豆瓣酱。妈妈教我豆瓣不要冲洗，上面的霉可以吃，冲洗了味道就会差很多！因此，我的豆瓣酱做出来色泽鲜艳，味道纯正，总是最先见底。

　　冬天我会买来豆腐做豆腐乳。将豆腐切成大小相同的四方块，放在铺满稻草的纸盒里，过上十来天，待长满白毛，就可以腌制了。一坨坨在酒里润一下，再在调好味的辣椒面里裹一下，然后装到坛子里密封好，不几天就可以吃了。吃时，淋上香油，糊在热乎乎的馒头里口感甚佳。

　　吃的方面也有让人恼火的事。电站夏天分西瓜，冬天过年前分鱼，西瓜还好，鱼就恼火啦！每个人七八条，每条五六斤，一人一个小蛇皮袋。大冬天里，站领导担心我们在楼里剖鱼，鱼内脏会把下水道堵住，要我们都提到河里去剖。冬天很冷，不时有风，在河边沾水不是滋味，好多人手都冻僵了。有一年冬天，我穿着胶鞋下河剖鱼，由于机组出水口有苔藓，一不小心，摔了个四仰八叉，疼得我想哭，后背衣服也打湿了。又一年分鱼，实在不想自己动手，就厚着脸皮请同事帮忙。想着麻烦别人不好意思，还买了包烟表示感谢。第二天，我提上蛇皮口袋回家，结果到家一看鱼还是那个鱼，个个肚皮光滑完整，肚子还鼓鼓的。怎么会这样？我明明看见剖好的鱼装进袋子里了。虽然不解，但还是老老实实地在家端起小板凳，在厕所里把鱼一个个剖了。后来想明白了，一定是谁和我坐单位同一辆车，下车拿错了。

　　说大米山电站不得不说一下交通问题。最开始去电站的时候非常不方便，每天就一趟下午一点的公共汽车，从小溪塔客运站发往沙坪一级站。夏天坐车，人多拥挤不说，车上还充斥着各种气味。有时体味混合着旱烟味让人无法呼吸，我只好将头朝向窗外，全然不顾一路的灰尘。到沙坪一级站后还得赶快去坐船，晚了没船了就得步行上去。大冬天里，水位退了，船不能直接到电站门口，在沙道湾就得下船，还需翻山越岭赶往电站。那时回去一趟都是大包小包，蔬菜、生活用品全靠双手，一个字，累！

　　五年的时光匆匆而过，记忆犹新的是刻在心里的那份感受。苦与乐相伴，真与美结缘，谁能说寂寞的电站就没有鲜亮的生活？

三

我在电站一共待了 15 年，其中大米山电站 5 年，沙坪二级站 10 年。15 年有太多的记忆，最难忘的还是在河边摸鱼。

电站上班是三班倒，分白班、中班、夜班。中班是 16 点到 24 点。在丰水期还没到来之前，沙坪一二级站就会承担起调峰的重任，白天停机蓄水，晚上发电，以提高经济效益。每当停机之时，发电机尾水流过的河滩，总有很多鱼儿欢快地蹦跳，人们就会提着袋子在石缝间、洼地里摸鱼。

这样的时刻，二级站厂房外一大片干枯的河床裸露在外，只要晚上 9 点左右接到调度通知：沙坪一级站晚上 11 点停机蓄水，大家就想到摸鱼了。很多人眼睛盯着时钟，盼望着 11 点早早到来。在闲聊中，历经几番巡回检查、抄表，11 点很快就到了，大家知道幸福的时刻即将来临。看着负荷一点点降低，喜悦的心情就一点点增长。有几个积极分子早早回宿舍拿来了小桶、渔网、胶鞋和电筒，只待机组一停下就向河边奔跑。

终于等来了停机。由于水突然断流，在河水中嬉戏玩耍夜游的小鱼小虾还没回过神，就被急速退去的河水给搁浅在河滩上、水坑里了。人们提着小水桶急速奔向河边，生怕去晚了好鱼好虾被别人捡光了。河边有一段小坡，长有茂密的杂草小树，平日里是厂房倒垃圾的地方，人们从来不会去那里，此时此刻也不顾了。附近的农民大致摸清了电站的停机规律，也早早守在岸边，最多时有二三十人。有的从沙坪村赶来，有的从乐天溪镇街上赶来，那景象十分热闹。黢黑的夜里，到处是手电光，射向不同方向。石头上、水洼处晃动着人影，有的俯身查看，有的弓腰前行，水声、惊吓声、欢叫声交织在一起，回荡在山村的夜里。

我通常捡到的都是半寸长的小米虾，一般都会洗净，沥干，放在电炉子上面，用小火慢慢炕，弄得满屋虾香。还有一个办法是，趁着领导不在，放在厂房机组出风口将其吹干。然后，将虾头一一掰掉，再用搅拌机打成粉，装瓶。在做饭时，比如蛋炒饭、炖汤、包饺子什么的，加点虾粉在里面，又营养又美味，还不会扎嘴。

最美妙、最好的情况是，到河边时就能听到虾子在河滩上、石头缝里、水坑里蹦出"噗噗"声。这时候用手抓，一抓五六个，特别来劲儿。如果运气好，个个都是大虾子，长短均匀，三四寸长，肉溜溜、活泛得不得了。不多时，小桶里就装有厚厚的一层。虾子在桶里、桶外蹦蹦响，人群呢，就在河边叽叽喳喳、相互招呼：快点！快点！到我这里来，到我这里来，我这里好多啊！有的就说：哎呀，不过来，我这里也有好多啊，捡都捡不过来！太开心啦！至今我还能回想起那时的喜悦心情。

河里有虾，自然也有鱼。一天半夜，我和同事一起下河，不知道为什么那天晚上下河的人很少，职工们没来几个，周边的农民也不见了。河滩上就四五个人，不大一会儿就剩我们两人了。当天的虾子很少，我们在石头缝、水草边东捡一个，西捡一个，慢慢捡，慢慢向下游走。走着走着，来到一个小塘边。借着手电筒的光，看见里面有好多鱼。由于水浅，一个个在水里蹦着、跳着、游着。这突如其来的惊喜让我们欢喜得不得了，我们像看见宝贝一样蹲在一旁的沙地上俯身捞。那水塘不大，也不小，灵机一动，我们将水塘用河沙分隔成几个小块，我开玩笑地说："我来给你们弄个两室一厅吧。"隔开后，水面更小也更好抓了，绝不落空，有时候还连脑壳带尾巴一抓两条。鱼是人们称呼的"白板子"鱼，在电筒光的照耀下，银白色的鱼鳞泛着皎洁闪亮的光，个个圆滚滚的，长短在六七寸间，拿在手中肉乎乎的。鱼又多，又好抓，又没人和我们抢，我们边抓边笑得合不拢嘴，仿佛抓的不是鱼，而是金条。

想象一下这河边的月夜吧！四周漆黑，万籁俱寂，不时有河风吹过。两个丰腴的年轻女子蹲在河边的沙地上抓鱼，它发生在物质生活十分匮乏的年代，多么有趣！

抓完鱼往回走已是半夜1点多，我俩依旧兴奋得不得了。我们分工合作，去掉鱼鳞，开膛破肚，用水清洗，两人忙得不亦乐乎。末了，兴奋的心情仍不能平静，两人几乎异口同声地说："我们数鱼吧！"这一数不打紧，不多不少刚好二百五。

笑声便在房间里荡开了。

作者简介

熊芳，女，1994年招工到大米山电站工作，时年20岁。先后任大米山电站、沙坪二级站值班员、班长等职，后转入国网夷陵公司工作。

冼站长助我成为"国字号"作家

朱白丹

我老家在乐天溪集镇，爱好文学、在轮船上工作的父亲回家休息时，经常给我和弟弟们讲四大名著和长江沿途风土人情。次数多了，文学的种子就在我和弟弟们心中悄悄发芽。我从沙坪电站业余作者起步，成长为国家级作家，当选中国作协第十次全国代表大会代表，2021年12月14日，在人民大会堂聆听了习近平总书记重要讲话。

走进沙坪

1979年12月，经宜昌县劳动局、水利局组织考试，刚满17岁、高中毕业的我应招到沙坪电站工作。我先在二级站从事发电运行，三班倒。上班就是看看仪表，每小时记录一次，工作比较清闲，有充分的时间可以自由支配，我便萌发了文学创作的念头。著名作家鄢国培就是在官庄水库创作长篇小说《沧海浮云》的；著名科幻作家刘慈欣，也是在娘子关电厂工作时创作《流浪地球》《三体》的。可见，舒适、悠闲的电厂与水库环境，确实适合文学创作。我非常热爱发电运行和这里的环境，但身边的同事一个个调出山沟，受他们影响，我也想通过文学创作改变自己的命运，走出

277

大山。

创作初期给我帮助最大的是沙坪电站站长冼世能。冼站长也是一名文学爱好者，听他说原本要读中文系的，并有散文在《布谷鸟》杂志发表。可命运安排他学了理工科，成了一名卓有成效的工程师，并成为沙坪水利枢纽工程主要设计者之一。如果冼世能沿着文学创作的路走下去，以他的才气，一定会有所建树。

我最初尝试的文学创作就是"触电"——改编电影文学剧本。剧本完成后，我请同事带给几公里以外的沙坪电站站长冼世能提意见。冼站长工作繁忙，但我总是在几天内就能收到他的书面修改意见和一大摞公文纸，给我以支持和鼓励。电站同事王邦仁、郭云光、陈凯都还记得当年这些往事，常提起冼站长对我的帮助。

创作多年，我没发表一个字，但冼站长惜才，提请站委会先后任命我为运行班长、电力股副股长、办公室主任。我知道，冼站长提携我，初心是历练我，丰富我的阅历，给我的文学创作打下基础。我连续多年不分白天黑夜，不分酷暑寒冬地写作，稿子投出去要么石沉大海，要么收到"不拟采用"的铅印退稿信，这些退稿信足足装了两大纸盒，还遭遇过旁人的冷嘲热讽。多年的失败，让我也怀疑自己不是搞创作的料。一部电影文学剧本三四万字，那时没有电脑，别说创作，抄写一遍就十分吃力。在我万分沮丧时，冼站长语重心长地对我说："不要贪大，先从小东西写起。"我听从他的建议，开始小小说创作。

1984年的一天，在官庄水库文化补习的同事告诉我，著名作家鄢国培在官庄水库创作"长江三部曲"之三《风雨催舟》（出版时定名《沧海浮云》），我请同事带去一篇小小说请他斧正。几天后，意外地收到了鄢国培老师的回信，他认为我的小小说已经够地市级报刊发表水平，勉励我多读、多写、多体验生活。

1984年11月下旬或12月上旬的一天，具体时间记不清楚了，我投寄了一篇小小说《醉翁之意不在酒》到《中国电力报》（当时是四开小报），很快就收到报社副刊编辑来信，拟采用，要我稍做修改后寄回。这封信没有署名，我一直珍藏着。后因工作变动，搬了无数次家才弄丢了。若干年后，我到水利部开会，很想到一街之隔的中国电力报社拜访这位编辑，但不知道该编辑姓甚名谁，是男是女，是否退休，只得作罢。

当晚我按编辑的意见修改完。第二天天未亮，刺骨的寒风从沙坪上空掠过，山里常有野兽出没，我全然不顾，步行几公里山路赶到镇上邮局。寄稿件原本是不用贴邮票的，只需剪开一个斜角即可，但我担心丢失，特意自费用挂号信寄出。从寄出的当天起，我天天掰着指头计算：路途要几天，编辑收稿后送审要几天，发排印刷要几天，报纸邮寄到手要几天，大概什么时间可以看到报纸。总之，跟著名作家莫言说的一样："稿子投出去就天天盼、夜夜想。"当然，最担心出现什么意外，让煮熟的鸭子飞了。

大约是1985年1月中旬的一天，身为电站办公室主任的我，到乐天溪镇幺棚子邮局取单位报刊。晚上我一边在电炉前烤火，一边翻阅《中国电力报》（日期为1985年1月8日），猛地发现副刊上刊载了我的小小说。我欣喜若狂，拿着报纸奔走相告。当时的我太激动了，作品虽然只有短短的500多字（所谓"豆腐块"），但它证明了我的作品被认可，更加坚定了我坚持文学创作的信心！

诺贝尔文学奖得主莫言说："对于文学爱好者来讲，发表处女作是人生当中重大的节日，非常兴奋，这是一种巨大的鼓励。"处女作发表后，我向已调任县水利局副局长的冼世能报告喜讯，他获悉后，比我还要高兴，勉励我继续努力。

我至今清楚地记得，稿费是8元钱，当时我的月工资才20多元。8元钱不是小数目，可以买几斤猪肉，打几回牙祭，给生锈的肠子除除锈，但我没有。我想的是，几斤猪肉只能让我滋润一时，精神食粮才会让我享用一生，我毫不犹豫地到宜昌市新华书店买了一摞书，并在每本书的扉页上郑重写下"发稿纪念，拙作《醉翁之意不在酒》刊于《中国电力报》一九八五年一月八日"，这些书至今还保存在我的书柜里。每每翻阅，感慨良多。

走进县城

1989 年，我所在的沙坪水电总站与县水电专业公司合并，沙坪一级电站党支部书记、站长由原沙坪水电总站副站长何士炼同志担任。新组建的沙坪一级电站，按相关章程要健全工青妇班子，何书记比较开明，一改过去的任命制，决定民主选举工会主席，没想到我竟然全票当选。履职后，我向何书记建议，创办一份四开小报，鉴于是工会办的报纸，名字就叫《主力军》，得到了他的大力支持。那时资讯不像现在发达，没有手机、电脑、微信、QQ，纸媒自然很受欢迎。每期编发电站新闻和文学稿件，报纸除发送给班组、科室外，还寄送给有关单位。省水利厅、市水利局、县水利局、县总工会反馈办得不错（若干年后，我借调省水利厅期间，遇到省政府办公厅农业处处长、时任省水利厅办公室副主任的胡碧辉，还跟我提起过这份报纸，说办得好），这引起了县水电公司党总支副书记（主持工作）兼工会主席胡正新同志的关注。

一般来说，当年年底或次年年初，是调整人事的时机，县水电公司也不例外。1990 年春节过后，鉴于新组建的县水电公司机关缺人手的实际情况，加上我的写作能力，胡正新副书记（主持工作）主持召开党总支会议，决定调我到水电公司工作。就这样，在沙坪电站工作了十年的我，于 1990 年 4 月调入县水电公司，任县水利系统团委副书记和水电公司工会委员、团总支书记。

在县水电公司工作期间，有一天，县文化局副局长黄世堂骑自行车到水电公司，说县里正在筹建文联，县委组织部部长廖传伦同志向县委宣传部部长张捍东同志推荐我到文联工作。那时企业比较吃香，加之我老婆、弟弟、弟媳都在水电系统工作，可照应，便婉拒了。又有一次，县水利局党委委员、水保办主任望开勤同志征求我的意见，拟调我到水保办工作。他在向县水利局局长龙金德同志汇报时，龙局长表示，朱白丹另有任用。若干年后听朋友赵毅讲，当年龙局长在县委开会，与县委政研室工作的他闲聊，请他介绍一个办公室主任人选，赵毅拿起《西陵通讯》杂志，指着我的名字说："朱白丹不就是现成的人选吗？"就这样，龙局长记住了我。1991 年 11 月，我正式调任县水利局办公室副主任，后任主任。

调入县水利局工作之前，我创作上的恩师冼世能已从宜昌县水利局副局长任上调任宜昌地区黄柏河流域管理局副局长、宜昌地区水电学校校长，后来又调到深圳市水务局工作。我调入县水利局工作后，平台大了，视野开阔了，不久就被提拔为团县委常委、局办公室主任、团委书记。我的每次进步，冼世能先生都给我以鼓励。

1993 年下半年，宜昌县政府分管水利的副县长李俊昌安排县水利局局长龙金德同志代他去北京参加一个研讨会。龙局长参会回来后把我叫到他的办公室，要我写一篇关于水利、电力供电体制的调研文章。当时，宜昌县供电实行"一县两制"：20 个乡镇中，水利部门负责樟村坪、殷家坪、下堡坪、栗子坪、雾渡河、上洋、分乡、土城、邓村、乐天溪、太平溪、晓峰 12 个乡镇供电；电力部门负责鸦鹊岭、龙泉、小溪塔、柏木坪、黄花、三斗坪、桥边、艾家 8 个乡镇供电。其中乐天溪、晓峰两个乡镇有交叉，既有小水电供电，也有国网供电。为争供电市场，两部门矛盾较大。争供区就是争市场，争市场就是争效益，这是市场经济大潮中的正常现象，应该说，两个部门都没错。从小处说都是为了水利事业或电力事业发展，从大处说都是为了宜昌县经济社会发展。

我想到供电体制比较敏感，不太想写，但"一把手"布置了任务，我只能完成。于是，我找局水电股、水电公司采访，加上我平时掌握的素材，仅用一天时间就写了一篇两千多字的《小水电的路为什么越来越窄？》的文章，投给《中国水利报》，1993 年 10 月 9 日《中国水利报》全文刊发：

宜昌县位于湖北省西部，地处长江西陵峡两岸，举世瞩目的长江三峡工程和葛洲坝水利枢纽工程都在该县境内，宜昌县雨量充沛，河流纵横，水能理论蕴藏量 18.9 万千瓦，可开发的有 10.36 万千瓦，1991 年被国务院列为全国第二批 200 个农村水电初级电气化建设县行列。

"一县两制"

宜昌县由于受长江的分隔和宜昌市的穿插，形成了复杂的、独特的地域特征，东部无水电开发任务，主要靠大网供电，同时由于历史原因，形成了水利、电力两家管电的局面。县委、县政府经过多次协调，决定县内西北部有小水电开发任务的乡镇由县水利局供电，东部无水电开发任务的乡镇由县电力局供电，实行"一县两制"，两家在多年的办电过程中尚能和平相处。可是今年以来，随着经济体制转轨，而某些改革措施尚未配套，出现无序纷争的矛盾。电力局对小水电数十次无故拉闸限电，导致一些水库被迫弃水，造成直接经济损失 28 万多元。据反映，电力部门正与小水电供区内的乡镇酝酿实行股份合作，这样一来，势必将限制小水电发展，扼制小水电市场。问题严重的是，电力部门这一行为，已经影响三峡坝区建设用电的保障。

小水电被制约

县电力部门缺电是十分突出的，由电力部层层分解到地方的电量指标十分有限，宜昌县厂矿企业及县城经常停电，城镇居民一般都备有应急灯。小水电上网 0.12 元 / 千瓦·时，电力部门转售用户最低在 0.2 元 / 千瓦·时，小水电向电网送电，既可弥补电力部门供电的不足，又使电力部门有利可图，应该说是不会有太大矛盾的，而电力部门仗着小水电网络没有完全形成，同时小水电网络远行不稳非得依靠大电网这一实际情况，稍不合意，就对小水电实行制裁。

停电、限电 1992 年 12 月，随着三峡工程施工准备工程的开工，长江葛洲坝工程局电力工程公司先是找电力部门商讨供电事宜，因为电力部门电价太高，电力工程公司转向水利部门商讨供电，很快达成供电协议：一是该工程早于 1984 年 9 月就由小水电供电，此次仅是续签供电合同，同时坝区乐天溪镇、太平溪镇属小水电供区；二是小水电电价合理，协议签订后即由县水电公司乐天溪变电站组织供电。三峡坝区划定的范围是宜昌县的三斗坪、乐天溪、太平溪 3 镇和秭归县的茅坪镇，而三斗坪镇属于电力部门的供区；葛洲坝电力工程公司根据工程需要，将乐天溪镇八河口变电站的电能送到三斗坪镇高家村三峡工区，三斗坪镇的镇直单位、企业等均未用小水电的电，也就是说，小水电未占领电力部门的供电市场。1993 年 5 月 11 日，乐天溪镇八河口变电站与高家村变电站正式联网。从这天起，电力部门以小水电侵占了电力部门供电市场为由，对小水电沙（坪）塔（小溪塔）线频频无故拉闸限电，使小水电不能向三峡工程及西部乡镇正常供电，迫使用户转向电力部门要电。仅 5 月 11 日至 6 月 8 日这 28 天时间里，沙塔线停电 8 次 129 小时，都是在不做任何通知的情况下突然拉闸的，其中最长一次停电 83 小时；5 月 11 日至 31 日无故对沙塔线限电 20 天，平均日限负荷 3500 千瓦，使沙坪水库在入库流量不大、天气晴朗的情况下两次弃水共计 485 万立方米，仅此一项损失 11 万元。

卡电费、摊派 宜昌县一批骨干电站如大米山、沙坪、猴儿窝等都是靠贷款兴建起来的，共欠国家贷款、利息 1804.5 万元。债多、息重，设备又不断老化，举步维艰；而电力部门欠小水电电费高达 100 多万元，县电力局以宜昌县厂矿企业欠电力部门电费为由拖付这笔电费。同时电力部门所辖的黄金卡变电站二期增容等工程向小水电上网电每千瓦·时收取 1 分钱的"集资"，后由于水利部门依据国家政策力争，才"暂缓执行"。

小水电网络被分割、打乱 今年上半年，县电力部门与乐天溪镇达成初步意向：乐天溪镇将唐家坝一、二级电站部分产权以股份形式转让给县电力局，实行股份合作。宜昌县西部的邓村、太平溪、乐天溪、栗子坪、晓峰等乡镇的小水电供电网络基本形成，为了解决丰水期电能的出路问题，县水利部门在乐天溪镇唐家坝建起了黄磷厂。如果县电力局购买唐家坝一、二级电站股份，全县西部电网则被拦腰截断，已形成的电网将被分割、打乱，给小水电向黄磷厂供电及西部乡镇供电带来很大困难。

何时政令通

为促进小水电事业发展，国家制定了一系列政策。体制方面，国务院及湖北省政府文件规定：小水电发电量超过供电量一半以上的县，水利、电力机构应予合并，建立县一级发、供、用统一管理的经济实体；国务院于1983年批转水利电力部《关于积极发展小水电建设中国式农村电气化试点县的报告》明文规定："小水电供电的县，可以把水利、电力统一起来建立县一级'发、供、用'统一的管理实体。"但由于种种原因，这些规定难以执行。

体制不解决，导致大量重复建设。1991年3月，宜昌县被国务院列为全国第二批200个农村水电初级电气化县后，县委、县政府从本县实际出发，提出了"分而治之"的构想，明确规定"西北边的樟村坪、殷家坪、下堡坪、栗子坪、雾渡河、上洋、分乡、土城、邓村、乐天溪、太平溪、晓峰等具有发展水电条件的12个乡镇建设地方电网，实行发、供、用统一"，这一规定是十分明确的。而到目前为止，这12个乡镇中还有乐天溪、晓峰乡为水利、电力交叉供电，造成大量的重复建设。如晓峰乡的两座35千伏变电站（水利、电力各1座）和张家口到唐家坝的两条35千伏输电线路（水利、电力各1条）完全可以减少一套，此一项造成了百余万元的重复建设。

造成这一局面不怪水利部门，也不能单纯怪电力部门，这完全是不合理的体制带来的后果，关于体制，广大水电工作者思考最多，期盼最多。"发、供、用统一"，各级政府都有明文规定，农村电气化标准也有此要求，人们不禁要问：造成政令不通的原因何在？执行起来为什么这样难？

　　文中反映了电力部门停电限电，沙坪水库在入库流量不大、天气晴朗的情况下被迫弃水等问题。当期报纸第一版、第二版是全国水利工作会议在广州召开的新闻报道，第三版头条位置就是我写的这篇文章，影响力本来就大。发表时，编辑又将标题改为《怪圈，又套住了三斗坪》。当时，位于三斗坪的三峡工程正在筹建中，非常吸引人眼球，稿件在全国水利、电力系统引起了很大反响。这篇稿件发表可能会带来麻烦，我是有思想准备的，但差点吃官司，却是我没想到的。

　　1993 年 10 月 23 日，县电力局以宜县电〔1993〕78 号文向县委、县政府报送了《宜昌县电力局关于十月九日〈中国水利报〉刊登〈怪圈，又套住了三斗坪〉一文有关问题的陈述报告》：

县委、县政府：

　　十月九日，《中国水利报》刊登了署名文章《怪圈，又套住了三斗坪》。该文在电力系统内引起了强烈反响，部、网、省、市各级领导多次致电查询真相，在社会上和行业内部给县委、县政府和我局造成一系列不良影响。根据上级主管部门意见，针对文中所述有关问题，我局进行了认真调查与核实，特陈述报告如下：

　　一、关于"一县两制"问题。早在 1992 年 9 月 20 日县政府就以专题会议纪要〔1992〕38 号文形式，明确划分了大电网、小水电的电网管理区域，由县电力局、县水利局分别负责辖区内的供用电管理。这是县委、县政府根据小水电"丰水有电、枯水无电"的特点，从发展全县经济出发，为小水电自身利益考虑，做出的切实可行的正确决策。今年以来，我局一直主动向上争取政策提出搞松散型联营，既让利于小水电，发展地方经济，又达到电网统一规划、统一调度，避免重复建设的目的。近段时间，电力部门一直迫切希望能在我县电网减少内耗，让有限的地方资金产生更高的经济效益。怎么会出现文中所述"限制小水电发展，扼制小水电市场。已经影响三峡坝区建设用电"的局面呢？

　　二、文中谈到"县电力部门缺电是十分突出的，电力部门层层分解到地方的电量指标十分有限，宜昌县厂矿企业及县城经常停电"。能源紧张，特别是电力资源匮乏，是全国性的，并不是区域性的。今年以来，由于三峡大坝工程在宜昌县境内动工兴建，国家采取多种形式，保证坝区供电，千方百计减少拉闸限电次数。通过电力部门的努力，上级主管部门采取一系列倾斜性政策，今年下达的用电指标累计 17500 万千瓦·时，较去年同期增加 21%，而全市仅增加 11.9%，全省平均增加 9.8%。县电力局年售电量近 2 亿千瓦·时，而小水电年发电量不足 5000 万千瓦·时，难道宜昌县电网缺电的局面是小水电能够解决的吗？宝贵的电力资源对搞活地方经济，增加地方财政收入，起到了举足轻重的作用。然而，靠全县人民集资、贷款几千万兴建的沙坪电站，产生的电力能源却不能为全县经济建设服务，这不能不让人深思。

三、文中提到"小水电上网 0.12 元 / 千瓦·时，电力部门转售用户最低在 0.20 元 / 千瓦·时。电力部门有利可图"。宜昌县电力局是行使国家电力行业职能的基层机构，代表国家执行国家颁布的电力方针、政策。我局售到用户的实际平均电价（1—8 月）为 0.08886 元 / 千瓦·时。若与购电价 0.12 元 / 千瓦·时相比，实际上是亏 0.03114 元 / 千瓦·时。这还没有计算电力部门的销售税金和供电成本。国家无利可图，而且是对地方小水电实行的扶持政策，因此，我们认为作者反映的情况不实。

为了弥补全县电力供应不足，繁荣宜昌县经济满足城乡人民生活的需要，凡能够上网的小水电站我局均批准上网。枯水期县政府还利用奖励政策发掘小水电的积极性。而作者在文章中说，"稍不合意，就对小水电实行制裁"，其结论从何而来？

四、关于"停电、限电"问题。该文所述："电力部门以小水电侵占了电力部门供电市场为由，对小水电沙坪塔小溪塔线频频无故拉闸限电，使小水电不能向三峡工程及西部乡镇正常供电，迫使用户转向电力部门要电。"稍有常识的人都清楚地知道，三峡大坝建设如此宏伟的工程用电负荷是惊人的，仅靠小水电几千千瓦负荷和稍一波动就会解列的电网供电，无异于"天方夜谭"。三峡工程用电必须依靠大电网，也只能依靠大电网，是现实条件所决定的，不是人的主观愿望决定的。电力部门根本不可能、也不需要以如此理由拉闸限电。对小水电停电、限电的主要原因是：一、水电公司无视电力部门行业管理有关规定，擅自将百岁溪等 11 个小水电站上网运行，私自增容 800 千瓦，而不提供任何文字资料和有关数据，妨碍电力部门正常的生产调度管理。根据《全国供用电规则》有关规定和上级业务部门要求，我局对私自上网小水电采取停电、限电处罚，以督促其按正当程序办理上网手续；二、小水电无视县委、县政府有关文件规定，不经电力部门许可私拉乱接，造成电网秩序混乱，给安全供电带来不利因素。鉴于以上两方面原因，电力业务主管部门依据国务院颁布的《电网调度管理条例》及《全国供用电规则》，对水电部门进行了适度处理，是完全合理合法的。

五、关于"卡电费、摊派"问题。电力部门从未有过任何口头或文字表示拒付电费的意思。相反，在今年全县电网基本建设任务重，路灯工程投资大，电费回收难的情况下，我局贷款搞建设，牺牲本企业利益，为黄金卡主变增容工程、路灯工程、石材城建设垫付近七百万资金，资金暂时周转不灵，适当延迟支付小水电电费时间，这怎么是"卡电费"呢？何况我局从发展地方经济，扶持乡镇企业角度出发，还不断挤出资金支付小水电电费。至于说黄金卡变电站二期增容工程收取集资的问题，牵扯到电力部门更是无从谈起。县集资是县委、县政府为改善全县供电环境，搞活全县经济，解决城乡人民照明难问题，于年初以宜政文〔1993〕06 号文件形式下发，委托电力部门代收代管，县政府统一核支的资金。这又怎么是电力部门乱摊派？更何况我局严格按照县委、县政府研究的"同意免收"的意见，从未收过小水电的集资款，该文又在全国性的报纸中提出来，不知有何用意。

六、关于"小水电网络被分割、打乱"的问题。根据年初县委高书记作的有关"走股金合作制道路"的报告精神，乐天溪镇委、镇政府为了发展乡镇企业，搞活乡镇经济，增加地方财政收入，找电力部门咨询，提出对唐家坝一、二级电站产权进行拍卖或股金合作两种方案，电力部门经过慎重考虑，本着从扶持乡镇企业，繁荣乡镇经济的思想出发，经向上争取政策，同意出资以入股形式参与管理，后因乡镇换届选举暂告停止。这本是既能提供资金发展乡镇经济，又能为小水电的发展创造条件的好事，怎么会"给小水电向黄磷厂供电及西部乡镇供电带来很大困难"？怎么会"将已形成的电网分割、打乱"呢？

七、关于"重复电力建设"的问题。文中提到，在晓峰乡水利、电力各建一座35KV变电站和张家口到唐家坝各架一条35KV输电线路的重复建设问题。翻开宜昌县电网发展史，我们不难发现，早在1989年12月电力部门就根据县委、县政府统一规划部署，为猴儿窝、新坪等黄柏河流域的小水电站上网投资兴建了35KV张家口变电站，架设了35KV张莲线。然而，小水电不按县委、县政府的统一规划办事，致使猴儿窝水电站舍近求远迂回至莲沱上网，造成300多万元的重复投资，究竟又是谁在搞重复建设呢？

今年以来，电力部门在县委、县政府的正确领导下，在上级主管部门的大力支持下，充分发挥政府职能部门的作用，为全县经济繁荣、城乡人民生活提供安全可靠的电力资源。通过各种途径向上级主管部门争取优惠政策，大力扶持乡镇企业，所做的大量工作是有目共睹的，所做出的成绩也是众所周知的。然而《怪圈，又套住了三斗坪》一文的发表，不仅在社会上而且在全国电力系统内引起强烈反响，给我局的企业形象和企业声誉造成一系列不良影响，严重挫伤了全局干部职工的工作积极性。这将直接影响到上级主管部门对我县经济发展所制定的优惠政策的具体实施，同时也将给全县经济建设带来不良后果。该文对县委、县政府一系列有关政策的否定，也将造成广大电力职工在执行政策时思想混乱，无所适从。在中央大报上刊登这样严重失实的文章是令人遗憾的，造成的不良后果和影响也是令人担忧的。为此，我们根据省局、市局指示精神，并结合我局实际情况，特向县委、县政府报告如下意见：

一、该报道严重失实，给我局企业形象和企业声誉造成一系列不良影响，我们将利用法律手段与作者朱白丹同志解决此争端。

二、我县是三峡大坝所在地，县委、县政府明确提出"大坝建在宜昌县，全县人民作贡献"，我们对三峡工程的服务有义不容辞的责任。然而，该文用醒目的标题"怪圈，又套住了三斗坪"大做三峡工程的文章，实际上朱白丹同志在文中所反映的内容，并未与三斗坪发生多大关系，更没有什么"怪圈，又套住了三斗坪"。由此显而易见，作者是想利用举世皆知"三斗坪"所在地的"三峡工程"来引起新闻效应，从而达到打击对方的目的，此其一；其二是作者朱白丹同志用"一县两制"及"何时政令通"为黑体标题，所述内容反映的实质就是：县委、县政府未执行水利部要求宜昌县水电公司一家供电的规定，由于这个政策政令不通，而影响了三斗坪坝区的供电。由此而给宜昌县造成的社会影响是不言而喻的。因此，我们请求县委、县政府对文中所述内容进行认真查证，对那些"唯恐天下不乱者"给予应有处理。

特此报告

宜昌县电力局

一九九三年十月二十三日

主题词：电力　水电　问题　报告

抄　报：省电力局、市供电局、县经委

抄　送：水利局、朱白丹

打　字：李　　　校　对：胡　　　共　印 15 份

该报告站在电力部门角度，逐条对我反映的问题进行了反驳或说明，提出"将利用法律手段与作者朱白丹同志解决此争端"。与电力部门从上到下反应激烈不同，水利部门从上到下都非常支持我。省水利厅农电处打电话到县水利局，转达水利部农电司和厅领导意见，表示文章写得好，反映了小水电供电实际情况。

1993年11月1日，县委常委、县委办公室主任贾世森同志在县电力局"报告"上批示："高书记的意见，请陈县长做工作，团结一心搞好宜昌县的建设。"批示中的"高书记"指县委书记高秉琰同志，"陈县长"指县长陈华远同志。

1993年11月7日，陈华远县长在县电力局"报告"上批示：

"实事求是是我们处理任何问题的基本准则。县委、县政府确定的在全县范围内分片建网、供电的体制，是基于：①我县地处葛洲坝电厂、未来的三峡电厂的出线区；②电力部门在东部几个乡镇已建成供电网络；③我县小水电建设无论是在装机总容量、年有效发电时间和发展速度方面都没有达到像兴山等县那样的水平；④我县工业发展速度将要进一步加快，而且大能耗工业的比重上升等这样一个基本现实，是符合我县客观实际的，有利于包括小水电在内的各项事业的发展。也得到了省水利厅、市水利局的理解和支持。请水利局全体干部职工，特别是领导集体进一步把思想认识搞统一，抓紧时间搞好小水电建设，提高管理水平，提高效益。"

高秉琰书记、陈华远县长对水利、电力两家长期争供区的情况十分清楚，也曾多次开会进行过协调。陈县长批示中的"请水利局全体干部职工，特别是领导集体进一步把思想认识搞统一"，暗含了对水利部门的批评。

我的调研文章投出去之后不久，龙金德同志就调任外贸局局长了，由乐天溪镇委书记庹天福接任局长。收到高秉琰书记、陈华远县长的批示后，有的领导不了解情况，责怪我不该写这篇文章。我说是奉命写作，又被说成敢做不敢当，把问题推给别人。当时我百口难辩，面临的压力不小，好在庹局长与电力部门关系较好，他在任乐天溪镇委书记时，与县电力局洽谈过转让唐家坝一、二级电站部分产权的事，我在文章中提到了这件事。庹局长不仅未批评我，为化解水利、电力长期存在的矛盾，还安排我邀请县电力局局长乐发祥同志一行来局座谈交流，共谋发展。水利、电力两部门主要领导、分管领导和相关人员参加，时任局办公室主任的我全程参加，会上气氛友好，因发表文章引起的不快就算冰释了，可谓"不打不相识"。

座谈会后，我与乐发祥同志成为朋友，他调入市里工作后，全力推进车溪风景区建设，接我去玩过几次。1997年11月，时任土城乡分管旅游的副乡长饶玉梅同志（现任市政协副主席）请我组织作家到车溪采风，我邀请宜昌市内著名作家前往车溪景区采风并创作游记散文在《三峡晚报》发表，以宣传车溪。乐发祥同志看到报纸后非常高兴，打电话给我表示感谢。

2002年3月，国务院印发"电力体制改革方案"，实行发电厂和电网分开营运。2011年11月前后，区委、区政府与国网公司商定，夷陵区小水电供电合并到国网。此举减少了内耗，水利部门专管发电，电力部门专管供电，共同为夷陵经济快速发展插上腾飞的翅膀。

从此，夷陵供电翻开新的篇章。一批沙坪电站建设者、管理者转入电力部门工作。

走进省城

我在宜昌县水利局办公室主任上一干就是八个年头，服务了龙金德、庹天福两任局长。局办公室主任听起来光鲜，实际上我就是一个打杂的伙计。除了起草公文、宣传报道，还有派车、会务、接待、职工食堂管理、房屋出租管理、清洁卫生、抄水费、抄电费等事务，什么事都要亲力亲为，工作琐碎，经常加班加点，自然也经常受气，完全没时间从事创作，我便萌生了轮岗的想法。1998年，根据水利部文件要求，各地都在成立水政监察队伍，宜昌县水政监察大队正式组建。小溪塔镇委书记张人才同志调任水利局局长，我向他提出到水政监察大队工作。张局长说，他在小溪塔镇工作时，就知道我能写，希望我继续留任，最终看我去意已决，他就答应了。

我到监察大队后，发挥自己的专长，经常在各级报刊发表新闻报道，加上我的文学创作取得的成绩，我在全省有了一定名气。当时，省水政监察总队成立不久，为了推动工作，树立了市级荆州市水政监察支队、县级宜昌县水政监察大队两个先进典型，并在荆州地区和宜昌县召开现场会。宜昌县先进材料是我起草的，受到了时任省水政监察总队熊春茂总队长（现任省水利厅党组成员、总经济师）的赏识。

2002年，省水政监察总队综合科科长向华锋同志因妻子待产需要照顾，向领导提出增加人手。熊春茂总队长跟县水利局局长朱振兴同志商定，借我到省水政监察总队工作，开始说借用半年，后又延长一年，没想到前前后后借用（上派）了15年。这既有我工作能力的因素，也有我为夷陵区成功争取了若干项目资金的因素。此间领导多次拟调我到厅事业单位工作，因我在夷陵区属于全额拨款的执法编制，比较稳定，我就婉拒了。

在省水政监察总队工作期间，我参与起草了各项规章制度，指导各地水政监察队伍规范执法。因全国各地监察队伍刚刚组建，迫切需要指导执法业务的书籍，我根据自己的讲义，编写出版了《水行政执法实务》一书。由于操作性较强，很受全国行政执法人员欢迎，该书发行到水利部各流域机构，全国30多个省、市、自治区的水政监察队伍，以及城建、环保、农业、市场监督、综合执法等部门。

2003年11月，省水政监察总队举办全省水政监察人员培训班，向华锋科长推荐我授课。此前我在沙坪一级电站讲过课，讲电气图，也给宜昌市技工学校来电站实习的学生讲过课，同事和学生们反映我讲的课通俗易懂。我在省里讲课后，学员们认为我的课接地气，深入浅出，就像看赵本山的小品，时不时爆发笑声、掌声。这样口口相传，一传十、十传百，都说听我的课受益匪浅。每次课后，我都能接到更多的讲课邀请。山东、四川、河南、甘肃、湖北等地人大、政府、街道办事处、党校、大学、中学、小学和食品药品监督、经济商务、综合执法等部门和单位请我去讲课，讲课内容既有行政执法，也有水资源管理；既有公文写作，也有文学创作；既有水文化，也有党课。总之，应接不暇，很有成就感。

至今，我已在水利部黄河水利委员会、水利部长江水利委员会和山东省、四川省、河南省、甘肃省、湖北省各单位以及武汉大学、三峡大学、湖北水利水电职业技术学院讲课 100 多场次，线上、线下听众近十万人次。同时，水利部机关党委、水利部综合事业局、水利部水资源中心、水利部景区办、水利部文协、水利部政法司、水利部水资源司、水利部水利发展研究中心、西藏审计厅等单位，以及武汉大学、湖北经济学院等高等院校组织的活动，邀请我以专家身份参加，我都认真准备，提出建设性意见。主办单位认为我能讲到点子上，凡有相关活动，都请我参加。

我借调省水利厅工作期间，与调任广东深圳市水务局财务处长的冼世能同志仍有联系，我为他在改革开放前沿阵地施展才华感到高兴。可是天妒英才，某天我闻讯冼世能同志因患肝癌去世，回想起他关心我文学创作和成长进步的点点滴滴，禁不住悲从中来。他英年早逝，与其长期劳累不无关系。身体是革命的本钱，这话太正确了。我自己也劳累过度，厄运不期而至。

2014 年单位组织体检，我被查出得了淋巴癌。在武汉大学中南医院治疗出院后，医生让我加强锻炼。湖北是千湖之省，省委领导提出："发扬湖北文学鄂军优势，用各种文学艺术作品，在爱湖、养湖、呵护湖方面多出作品和精品，形成湖北的爱湖文化。"我是一名业余作家，又从事水资源保护工作，责无旁贷。游览武汉湖泊，既创作美文，又强身健体，是一件惬意和有意义的事！我决定创作长篇文化散文《沧桑百湖》，但采写、创作非常辛苦，几次萌生了放弃的念头。我一次次鼓励自己，攻城拔寨，仅用一年多时间，就创作出版了 40 多万字的散文集，一度中断的文学创作又重新起航。最重要的是，我所患的淋巴癌完全治愈，身体康复了！

走进京城

我在沙坪电站创作的处女作发表后，陆续在《文艺报》《北京文学》《中华文学》《电影文学》《长江丛刊》《大江文艺》《芳草》《短篇小说》《青海湖》等报刊发表小说、散文、电影文学剧本若干；在上海文艺出版社、敦煌文艺出版社等出版社出版小说集、散文集、电影文学剧本13部近300万字；获中国作协征文优秀作品奖等奖项；加入了中国作家协会，成为工作、户籍在夷陵区的首位中国作协会员；被中国作协安排到北戴河疗养。

我的文学创作影响了家人，在县水电公司工作的大弟朱光华、在三峡总公司实业公司工作的小弟朱华逊和我的女儿怡安，累计在全国各级报刊发表出版小说、散文、电影文学剧本三四百万字，都加入了湖北省作家协会、中国水利作家协会和中国电力作家协会，"同台三兄弟，一门四作家"，在全国水利、电力系统和地方文坛传为佳话。

我取得的创作成绩，各级组织给予了充分肯定。2021年12月，经中国水利作协推选，中国作协资格审查，我有幸当选中国作协第十次全国代表大会代表，是全国水利系统三名代表之一，编组在行业代表团，团长是著名作家刘庆邦。会议期间，我与莫言、贾平凹、刘庆邦、王跃文、苏童等著名作家合影。以前，我到人民大会堂参观过，但作为代表到人民大会堂参加会议却是第一次，心情无比激动。

12月14日上午举行开幕式，我与全国三千多名文代会、作代会代表一道，在人民大会堂聆听了习近平总书记的重要讲话。习总书记的重要讲话，高瞻远瞩，博大精深，是一篇闪耀着马克思主义真理光辉的重要文献，是党和政府做好新时代文艺工作的根本遵循和行动指南，非常鼓舞人心。

会后，各级文联、作协掀起了学习宣传高潮。12月16日，宜昌市文联远程采访我们代表，并制作了视频宣传片；12月18日，夷陵区作协召开创作年会，我从北京抵达宜昌东站，直接赶到会场，传达学习习总书记重要讲话精神；12月20日，接受宜昌市文联采访，报道发表于《三峡日报》；12月22日，中国水利文协、作协召开学习贯彻中国文联十一大、中国作协十大精神视频会议，我做交流发言，发言稿刊载于《大江文艺》期刊和中国作家网上；12月23日、28日，区文联何强主席协调安排，云上夷陵、夷陵电视台报道了我当选全国作代会代表及参会感言。

"吃水不忘挖井人。"我从 1979 年 12 月参加沙坪电站工作，到 2022 年 12 月水利局退休，这一路走来，要感谢冼世能、熊仁义、何士炼、胡正新、龙金德、熊春茂、向华锋、易文利、刘军、沈伟民等一批领导。我常想，如果不是他们的关心、鼓励；如果当年冼世能站长认为我搞文学创作是不务正业，我是不可能有今天的成就的。

幸运的是，沙坪电站成就了我。在人生漫漫旅途中，我遇见了冼世能等诸君。是他们让我感到世界是如此美好！

作者简介

朱白丹，男，中共党员。1979 年 12 月招工到沙坪电站工作，时年 17 岁。历任运行班长、电力股副股长、办公室主任等职。是从沙坪电站成长的中国作家协会会员、中国作协第十次全国代表大会代表，2021 年 12 月 14 日，在人民大会堂聆听习近平总书记重要讲话。曾获中国作协"深入生活，扎根人民主题实践先进个人"荣誉称号。

附 录

沙坪水电工程开工典礼大会胜利召开

紧急执行抓纲治国战略决策　把电力事业搞上去
沙坪水电工程开工典礼大会胜利召开

县委、县革委、县人武部负责同志胡开梓、陈天赐、张木生、鲁秉宽、刘福洪、闫圣代、张振良等同志参加了大会，三三〇工程局党委邓志光同志出席了大会。

在全国人民高举毛主席的伟大旗帜，坚决执行华主席提出的抓纲治国的战略决策，乘胜前进的大好形势下，在第二次全国"农业学大寨"会议精神鼓舞下，在深揭狠批"四人帮"开展"工业学大庆""农业学大寨"群众运动的高潮中，宜昌县沙坪水电工程勘测设计、施工准备业已就绪，经过水电部和省、地委同意，在三三〇工程局党委的积极大力支持下，胜利开工了。3月23日在沙坪举行了开工典礼大会，大会会场布置得庄严、朴素，群山环抱，林木竞翠，郁郁葱葱，春光灿烂，红旗飘扬。

参加大会的有三三〇工程局党委邓志光同志，有县委、县革委、县人武部领导胡开梓、陈天赐、张木生、鲁秉宽、刘福洪、闫圣代、张振良同志，有三三〇工程局支援沙电工程建设的有关干部和工程技术人员，有县直各单位的代表，还有莲沱公社党委、沙坪党总支、沙坪大队生产队干部和当地贫下中农，有来自邓村、太平溪、三斗坪、务渡河、晓峰、下堡

297

坪、上洋、柏木坪、莲沱等九个公社参加工程建设的干部、民兵共四千余人。在走向大治的一年里，一定要继承毛主席的遗志，听从华主席的指挥，一切服从抓纲治国的战略决策，深揭狠批"四人帮"，焕发革命精神，鼓足干劲，争上游，多快好省建电站，为早日把我县建成大寨县，尽快实现毛主席"高峡出平湖"的远大理想，为加速三三〇工程建设提供电源作出新的贡献。

县委委员、县革委会付主任，工程党委付书记、指挥长闫圣代同志宣布大会开始，高唱《东方红》，二百响山炮齐鸣，在热烈的气氛中，邓志光同志代表三三〇工程局向大会宣读了贺信，刘福洪、王文彦、杨延龙同志分别代表县人武部、县委办公室、莲沱公社党委宣读了贺信，会场响起一阵阵掌声。向大会送贺信的还有县委组织部、县委宣传部、县委工交政治部、县委财贸政治部等三十二个县直单位，莲沱公社社直机关、沙坪党总支、瓦窑坪党总支、沙坪大队党支部等三十四个单位也送了贺信。

当县委常委、县人武部部长张木生同志在大会上宣读了县革委《关于调整充实宜昌县沙坪水电工程指挥部成员的通知》和县委《关于成立中共宜昌县沙坪水电工程委员会的通知》后，会场热烈鼓掌。

县委付书记、县革委会付主任、指挥部政委陈天赐同志在会上讲话，他说沙坪水电工程的兴建，是毛泽东思想和毛主席革命路线的伟大胜利，是全县五十五万人民落实英明领袖华主席抓纲治国的战略决策，是尽快改变我县面貌的一项重要措施，是三三〇工程局党委和有关单位大力支援的结果。

陈天赐同志在分析了全县、全工地革命生产的大好形势后指出：沙坪水电工程是以发电为主、结合灌溉的综合利用工程，国家投资八百余万元装机八千千瓦，年发电量4281万千瓦·时，相当于全县现有发电量的六倍，修建这座电站将有效改变我县面貌，加速电气化，促进工农业生产的发展，为三三〇工程加速施工提供电源，早日实现伟大领袖和导师毛主席"高峡出平湖"的远大理想，并为今后根治我县大小河流，开发水利资源，建设更多综合利用的中小型电站创造经验、培养人才，因此修建此座电站有重大的政治意义和经济意义，是全县人民的迫切要求，是水电部，省、地委和三三〇工程局党委对我们的希望，我们一定要继承毛主席的遗志，听从以华主席为首的党中央指挥，以阶级斗争为纲，坚持党的基本路线，学好文件抓住纲，深揭狠批"四人帮"，高速优质建电站，大庆大寨作榜样。

陈天赐同志说：我们要坚决贯彻执行华主席抓纲治国的战略决策，认真学习马列著作和毛主席著作，学习华主席和党中央的一系列指示，深揭狠批"四人帮"，开展"工业学大庆""农业学大寨"的群众运动，把工地办成学习毛泽东思想的课堂，办成揭批"四人帮"的战场，办成培养锻炼人的演兵场。

陈天赐同志说：我们一是要开展社会主义劳动竞赛，迅速把团与团、连与连、人与人之间的挑战竞赛组织起来，建立健全各项制度和劳动定额管理制度，开展"三高""四赛"的群众运动，即高出勤、高工效、高质量，赛学习、赛批修、赛团结、赛贡献，多快好省地进行工程建设。

陈天赐同志说，我们一定要以王铁人、雷锋同志为榜样，发扬一不怕苦，二不怕死的革命精神，以工地为家，加强组织性、纪律性，一切行动听指挥，发扬"三老四严"的优良作风，不搞无政府主义，不搞自由主义，为革命勇于挑重担，善于打硬仗，天晴抢着干，小雨不停战，大雨有事干，人人都为电站争时间、抢速度。

陈天赐同志说，我们一定要加强党的领导，抓好党团组织建设，不断召开党团民主生活会议，开展工地整风，表扬先进人物，开展批评与自我批评，纠正不良倾向；要提高革命警惕，坚决打击一小撮阶级敌人的破坏活动，要遵守三大纪律，八项注意，搞好单位之间，人与人之间，特别是与当地群众之间的团结。要关心群众生活，注意解决好民兵的吃喝住宿，治病中的具体问题，要自力更生，艰苦奋斗，努力战胜各种困难，为高速度、优质量的建设好沙坪电站而奋斗。

三三〇工程局邓志光同志代表三三〇工程局党委和全局广大职工，向大会表示热烈祝贺。他说：沙坪电站是宜昌县委直接领导下的工程，贫下中农是建设的主力军，三三〇工程局有少数工人和机械来与社员同志共同战斗。这个电站将是工农联盟的友谊站。当前工业等电，农业盼电，人民需要电，电力不足的矛盾是"四人帮"干扰破坏的结果，是暂时的困难，我们要调动一切积极因素，大打电力翻身仗，既要有三三〇这样的大工程，也要在广大农村大办小水电，实行"两条腿走路"的方针，修建沙坪电站是贫下中农的愿望，也是三三〇工程的需要，我们一定要紧跟以华主席为首的党中央的战略部署，深揭狠批"四人帮"，实现天下大治，把对"四人帮"的刻骨仇恨，对华主席党中央的无限热爱，变为大干社会主义的实际行动，争取早日建成发电，团结起来，共同战斗，去创造更大的胜利。

最后，县委书记、县革委会主任胡开梓同志向大会作了指示，他说，沙坪水电工程能够早日动工兴建，是毛主席革命路线的伟大胜利，是以华主席为首的党中央的亲切关怀，水电部大力支持、三三〇工程局大力支援的结果，他要求参加兴建这个工程的全体指战员坚决执行华主席提出的"抓纲治国"的战略决策，认真学习马列和毛主席著作，进一步端正思想，树立为革命办电站的思想，把工地办成毛泽东思想的大学校。要深揭狠批"四人帮"以及伸向我县的那几个坏头头、黑爪牙破坏革命和生产的罪行，要联系实际，大批资本主义，大批修正主义，大干社会主义，打一场揭批"四人帮"的人民战争，把工地办成革命大批判的战场。胡开梓同志指出，今年是大治的一年，我们要坚决响应华主席号召，把"工业学大庆""农业学大寨"的群众运动推向新高潮，学大庆的艰苦创业精神，"两论"起家，有条件要"大干快上"，没有条件要创造条件"大干快上"，大干社会主义有理，大干社会主义有功，大干社会主义光荣，大干了还要快上，发扬"三老四严""四个一样"的革命作风，把社会主义劳动竞赛开展起来，坚持下去。要关心群众生活，注意工作方法，调动一切积极因素，为高速优质建成发电努力奋斗。胡开梓同志最后要求全县各条战线、各个单位想工程所想，急工程所急，前方后方齐心协力，为早日发电做出贡献。

　　在大会上发言的还有三三〇工人代表王元仗同志、晓峰团邓秀坤同志、邓村团周礼平同志、上洋团张铁英同志，他们一致表示在英明领袖华主席的领导下，抓纲治国，大治天下，用我们的一颗红心，两只手，把"四人帮"造成的损失夺回来，甩开膀子大干，雷厉风行快上，出大力，流大汗，为早日建成沙坪电站多做贡献。他们的讲话得到了全场热烈的掌声。会场充满着团结战斗的气氛。

　　大会在《大海航行靠舵手》的乐曲声中胜利结束。

　　（资料来源：宜昌县沙坪水电工程指挥部编的《沙坪水电》第1期，1977年3月25日）

宜昌县革委会 三三〇工程局关于兴建沙坪电站协议书

在华主席为首的党中央关于"抓纲治国"的战略决策鼓舞下，深揭狠批"四人帮"的伟大群众运动正在深入发展，"工业学大庆""农业学大寨"的群众运动蓬勃兴起。为了发展大好形势，落实毛主席在《论十大关系》中提出的基本方针，促进工农业的发展，宜昌县革委会提议在宜昌县乐天溪流域的沙坪兴建一座装机容量 8000 千瓦的小型水力发电站，得到了三三〇工程局赞同和支持。共同认为，兴建此站，对改变宜昌县山区的面貌，加快建设大寨县的步伐和为三三〇工程施工提供急需电源，尽快实现毛主席"高峡出平湖"的宏伟遗愿，都具有重要作用。双方研究兴建的方案，已经水电部同意，并指示由宜昌县革委会负责兴建，三三〇工程局借钱，机电设备水电部安排解决，按照上级指示精神，双方对有关事宜达成协议如下：

一、工程的设计和施工，宜昌县全部负责。在宜昌县县委直接领导下，组织 4000 名社员，常年施工，成立工程指挥部，加强对工程设计和施工的领导，保证高速度、高质量、低消耗建成此站，为三三〇工程局尽快提供施工电源。

为了加快工程建设步伐，保证工程质量，宜昌县在设计中遇有技术问题，要求同三三〇工程局商量时，三三〇工程局设计院应及时派人参加研究。在施工中遇到困难和问题时，主要由宜昌县自力更生解决，县内确实解决不了的，三三〇工程局应尽可能积极协助解决。经宜昌县委和三三〇工程局党委研究，由三三〇工程局计划处抽派一位领导干部参加工程指挥部工作，联系办理有关事宜；同时，抽派施工小分队，配少数精干的技术工人，自备少量小型施工机械，参加电站建设，在工程指挥部的统一领导下，协助完成部分施工任务。

二、工程建设分两期施工。第一期建成二级电站，装机 3000 千瓦，概算投资 300 万元，于 1997 年 3 月 23 日动工，力争"十一"建成发电。第二期建成一级电站（包括 74 米高浆砌拱坝一座），装机 5000 千瓦，概算投资 500 万元，继一期工程施工，至 1978 年年底建成供电。工程进度由宜昌县革委会掌握安排，负责保证工期。

三、建设资金。三三○工程局负责，按照初步设计总概算 800 万元，限额分期分月进度借给，保证工程建设不受影响，宜昌县革委会每月向三三○工程局编送工程进度、用款计划和办理财务借款手续，并对所借款项严格管理，厉行节约，降低造价，做到专款专用。

三三○工程局抽派施工小分队人员和施工机具的费用，直接由三三○工程局所属单位开支的部分，由三三○工程局汇总统一向宜昌县革委会结算，转作借款。

四、物资器材。工程需用的水泥、钢材、炸药（包括雷管、导火线），三三○工程局负责向上级申请供应。木材和一切地方材料全部由宜昌县革委会自行解决。

三三○工程局负责供应的材料，均按设计用量、国家消耗定额和工程进度，限额分期分月进度拨给。价格按三三○工程局现行材料单价执行。宜昌县革委会应随同工程进度分月向三三○工程局编送用料计划，并认真加强管理，降低消耗，节约用材，做到专材专用。

五、电站机组、输电线路及其成套设备、材料，双方共同向水电部报送申请计划，宜昌县革委会负责提出设计资料和设备订货清单，三三○工程局协助落实，一并负责办理订货、催货、运输和机组安装（包括架线的技术指导工作）。

电站机组、输电线路及其成套设备、材料购置所发生的费用（包括运输费），由三三〇工程局统一支付，分期向宜昌县革委会结算，转作借款。

六、电站建成后，产权归宜昌县所有。宜昌县革委会应加强电站的管理、运行，保证三三〇工程施工用电。所发电量，保证三三〇工程局用四分之三以上，宜昌县留用四分之一以下。葛洲坝发电以后，该站所发电量，即由宜昌县自行安排，但三三〇工程局下属单位如继续用电时，宜昌县革委会应予以优先供给。

工程局所用电费，由宜昌县按照国家统一规定的价格向三三〇工程局结算，抵偿三三〇工程局借给该工程的建设资金。

七、本协议经宜昌县委和三三〇工程局党委讨论通过。从双方签订之日起执行。执行中，遇有特殊情况和未尽事宜，宜昌县委和三三〇工程局党委共同协商解决。今后上级有新的指示，按上级的指示执行。

宜昌县革委会（章）

三三〇工程局（章）

一九七七年五月二十八日

（资料来源：宜昌县沙坪水电工程指挥部）

水利电力部计划司（急件）
关于沙坪水电站列入你局计划的批复

〔77〕计电字第 101 号

三三〇工程局：

　　湖北电网电力紧张，为解决葛洲坝工程施工用电，同意你局和宜昌县革委会共同商定利用当地水力资源兴建沙坪水电站，该电站总规模八千千瓦，所需配套设备，请你局本着勤俭节约，因陋就简的原则，在审定设计的基础上提出申请，由我部成套公司核定后汇总，作为葛洲坝施工电源，报请列入国家成套计划。

水利电力部计划司
一九七七年九月十七日

　　（资料来源：宜昌县沙坪水电工程指挥部）

宜昌县沙坪水电工程指挥部贺信

邓村、太坪溪、务渡河团党总支及全体指战员同志们：

你们在大坝截流的突击战斗中，高举毛主席伟大旗帜，发扬"一不怕苦、二不怕死"的革命精神，紧密配合，协同作战，克服困难，忘我劳动，严守职责，紧张战斗，胜利完成了大坝导流洞的封堵任务，特向你们致以热烈的祝贺。

大坝截流，把乐天溪河的水调上了山，不仅为二级站近期发电创造了动力条件，而且将为彻底改变沙坪面貌，推动"农业学大寨"运动，发挥更大的作用。大坝截流的胜利，是毛泽东思想的伟大胜利，是华主席抓纲治国战略决策的胜利，也是全工区指战员英勇奋战的结果。

希望你们遵照华主席"思想再解放一点，胆子再大一点，办法再多一点，步子再快一点"的指示，总结经验，戒骄戒躁，集中精力，紧张战斗，在指挥部党委的统一领导下，为二级电站在近期发电做出新的贡献，为夺取电站工程的全部胜利而努力奋斗。

中共宜昌县沙坪水电工程指挥部委员会

宜昌县沙坪水电工程指挥部

一九七八年十二月四日

（资料来源：宜昌县沙坪水电工程指挥部）

宜昌县沙坪水电工程指挥部庆祝沙坪电站二级站通水发电和评功表模大会议程

1. 大会开始（鸣炮奏乐）

2. 奏国歌（全体肃立）

3. 宣读贺信

4. 陈天赐同志讲话

5. 三三〇工程局、八二七厂、二十二公司领导讲话

6. 县委领导讲话

7. 公布先进单位、劳动模范、先进工作者名单

8. 发奖

（资料来源：宜昌县沙坪水电工程指挥部）

中共宜昌县委 宜昌县革委会贺信

沙坪电站工程指挥部党委和全体指战员同志们：

欣悉沙坪电站二级站昨晚九时通水试电一次成功，我们非常高兴，这是华主席抓纲治国战略决策的重大胜利，是你们一年来艰苦奋战的丰硕成果，是三三〇工程局大力支援的宝贵结晶。在此，我们代表全县广大党员和五十五万人民向你们表示最热烈的祝贺，向在工地做技术指导和你们并肩战斗的三三〇工程局的领导同志、工程师、工人师付表示崇高的敬意和衷心的感谢！

同志们，胜利的一九七八年即将过去，光辉的一九七九年即将到来，新的一年在我国将是大转变的一年，从明年起，我们党的工作重点和各方面的工作重点都要转到社会主义现代化建设上来，希望你们再接再厉，乘胜前进，为在大转变的新的一年取得更大的胜利，为沙坪电站早日全部建成投产而努力奋斗。

中共宜昌县委员会

宜昌县革命委员会

一九七八年十二月二十一日

（资料来源：宜昌县沙坪水电工程指挥部）

宜昌县沙坪电站胜利通水发电

宜昌县沙坪电站胜利发电，3600 米渠道通水良好，二级站两台八百千瓦的发电机组一次启动成功，各种设备运行正常。从破土动工到二级站发电，第一期工程只用了一年零九个月。12 月 25 日，工程建设指挥部在这里召开了五千人的庆祝大会。

宜昌县沙坪电站位于西陵峡北岸，乐天溪河下游沙坪山谷，采用 67 米高程的砌石宽缝重力坝截河建库拦水发电。坝后建立装机 5000 千瓦的一级电站，又利用一级电站 11.5 个流量的尾水，通过 3600 米输水渠道，获得 37.7 米高落差，建立二级电站，装机 3200 千瓦，总装机 8200 千瓦，年发电量 3700 万度，是这个县目前最大的电站。它的建成可解决全县大部分农村、厂矿、县内三线工厂的用电，直接为三三〇工程提供施工电源。为改变这个县的电力布局，加快社会主义现代化建设，改变鄂西山区面貌，实现毛主席"高峡出平湖"的伟大理想起着重要作用。

沙坪电站是按照现代化要求精心设计、精心施工的，施工质量好，安装自动化程度较高。3600 米输水线全部是块石浆砌的三面光渠道，67 米高，265 米长，底宽 55 米，顶宽 5 米的大坝全部用块石浆砌，坝前还设有 3 米厚的防渗墙。大部分闸门都是电动启闭。二级站设备都采用可控硅离磁；控制设备、保护设备都比较齐全。发电过程中，机组和各种电器设备出现事故以后，控制系统可直接给值班人员发出信号，值班人员可在中央控制室直接进行紧急停机和处理事故。机房采用半水下式厂房，机房吸水井水泵也是自动控制。当水位升到一定高度时，抽水设备可自动启动。当水量降到一定限度时，又可自动停机，不需值班人员合闸关闸。

沙坪是七十多名红军先烈洒过鲜血的地方，至今红岩血迹斑斑，伟大领袖毛主席和敬爱的周总理亲自规划的高峡平湖也就在这里。加速这里的建设，尽快改变这里的面貌是全县55万人民的心愿。这里森林覆盖面积大，降雨偏多。上游承雨面积365平方公里，平均径流量2亿立方米以上，水量丰富，河床落差又大，是天然的电力资源。粉碎"四人帮"后，中共宜昌县委遵照英明领袖华主席"要突出抓电"的指示，向全县人民提出了"全县动员，大办水电，万众一心，建设沙坪"的战斗口号。县委书记胡开梓，县革委会主任商克勤亲自带领13个县委常委和县革委付主任到这里踏勘规划，组织施工。县委付书记陈天赐、县革委会付主任闫圣代、县人武部付部长刘洪福长期住在工地和民兵同吃同住同劳动，深入现场指挥施工。还从东边六个公社（镇）和县直机关抽出了各种技术骨干近百人参加了电站的施工。参加施工的九个公社也派了得力领导干部到工地指挥。指挥部建立了工地党委，团、连都建立了党总支和党支部，有力地加强了施工中的各级领导。

落实党的经济政策，用经济手段管理工程，是施工用工少、工效高、进展快、质量好的重要措施。沙坪电站工程艰巨，质量要求高。在全工程52.3万个土石方的工程量中，90%的工程量是混凝土、浆砌和石方，光混凝土工程就有3.8万方。工地采取定额管理，标工到队。按标工进行生活补助和工具补助，带钱回队参加分配等办法，较合理地处理了国家、集体、个人三者之间的关系，调动了前后方的社会主义积极性。工地施工人员减少了一半，工效提高了一倍。3600米高标准渠道，其中包括总长1282米的六个隧洞和总长221米的四个渡槽只用了七个月就完成了任务。大坝从开挖清基，回填截流，到目前升到13米高，二级站从前池管道、厂房住房到两台机组的安装发电，全部施工工程总共只用了一年零九个月。施工过程中涌现了下堡坪民兵团等69个先进集体和224个先进个人，工地指挥部和党委都分别给他们颁发了奖旗、奖状和奖品。

沙坪电灯明，感谢三三〇工程局。沙坪电站的胜利通水发电是三三〇工程局全力支持、工业支援农业、工农齐心办电的结晶。整个电站从设计到施工，从资金到物资、器材、设备，从机械运输到技术力量都得到了三三〇工程局的大力支持。他们还两次派送了由一百多名工人技术员和工程师组成的小分队直接参加现场施工。党委书记刘书田，亲自主持会议研究方案，解决问题。付书记张哲、工程局局长廉荣禄，付局长邓曼福和三个付总工程师以及各处、各分局的领导同志也多次到工地帮助工作。沙坪电站在建设过程中还受到水电部的亲切关怀，钱正英部长直接听取了沙坪电站工程汇报，八二七厂、二十二公司等驻县三线单位也对沙坪电站给予了极大的帮助。

战斗在沙坪电站的 3000 指战员又更加朝气蓬勃地向工程的全面竣工投入了紧张的战斗。

宜昌县报道组 朱吉荣

一九七八年十二月二十七日

（资料来源：宜昌县沙坪水电工程指挥部）

宜昌县委 宜昌县革委会贺电

沙坪水电工程指挥部：

在伟大转变的一九七九年开始之际，欣闻沙坪二级站二号机组运行发电的喜讯，我们向你们并通过你们向参加沙坪电站建设的工程技术人员和全体指战员致以热烈的祝贺，向在工地做指导的三三〇工程局的工程师、工人师傅表示衷心的感谢！并望你们在党的十一届三中全会精神指引下，争时间，抢速度，为加速沙坪电站的建设、争取二级站早日全部完工和一级站提前发电乘胜前进。

祝你们新年快乐！

中共宜昌县委员会

宜昌县革命委员会

一九七九年元旦

（资料来源：宜昌县沙坪水电工程指挥部）

沙坪电站工地诗选

电灯不亮不回村

柏木坪团报道组

深夜灯下写决心，
颗颗红心向北京。
一个心眼修电站，
电灯不亮不回村。

电站不修起，决不把家还

上洋团西庄连

活着干，死了算。
哪怕跑断腿，
哪怕腰压弯，
电站不修起，
决不把家还。

电灯不亮我不走

柏木坪团知识青年

扁担闪悠悠，

汗水浑身流，

箩筐专挑特大号，

三步并作一步走。

号子一声吼，

群山抖三抖，

抱板拉破四五个，

绳子拉成两半头。

要问干劲哪里来，

华主席号召记心头。

大打电力翻身仗，

电灯不亮我不走。

（资料来源：宜昌县沙坪水电工程指挥部）

商克勤同志在沙坪电站竣工典礼大会上的讲话

各位领导、各位同志们：

沙坪水电工程，在水利电力部和省、地委的亲切关怀下，在长江葛洲坝工程局和设计院以及地、县有关部门的大力支持和帮助下，在县委、县人民政府的直接领导下，在电站指挥部的具体组织和指挥下，经过广大指战员六个年头的艰苦奋战，包括雾、下、邓、太、三、连、柏、晓、上等九个公社派人直接参战，现在主体工程胜利竣工。

沙坪，是早年革命前辈为了人民的解放事业，在这里洒过热血的地方，革命先烈的光辉业绩永载史册！现在举国上下，奋斗在向社会主义四个现代化宏伟目标进军的征途上，为了加快山区建设，改变山区面貌，发挥水利资源的优势，以乐天溪河为重点，在沙坪建设第一个梯级水电工程取得了重大成就，在新的发展历史时期，为开发水利资源，加速小水电建设提供了新的经验。

沙坪水电工程主要技术经济指标包括：

一、高 70.5 米的砌石宽缝重力坝，拦截流域面积 365 平方公里，总库容近 4000 万立方米。坝体内设廊道，发电压力钢管，排沙孔，纵、横向排水沟，坝顶设三扇宽 10 米、高 12 米的弧形钢闸门，可排泄最大洪水 3000 个流量。

二、坝后式一级电站，装机 5000 千瓦。

三、引水式二级电站，装机 3200 千瓦。

一、二级电站总装机容量为 8200 千瓦，设计年发电量 4000 万度，年电费收入 200 余万元。

四、引水渠系全长 3600 米，其中隧洞 6 处 1226 米，渡槽 5 处 300 米。设计过水流量 11.5 立方米 / 秒；

五、全长 35 公里，35 千伏高压输电线路在小溪塔变电站并入国家电网。

整个工程共完成土石方 82 万方，消耗钢材 1146 吨，木材 2736 立方米，水泥 37000 吨，炸药 320 吨，总投资 1750 万元。

在施工过程中，由于坝体施工工序复杂，技术性强，加之我们建设这样一个较大的水电工程缺乏经验，各个方面技术人才都需要在干中学、学中干，有时跟不上施工建设发展的需要，因而出现了这样那样的问题，也遇到过种种困难，但我们在地委、行署的及时指导下，在三三〇工程局及有关业务部门的大力支持下，参加这个工程建设的干部、工程技术人员和建设者们，不怕艰难险阻，保质量，抢速度，尊重科学，重视实践，群策群力敢于创新，终于战胜了前进道路上的种种困难，施工得以顺利进行。前一段运行情况证明，一级站、二级站和渠系建筑物的施工质量、安装质量，基本上符合设计要求，大坝基础处理和坝体砌筑质量较好，目前尚未发现明显漏水现象，坝体及其闸门由于尚未经历设计洪水的考验，库内水位也尚未达到设计水位，还有待在今后运行中进一步检查安装的质量，但是从目前泄洪情况看来，泄洪排流对一级站厂房安全存在较大的威胁，但经中南设计院和地县水利局工程技术人员研究，可以采取适当措施做好进一步的处理。

沙坪水电工程的建设，为开创宜昌县水电事业的新局面，培养了人才，锻炼了队伍，积累了经验。在完成建设沙坪的历史使命、工程效益正在全面发挥的重要时刻，回顾战斗历程，展望胜利前景，我们特向关心和支持过沙坪工程建设的各级领导、各有关单位表示衷心的感谢！向参加工程建设的干部、工人、工程技术人员、施工队伍致以崇高的敬意！向在工程建设中因公伤亡的同志表示深切的怀念！我们决心认真总结沙坪电站建设中的经验和教训，为进一步开发我县水电资源，为国家的四化建设事业做出新的更大贡献。

一九八三年八月十二日

（资料来源：宜昌县沙坪水电工程指挥部）

沙坪电站重要数据

1. 县委确定修建沙坪电站时间：1976年下半年。

（资料来源：闫圣代同志回忆文章）

2. 开工典礼时间：1977年3月23日。

（资料来源：宜昌县沙坪水电工程指挥部编《沙坪水电》第1期）

3. 参建公社：雾渡河、下堡坪、邓村、太平溪、三斗坪、莲沱、柏木坪、晓峰、上洋9个公社。

（资料来源：商克勤同志在沙坪电站竣工典礼大会上的讲话）

4. 高峰劳力：6000多人。

（资料来源：闫圣代同志回忆文章）

5. 参加单位（不完全，排名不分先后）：县委、县革委会、县人武部、县公安局、县水利局、县电力局、县妇联、县粮食局、县物资局、县交通局、县劳动局、县副食品公司、县医院、县文工团；三三○工程局、八二七厂、二十二公司、解放军某部等单位。

（资料来源：综合资料）

6. 第一台机组通水试电时间：1978年12月20日晚9时。

（资料来源：宜昌县委、宜昌县革委会贺信）

7. 沙坪电站概算投资及资金来源：800万元，由三三○工程局借资，电站竣工后向三三○工程局供电，用电费抵扣借款。

（来源：宜昌县革委会、三三〇工程局关于兴建沙坪电站协议书）

8.　沙坪电站总投资：1750万元。

（资料来源：商克勤同志在沙坪电站竣工典礼大会上的讲话）

后　记

2022 年 2 月，时任宜昌市夷陵区水利和湖泊局局长尹凌云同志在全区水利系统干部职工大会上宣布，抽我参与区政协文史委牵头编辑《水利夷陵》一书。局领导之所以这样安排，是因为我长期从事公文写作，并有中国作家协会会员身份，编书、写书是我的强项。当时我以为是编志书，那是一项大工程，我只有几个月就要退休了，心里并不情愿，局里事先也未征求我的意见。但我是一名共产党员，一名国家公职人员，受党教育多年，既然组织决定了，就没有条件可讲，就必须坚决服从。就这样，我参与编辑了文史读物《水利夷陵》一书。

顾名思义，《水利夷陵》一书，针对的是全区范围内的水利工程。尽管沙坪电站是 20 世纪 70 年代，宜昌县委、县革委会举全县之力兴建的最大电站，但在《水利夷陵》一书中，所占篇幅并不大。2022 年 10 月 16 日，习近平总书记在中国共产党第二十次全国代表大会上的报告中提出："发挥党和国家功勋荣誉表彰的精神引领、典型示范作用。"沙坪电站曾荣获水利电力部"部优电站"荣誉称号，加之夷陵区委、区政府正在开展"我爱夷陵"和文明典范城市创建，我作为从沙坪电站成长起来的一名作家，有责任、有义务来牵头专门编写一本关于沙坪电站的书。

2023 年 1 月，我把想法致电告知曾任沙坪二级电站站长、湖北光源公司党委书记的望开喜同志，得到他的积极响应，并表示大力支持。2 月，我即将去外地女儿家探亲，在区水利局生活区院内碰到曾任沙坪一级电站站长、沙坪水电总站副站长、区水利局副局长的黄定成同志，告知他编书的想法，他称赞这是一个好点子，期望尽早实施，越快越好！我理解黄定成同志的"越快越好"，一是本书的重要，二是当年参加沙坪电站建设的同志，年事已高，记忆力、身体状况都在下降，向他们约稿、组稿迫在眉睫，时不我待。

2023年7月，我探亲回来后第一时间约请黄定成、望开喜、赵春华、何士炼、罗来芳、陈凯、胡群同志商讨方案，并与在外地的刘环珍同志沟通，得到大家一致赞同。当年沙坪电站建设者都很年轻，望开喜、王邦仁、刘环珍、罗来芳等同志建有"青春的沙坪"微信群，我觉得此名甚好。就这样，一本定名为《青春的沙坪》文史书籍编写方案就正式敲定了。

在组稿过程中，发生了许许多多感人的故事。时任沙坪电站副指挥长、县电力局局长谭振树，县水利局设计室主任张忠偃，水电股副股长易仁贵，水利股副股长王帘章，县电力局职工何万政，沙坪水电工程指挥部播音员廖少玲等同志，克服体弱多病等困难，积极撰写稿件；远在外地探亲的县委原副书记、沙坪水电工程指挥部政委陈天赐长子陈建新同志，获悉本书征稿后，与弟弟陈建军通过电话或上门等方式采访，撰写文章；时任电站运行职工李传兰、吴飞同志，在看到征稿启事后，表示大力支持，很快就提交了稿件；一些老同志提交的是手写稿，邹正明同志、陈凯同志的儿子主动帮忙打字录入。名誉主编黄定成同志听说后主动认领任务，称再有要录入的，他来承担；莲沱团团部黄廷刚同志接到写作任务后，骑着摩托车到兆吉坪等地采访；副主编望开喜，编委刘环珍、何士炼、王邦仁等同志经常联络四方，写稿约稿，约来了当年参加电站建设人员的重要稿件。更有同志反映，他们是含着热泪读完一篇篇文章的。

作为主编的我，也有心得。我在4S店保养汽车才几十分钟，支付的工时费却不少；但我身患前列腺疾病，不能久坐，写稿、编稿一坐一整天，不仅没有一分钱报酬，还要倒贴时间、车费、油费。同时，编写文史书籍，由于年代久远，当事人对某一件事、某一个人，多个说法，需要认真核对，工作量巨大。我之所以"自讨苦吃"，纯粹是因为对沙坪电站的热爱，对沙坪电站的一份情怀。

关于本书，根据沙坪水电建设情况，设为五辑：第一辑，决策设计；第二辑，艰难施工；第三辑，保障服务；第四辑，运行管理；第五辑，多彩生活。这个结构，基本反映了电站建设和管理全貌。当然，这只是大致分类，有的同志写的文章内容既有勘测，又有施工，既有施工，又有管理，不能截然分开。为了让读者全面了解电站建设经过，附录了沙坪电站从开工到竣工的重要节点资料。

本书在编写过程中，得到了宜昌市夷陵区水利和湖泊局、湖北夷陵经发控股集团有限公司、宜昌市夷陵区文学艺术界联合会、宜昌市夷陵区文艺评论家协会、宜昌市夷陵区老年摄影家协会、湖北光源水利电力股份有限公司、宜昌光源电业有限责任公司、湖北友好生态工程咨询有限公司等单位的大力支持，得到了当年参与电站建设的相关人员的积极响应，在此一并致谢。

朱白丹

2023 年 12 月 3 日